小説　銀の円鍼

全盲の鍼灸師と、その魂を継ぐ男の物語

稲江　充

22世紀アート

まえがき

人に言えない悩みで苦しんでいらっしゃる方、病気や事故で不幸な目に遭っていらっしゃる方、肉親や恋人を失い絶望の淵に佇んでいらっしゃる方、世の中には数えきれない程多くの不幸をお持ちの方がいらっしゃいます。この小説に登場する花島光道もその一人です。

少年時代に父親が事業に失敗したため中学を止むなく中退、やがて戦争に駆り出されますが敵の砲弾の破片が目に突き刺さり失明してしまいます。全ての希望を失った青年は三度の自殺を図りますがことごとく失敗する。完全に消耗しきって涙も涸れ果ててしまった時、彼は運命を決定づける天の声を聞くのです。

『死のうと思っても思うようには死ねないものだな。これは人間が死ぬとか生きるとかは自分が決めるものではなく何かの力が決めるもののようだ。それなら何とか生きられるだけ生きてみよう』

開き直った青年は盲学校に入学し、鍼灸の道を目指します。しかし、全盲の身でありながら彼が目指したのは鍼灸の中でも到達するには最も難解な知識と高度な技術を要するとされる経絡治療だったのです。信じられない位の多くの苦難を乗り越えて彼は己の理想に向かって邁進します。行く手にはさまざまな障害が立ちはだかりますが試練に晒され続けた彼の精神力は驚く程の強靭さでそれらを退けます。

花島光道は決して悲劇のヒーローなんかではありません。ましてやスーパーマンでもない。どこにでもいる最も人間臭い愛されるべき頑固親父です。この頑固親父には実はモデルがいました。彼だけでなく多くの登場人物にモデルがいるのです。そのため小説にしてはあまりにもリアルな場面が多いとお気付きの読者がいらっしゃるかも知れませんが、小説ですからあくまでもフィクションとしてお読みいただきたいと存じます。

絶望のどん底に突き落とされながらも開き直って持ち前の負けじ魂を奮い立たせ、理想に向かって己の人生を完全燃焼させた花島光道。底知れぬ量のエネルギーはやがて大きな人間愛を育んでいく。挫折をくり返しながらも愚直に自分を信じて生きる彼の生きざまに共感していただければ望外の幸せです。

案内役は最初から最後まで梶拓郎が務めさせていただきます。この作品を執筆するにあたり激励の言葉を賜りました東洋はり医センター所長福島晃様に厚く御礼申し上げます。

二〇〇四年五月

稲江　充

目次

まえがき……3
あとがき……339
【参考文献】……341
【著者略歴】……342

かつて、これ程大胆かつ傍若無人な振舞いで畏怖された鍼灸師《しんきゅうし》はいなかったであろう。格闘技界ならいざ知らず、その勇名は斯界に轟き渡り、まさに異端児と呼ばれるにふさわしい。

強烈な個性が生み出す独特の言動と揺るぎない信念、他を寄せつけぬ卓越した技術は多くの敵をつくったが、一方、圧倒的多くの人々に愛された。

花島光道《はなしまこうどう》、彼は盲目の鍼灸師である。

秋の気配が漂い始めた平成元年九月、

「いよいよ花島光道に会えるのか」

鹿児島市の市街地を流れる甲突川《こうつきがわ》のほとりを眺めながら、四人は明日と明後日の両日行われる鍼灸学術講習会に期待で胸を躍らせていた。

歴史を感じさせる木造三階建ての校舎の一室で、金曜日の授業を終えたばかりの梶拓郎《かじたくろう》、内村秀雄《うちむらひでお》、野口浩之《のぐちひろゆき》、黒木麗子《くろきれいこ》の四人は、四年余の鍼灸学校の白衣姿がすっかり板についた感じで、いかにも新進気鋭の若き鍼灸師といったところである。しかし、彼等には未だ半年間の学生生活が残されており、五年間の学業を終えて資格試験に合格せねば、鍼灸師には成れないのである。

高校を卒業後、そのままこの鍼灸学校に入学してくる者もあれば、今まで勤めていた会社を辞めて心機一転、出直して来る者、定年退職者等、年齢もまちまちで一学年二十名程度、そのうち女性は梶のクラスではわずかに二名である。

梶等四人は、入学当初から特別に気が合ったという訳ではなかったが、四人共、大学を卒業後それぞれの理由で挫折を味わい、入学して来たという点に於て共通していた。

狭い校庭に一本だけ植えられた古木のソメイヨシノが満開の南日本鍼灸専門学校の入学式。古ぼけた校舎の一室には、校長以下、教師達がずらりと顔をそろえ、後方には二年生から五年生まで約八十名の在校生が静かに着席して入場して来る新入生を待っていた。

式場の中央に二十程の椅子が並べてあり、新入生が盛大な拍手をもって迎えられ、名簿順に一名ずつ着席するのである。

梶拓郎は二番目であったが、どうにもこの手の儀式は苦手である。周囲を見ると全員神妙な面持ちで並んでいる。特に左側、即ち、先頭に並んでいる青年は痩せ型ですらりと背が高く、いかにも頭が良さそうであり、より神妙にかしこまっている。

一番若い教師が壇上の真ん中に出て来て、「只今より入学式を行います」と言って引っ込むと、次に好々爺風の恰幅の良い校長が登場し、この鍼灸学校の沿革等について説明した。

「今や鍼灸は素晴らしい人気で、皆さんが開業された暁には押すな押すなの行列が出来、やがて支店も云々」

最後のエール混じりの言葉に在校生はうっとりと満足げに頷き、新入生は驚きと感動に胸弾ませていた。ただ教師達の表情は何とも読み取れない。

会は進行して、〝新入生代表式辞〟を告げられると、例の秀才型の青年が起立した。梶拓郎と同じ二十代後半くらいに見えるが油気の無い前髪を垂らし、度の強い眼鏡をかけ、細すぎる長身をゆらゆらさせながら、それでもしっかりと壇上に歩む姿は、いかにも知的であり、新入生代表にふさわしいと梶は思った。

おそらく入学試験の成績が一番良かったので代表として選抜されたのであろう。

「……先輩、諸先生方の御指導のもと、鍼灸の勉強に精励、努力したいと思います。新入生代表・内村秀雄」

自信に満ちた声で決意表明を行い、この青年は自分の席に戻って来た。

「はあー、この男は内村というのか」

梶は内村の様子を注意深く窺ってから、右隣そして後方に目をやった。

皆、緊張した面持ちで式の終わるのをじっと待っている感じである。

昼前になってようやく式が終わった。あとは、事務室窓口で明日からの授業の時間割と連絡事項等書かれた書類をもらって帰るだけである。

梶は式場の外に出ると事務室窓口で大きな封筒に入った書類を受け取り、大きく深呼吸した。深呼吸してからガヤガヤと騒々しい参列者の間を抜けて一人、西鹿児島駅に向かった。

梶拓郎は鹿児島市から西へ電車で四十分の串木野市に母親と二人で住んでいる。串木野市は東シナ海に臨む人口三万人余の小さな町だ。マグロの遠洋漁業の基地として栄えてきた。今では漁獲高も減少し、折角獲ったマグロも遠く離れた他県の港に水揚げするため昔の勢いは無いが、梶の幼い頃は中学を卒業してマグロ漁船に乗れば三年で立派な家が持てた。港の近辺には、立派な漁師の家が点在する。

梶が幼い頃に両親が離婚、母親は市内の私立高校の教師をしており、両親が離婚以来、二人の兄弟は母親一人の手で育てられた。当時の写真などは母親が全て焼き捨てたとみられ、従って父親の顔も覚えていない。三歳上の兄は隣町で整骨院を開業し、大層繁盛していて経済的には何ら困らない。長男でおっとり型の兄と違って、きかん気の弟は子供の頃からよく喧嘩をした。

幼稚園でも小学校でも中学校に入ってからでも気にくわないとみるや誰かれ構わず向かって行った。向こう気の強いヤンチャ坊主であった。しかし、心は優しく妙に人なつこく憎めないところがあって正義感が強く、女の子にもよくもてた。

学校の成績は、あまりいい方ではなかった。大体、教師の子供というのは普通、成績がいいものだが彼は何分にも遊びが大好きで好奇心旺盛でその上、落ち着きの無い性分なので成績はいつも下の方から数えた方が早い。

大学には行ったが、これも勉強せぬうえ、いい加減に選んだ大学なので特に何も収得せぬまま卒業してしまった。従っていい就職先も無くフリーターで三年が過ぎてしまった。

今回、鍼灸学校の門をくぐったのは、兄が整骨院の柔道整復師としてかなりの稼ぎをしているのに刺激を受けたということもあるが、もうそろそろ腰を落ち着けて将来に備えようという気持ちが強くなり、それならば自分は鍼灸の技術を身につけて一生打ち込めるものをと考えたからである。

早速、書店で東洋医学に関する本を買い込み予備知識を仕入れたうえで入試に向けてそれなりに勉強したら合格したので、今日の運びとなった次第である。

いつもと変わらぬ筈の車窓の風景が今日は妙に新鮮に感じられた。周囲からはチャランポランに思われていたが、彼自身は至って生真面目で今度こその意を強くしたせいかも知れない。

まだ入学式をすませたばかりであるが、鍼灸師として腕一本で自立する自分の将来の姿を想像し、身の引き締まる思いがしていたのであろう。

あと数年のローン返済の残っている自宅に帰り着くと、飼い猫の小鉄が出迎えてくれた。半年前、道端に捨てられて鳴いているのを発見し、このままではやがて車に轢かれて死んでしまうかもしれないと心配して連れて帰って面倒を見ていたら居心地がいいのか、そのまま居着いてしまった。

「ニャー」と鳴いて足元にすり寄って来る。

彼自身、母親一人に育てられ、兄もいることとて別に不自由は無かったが、やはりどこか心の底に寂しいものがあったのかも知れない。

梶拓郎の場合は、それが人並み以上に強い人なつっこさ、母親に対する深い愛情、又、他人へのサービス精神に繋がっていた。若いくせに妙に義理人情に厚く、思いやりが深いのである。

家に入ると、小鉄を膝の上に抱き上げて、顎を撫でながら学資の事を考えていた。

鍼灸学校の入学金及び一年分の授業料百五十万円は母親に出してもらったが、大学まで出してもらったうえ、そうそう迷惑はかけられない。学校からもらって来た袋の中から時間割を取り出して見ると、幸いな事に授業は午前中で終了、しかも土曜日が休みになっている。即ち午前中のみの授業で、週休二日制なのである。

これで月四万円の授業料は高いのではないかと普通なら腹を立てそうなところであるが、彼は逆にシメタと思った。何らかのアルバイトで授業料くらいは稼ぎ出せると考えたからである。

夕食後、仕事から帰って来た母親に面白おかしく入学式の様子を報告し、母親をひとしきり笑わせてから、二階の自分の部屋に戻り、明日からの授業に備えた。

一時間目は、きのうの恰幅の良い校長が現れ、又しても新入生の入学を大いに祝福し、「開業された暁には押すな押すなの患者の行列が出来、支店を構えられる時は、銀行からの融資も楽々オーケーです」等と夢のような話をして立ち去った。

次に担任教師が来てクラス全員の自己紹介が始まった。二十名中半分は高卒現役で入ってきており、残りは社会経験者、停年退職者でこの道を第二の人生に選んだという風に動機も年齢もまちまちである。そのうち女性は二名。五十歳くらいのおばさんと、あとの一人は二十代で若く、そのため教室も幾分華やいでみえる。

担任がクラス委員長を指名した。例の秀才型の青年である。「内村秀雄です。三年間、印刷会社に勤務していましたが、目を患い、鍼灸の道に進もうと思って入学しました。よろしく」と言葉少なに挨拶し、着席した。

言い忘れたが、この学校は健常者の学校であり、私立ゆえ学費も高い。こういうのは、各県下に一校ずつ設置してある盲学校と異なり数も少なく、従って、生徒も九州各県から集まって来る。今回も、地元鹿児島の他、福岡、大分、宮崎等、近県から数名ずつ入学してきていた。

野口浩之は福岡で薬剤師をしていたが、今回、鍼灸の資格も取得し自分の仕事の領域拡大を目指す。入学式の時、梶のすぐ右隣に座っていた黒木麗子は宮崎県出身で東京の外資系会社のO・Lをしていたが、あまりの激務に健康を害し、たまたま鍼灸で救われた事で鍼灸師に憧れ、独立開業を目指して入学して来た。色っぽくてなかなかの美人である。

その他にも男のバレエダンサー、塾講師、サラ金取り立て屋等、多彩な顔ぶれである。高卒現役が多いため教室の雰囲気は大学と大差は無い。尤も、教室内があまりに騒々しい時は定年退職者の羽島泰三《はじまたいぞう》か、サラ金取り立て屋の川添亮太《かわぞえりょうた》が「ゴホン！」と一回咳払いすればシーンとしずまりかえる点は大学と多少異なる。

その日は授業は無く、各自、教室内の様子も大方わかったところで下校することになった。いよいよ明日から授業が始まるのである。

鍼灸学校のカリキュラムは、東洋医学がほとんどの比重を占めるものと考えられるかも知れないが、実技と鍼灸の理論を除けば、西洋医学が大勢を占める。従って教師には医大の先生の他、近辺の病院の医師も担当する。その理由はいろいろあろうが、鍼灸師としてやって行くには鍼灸のみではなくて、西洋医学の基礎知識が必要なのであろう。

梶等にとっては全ての授業が新鮮そのものであった。特に最初の二年間の按摩マッサージの実技時間は、覚えればすぐにでも飯の種になるわけだから皆、貪欲に覚えようと努力する。しかし、生まれながらにして器用、不器用があるから、習い始めて一か月も経つと、実力に相当の開きが出てくる。

一学期の期末試験が近づく頃になると実技の試験を意識してお互いに手技の確認を行う。梶は一番先にベッドに上がる。「中居君、揉捏《じゅうねつ》法と指圧を見てやろうか」と年若い中居《なかい》勉《つとむ》に声を掛けた。声を掛けられた中居は「はい、お願いします」と梶の身体を揉み始める。

見渡すと、梶の他に年輩の羽島泰三、サラ金の川添亮太等、疲れのたまり易い中途リタイア組を中心に真っ先にベッドに上がり、若手に身体を揉ませている。実に気持ちがいい。これは揉み手にとっても有難い事なのだ。

即ち、揉んでやることによって自分の実技を評価してくれる事を期待しているのである。従って、ベッドに上がる者は、それなりに実力が認められていることが必須なのである。

リタイア組は年齢的にも余裕が無いため、鍼灸の資格を取ったら即開業を考えている者が多く、高校新卒組に比べると当然意気込みが違う。

「中居君、肩背部の手拳叩打法はもう少しリズミカルにした方が患者もリラックスすると思うよ」熱心にアドバイスしながら梶は資金繰りの事を考えていた。

入学して三か月、そろそろ何か収入の道を考えねばならない。学びながら仕事に就いている者は一年生の中にはまだ少なかったが、母にあまり迷惑はかけられない。出来る事なら病院等で今習っている按摩マッサージの実技を生かしたいと思った。

思い立てば行動は早い。幸い、学校の近くの整形外科病院でマッサージ師見習いの募集がある事を知り、生徒には面倒見の良い事で評判の副校長に相談してみた。

副校長は梶の相談事を聞くと快く引き受け、自分の名刺を取り出した。名刺の裏に「非常に真面目で優秀な生徒です」と書き添えてくれた。今までもどことなく人なつこい顔立ちで随分と得をしてきたが、梶は副校長に対し深々と頭を下げ、早速その日のうちに整形外科病院を訪れ仕事を決めた。昼二時から夕方六時まで一日四時間のアルバイトである。短時間ではあるが月謝と必要経費は充分に稼げる。

午後からの仕事をする事により一日の生活がより充実した。アルバイト先の病院では五台並べられたベッドにそれぞれマッサージ師がつき、順番待ちしている患者を一人十分程度で次々と施術していくのである。慣れないうちはなかなか大変だったが、そのうち要領を覚えるとそれ程苦も無く患者を捌けるようになった。按摩マッサージを習って三か月くらいからいきなり「先生」と呼ばれるのは気恥ずかしかったが悪い気はしなかった。

学校の休み時間、梶の周囲に内村秀雄、野口浩之、黒木麗子の三人が集まって来た。最近ではこの四人は何となく気が合うというか、年齢も似かよっていてまとまり易い。ただ、内村、野口、黒木の三人は成績優秀なのに対し、梶拓郎は、それ程目立つ存在ではない。成績優秀なグループの仲間として認められるのも彼の行動力と人なつこさゆえの人徳であろうか。

「梶君、どう？　仕事の方は」内村が静かな口調で問いかけて来た。内村、野口、黒木の三人は勉強一筋であり仕事には就いていない。それだけに学校の成績は優秀であるが実践の経験が無いため、直接患者を治療している梶に何となく遅れを感じる部分が無い訳ではない。

「どうって別にたいした事はないよ。患者は大体が老人だし、それに病院の場合、マッサージだけの患者なんていない訳だしね。患者一人に対して限られた時間しか無いから注射とか電気治療のあと、ほんの十分くらいずつマッサージをしてやるだけだよ」

「梶君にしたら、それって物足りなくないの？」今度は黒木麗子が口をはさむ。

「それは物足りないよ。何しろ限られた時間内での画一的なマッサージだからなあ」

「だったらそういうやり方は実際に治療院を開業した時は役に立たないんじゃないのかい」

薬剤師の資格を持ちながら鍼灸学校に入ってきた野口浩之は流石に梶の仕事場の情況を的確に理解し、鋭く質問してきた。

「全くその通りだよ。僕の所に患者が廻ってきた時は痛み止めの注射で痛みの症状は一時的に消失してしまっているのがほとんどだからマッサージが効いているのか効いていないのかほとんど判らないからな。まあ、しかし金を稼ぐのが目的だからそう何もかも理想通りには行かないよ」

多少、あきらめ顔で梶が答えると再び内村が口を開いた。

「もうそろそろ夏休みだし、この夏休みを利用して今までのマッサージ実技の成果を皆で試してみてはどうかと思うんだけど、野口君どう思う？」

「試すって、どういう風に。いつどこでやるの？」野口が聞き返した。

「うん、クラス内で希望者を募って離島の医療過疎地で医療マッサージのボランティアをやるんだよ」

冷静沈着な内村は以前から思案していたらしく思い切った計画を持ちかけてきた。

「面白そうね。話してよ、内村君」

黒木麗子が内村の話に身を乗り出してきた。

外資系出身で何事にも積極的な黒木麗子は今までの授業の成果を試すとあって興味津々である。

「夏休みを利用して三日間くらいかな、民宿を利用するんだよ。民宿だと宿泊費も安いし、常に数人のお客さんがいるだろうから、そういう人にマッサージをしてあげる。噂を聞いて民宿に来る人もいるだろう。それくらいだったら別に学校の許可もいらないし、費用もたいしてかからないと思うんだが」

「で、その離島はどこにするの、医療過疎地で適当な島は？」

野口の問いかけに内村が即座に答えた。

「甑島《こしきじま》だよ。串木野港から定期便で一時間三十分。どうかね」

「いいねえ、甑島か。じゃ釣り竿持っていかないとな」

いつの間にかサラ金の亮太こと川添亮太と羽島泰三の二人が加わっている。

「甑島なら魚はうまいし酒もいい。ワッハッハ」羽島泰三が豪快に笑った。どうやら川添と羽島は釣りと魚と酒が目的らしい。

またたく間に内村の提案はクラス中に広がり、全員が色めき立った。しかし、強面《こわもて》の川添と強酒の羽島が同宿ということが判ると参加者は、この六名の他に最年少で大人しい中居勉と、黒木麗子が女一人では心細いという事で生命保険出身のお母さんこと飯田《いいだ》スマ子の合計八名ということに決まった。

出発は福岡出身の野口浩之のたっての希望を入れ夏休み後半、始業式の一週間前という事になった。プランナーは内村秀雄、世話役は串木野港発になるので地元出身の梶拓郎が担当する。

しかし、昔ならいざ知らず、甑島を詳細に調べてみると、島内四か村には既に立派な診療所が設置されており、人口の少ない村は、それで不自由は無い模様である。かといって別に医療過疎地を捜してみても、それらはいずれも相当の遠方にあり、いろいろな方向から検討を加えてみたが、結局は内村の最初の提案通り甑島に決定した。

夏休みに入ると、梶のアルバイトは今までの午後のみの勤務から一日八時間の勤務に変更してもらった。夏休みのうちに出来るだけ資金を稼いでおこうという腹づもりである。

半日の勤務が一日の勤務になり、筋肉疲労で関節に無理が生じ、よく使う拇指の関節に嫌な痛みが生じたが、それも次第に慣れて痛みも徐々に消失していった。

白衣姿も板につき、今までは「先生」と呼ばれる事に悪い気はしないものの、周囲の人に聞かれたら恥ずかしい感が否めなかったが、今ではそれも無くなった。順応性に富んでいるようである。明日はいよいよ甑島だ。

甑島は、鹿児島県の西端、串木野市から約四十キロメートル西方の東シナ海上に位置する小さな島だ。それが更に小さな島から成り立ち、正しくは甑島列島であり、四村から形成されている。今回、梶達が選んだのはその最南端である。

ほぼ一か月ぶりにクラスメートが串木野港に集合した。総勢八名である。プランナーの内村は、今回のスケジュールを丹念にチェック、世話役の梶は午後一時三十分発のフェリーの切符八名分を買いに走った。

福岡出身の野口は串木野港に停泊している数多くの漁船や海上保安庁の巡視船が珍しいらしく、興味深げにそれらを眺めている。大人しい中居は何となく不安げな面持ちで黙り込んでいる。黒木麗子と飯田スマ子の女性二人は旅行感覚で楽しげだ。

羽島と川添は昼食をしながら飲んで来たらしく、二人共、赤い顔をして出来上がっているようだ。内村は全員を見回してやれやれという表情をしていたが、そこに切符を手にした梶拓郎が戻って来た。

「すぐ乗船出来るそうだから切符を渡します。各自なくさないように気をつけて下さい」

小学生に諭すようにして一人一人に切符を渡して歩く。

「やぁやぁ御苦労さんです」

切符を受け取ってすっかりいい気分の羽島と川添がうやうやしく最敬礼をする。

「皆さん、白衣は忘れずに持ってきたでしょうね」

「はぁーい、持ってきました」

内村の問いかけに年齢に似合わず弾んだ声で飯田スマ子が手を挙げて答える。どうやら全員忘れずに持ってきたらしい。

串木野港から目的地、甑島《こしきじま》の手打港まではシーホークという小さなフェリーボートが就航しており、港に着いたら民宿の車が迎えに来る手はずになっている。梶とプランナーの内村以外はマッサージ実技の実習の為とはいえ半分は旅行気分であるから、皆、何となくウキウキしている。船に乗るのも久しぶりであるから尚更の事だ。

「すぐですからあまり飲まないようにして下さいよ」

内村が羽島と川添に注意しても、この二人は船に乗り込んでからも「一時間半の船旅は長いよ」とばかり早速ビール缶を取り出す始末である。

それにしても、空はどこまでも青く、海は凪で潮風が心地よい。夏休みとあって客は普段より幾分多めだ。

「ところで梶君、甑島は僕の提案で、四村あるうち最南端の村に決めたのは君の提案だが、お客さんの方は心配無いだろうね」

冷静沈着でやや心配性の内村が梶に念を押した。

お客さんというのは、マッサージの被験者、即ち患者のことである。八人で押しかけて患者がいなかったのではこの計画は全くの無駄になるし、第一、プランナーとしての内村の面目丸つぶれである。参加したメンバーにも申し開きが立たない。尤も、釣りと酒を期待している羽島と川添には歓迎されるかも知れないが……。

「心配御無用だよ、内村君。村の友人が〝来れば患者は何とでもなる〟と言っているんだから」

梶は平然と答える。そう、梶が選んだ村には彼の友人竹之内次夫《たけのうちつぎお》が居るのだ。

竹之内は、村の商工会に勤務しており、梶とは小学校から大学を通じての幼なじみなのである。顔付きが獰猛《どうもう》なため、その道の者に間違われることもあるが、面倒見が良くてお互いに同郷の出という事もあり、大学時代は協力し合って学業よりもアルバイトに精を出した方であった。アルバイトで授業を欠席せざるを得ない時、出席した方が出席カードを出すなどしたことがなつかしく思い出される。拓ちゃん、竹ちゃんの間柄だ。

竹之内とは三年ぶりの対面である。

「そうか、それならば大丈夫だね。それにしても君は友達が多いんだね」

優秀な大学を卒業し、一流企業に就職したものの目を患って退社を余儀なくされ、この道に進むことを選択せざるを得なかった内村は学業と仕事に明け暮れたため、友人は少なかった。梶のように人なつこく誰とでもすぐに親しくなれる性分がうらやましくもあった。

「まあ、プランナーは僕だが、実際の計画の実行は君がしてくれるんで助かるよ。向こうに着いたらよろしく頼む」

「まかせとけって」

梶は自信ありげに胸を叩いて答えた。

夏の終わりの東シナ海は、快適な船のスピードと頬にあたる風が何とも心地よい。海は美しく透き通り、クラゲやイカが泳いでいるのが見える。行き交う船はほとんどが小さな漁船で、どこまでも長閑な景色だ。船は予定通り一時間半程で手打港に到着した。

「着いたぞ」

あちこちで歓声があがり、皆一斉に下船の仕度にかかる。船の中でも飲み通しの羽島と川添は、お互いにふらつく体を支え合いながら立ち上がった。

全員、船着き場に降り立つと、梶の背後でなつかしい声がした。

「おー拓ちゃん、久しぶり」

甑島の潮風で真っ黒に日焼けした竹之内次夫の顔があった。

「やー竹ちゃん、来てくれたか、ありがとう」

がっちりと握手する。大学を卒業してから三年ぶりの再会である。

みんなに竹之内を紹介して、早速、民宿のマイクロバスに乗り込む。港から民宿〝照海《しょうかい》荘〟までは、わずかに五分程の道程であったが、島のあちこちに季節遅れの鹿《か》の子《こ》百合《ゆり》が咲いているのが見られた。

鹿の子百合は四国から九州にかけて自生するユリの一種で今では観賞用に栽培され、甑島では海外にも輸出される。高さ一～一・五メートルで淡紅色、白色花もある。まさに島の情緒たっぷりの花である。

民宿に着くと、実技の実習は明日からの二日間、今日はまだ少し陽が高いということもあって、梶と内村を残して他のメンバーは近くの海岸の散策に出かけて行った。照海荘に同行してくれた竹之内を交えて用意されていた部屋に入ると、お茶を飲みながら早速、明日からのマッサージ実技の打ち合わせに移った。

「それにしても味のある顔だなあ」

竹之内を目の前にして梶が呟いた。黒く日焼けした顔が余計、凄味を感じさせるが良く見ると何とも言えぬ愛敬がある。

大学時代に竹之内の顔を〝破壊された顔〟と評したことがあった。竹之内は笑って意に介さなかったが、この顔はクラスの人気者だった。とにかく味わい深い顔なのである。

内村は患者がどのくらい集まるのか気が気ではないらしい。三年ぶりの再会をなつかしんでいる二人の会話が一段落するのを待ちかねたように内村が話を切り出した。

「梶君、明日の件だけど」

「マッサージ実習の件ですね。村に診療所はありますが、村の人達はマッサージは旅行に出かけた時等のホテルでのマッサージ以外はした事は無いと思いますよ。無料でマッサージして下さるとなりゃ、そりゃきっと沢山集まると思いますよ」

心配顔の内村の顔色をみてとった竹之内が安心させるように言う。

「でも、患者さん達が私達の訪問を知っていれば少しは集まるかもしれないけれど、その辺はどうでしょうかね？」

「いやぁ、狭い島の事ですから民宿のマイクロバスが皆さんを乗せて来たのを見た人がいれば大丈夫ですよ」

竹之内は、まるで内村の心配を楽しんでいるかのような口ぶりである。

「見たといったって私達がマイクロバスに乗って走ったのは港からここまでたったの五分ですよ」

何事にも慎重な内村が少しムッとしたように言う。

「内村君、彼が大丈夫だと言うなら心配いらないよ。まあ、ゆっくりお茶でも飲もう」

梶が内村の茶碗にお茶をなみなみと注いでやる。

実を言うと、事前に梶が村の商工会に勤務する竹之内次夫に連絡をとり、全員の宿泊場所から患者調達の件まで頼んでおいたのだ。面倒見の良い竹之内は、梶から連絡を受けるとすぐに職場の商工会長に相談した。そこでこれは商工会員のみならず、地域住民の健康増進につながることでもあり、立派な商工会事業の一環であるとして一週間程前から島内アナウンスを始め、商工会の宣伝カーを走らせて宣伝に努めていたのである。

彼等が宿泊する民宿の〝照海荘〟も運輸、ガス事業等、手広く経営する商工会長のものであり、こういう事はクラスのみんなは勿論のこと内村にも内緒にしていたのである。

梶と友人の竹之内が悠然としているので内村も自分一人だけ心配していても仕方が無いと思ったのか竹之内に向かって「島の生活はどうですか」等と今までとは全然違う方向へ話を切り換えた。

竹之内は島に来て三年になる。商工会の経営指導員として働く彼の仕事は、地域商工業者の経営全般の手助けを主な業務とするが、仕事の幅は広く、駐在所の巡査並みの知名度である。ことに竹之内のように飲む方が達者な者は島の環境に素早く適応し、在住年数が少なくてもあっと言う間に人気者になれる事請け合いである。

ましてや三年も在住すれば、狭い島のことであるから何もかも島民に知れ渡り、世話好きな島民の仲立ちで彼もつい一年前に島の娘と結婚させられた次第である。

初対面の相手は彼の獰猛な顔付きに思わず後ずさりするが、慣れてくると何とも愛敬のある顔付きに見えてくるから不思議だ。元来親切で正直な男だから島民はすぐに彼を信用して迎え入れてくれたのである。おまけにもともとの地黒の肌が潮焼けで更に黒くなり、どこから見ても立派な島の男である。

内村から島の生活を尋ねられた竹之内はニンマリと笑い得意げに話し出した。

「そりゃもう天国ですよ。空気はうまいし、魚もうまい。うまいだけでなく健康にいい。海は綺麗だし釣り好きにはたまりませんね。それに釣りをした事の無い人にだってジャンジャン釣れるから一回やってみれば病みつきになりますよ」

事実、島の景観はたとえようもないくらいに美しく、海中から聳え立つナポレオン岩等の奇岩も存在する。これは岩の形がナポレオンの帽子に似ているところから名づけられたということだ。公害も無く、時の経つのも忘れていつしか浦島太郎のようになるのではないかと心配になる程である。

竹之内の話を聞いて、梶も内村も思わず嘆息が出そうになるくらいの羨望を覚えた。その時、突然「釣れた、釣れた」という声が聞こえた。部屋の窓から外を見ると、民宿の入口付近に釣り竿を担いでゆっくりと歩いて来る羽島と川添の姿が目にとまった。

「おーい、釣れたよ」

川添亮太が大声をあげながら手を振る。

「何が釣れた？」

梶も大声で聞き返す。

「クロだよ、クロ」

手にした見事な黒鯛を上げてみせる。

「ほおー」

梶と内村が驚いて感嘆の声をあげるが、竹之内は別段驚いたふうもなく、ただ黙ってニコニコしている。あとで羽島、川添の二人に聞いてみたら、民宿の従業員に頼んで釣り道具と餌になるウニを準備してもらい、そこらの岩壁で適当に糸を垂らしていたら簡単に釣れたというのである。遅れて宿に帰って来た野口等も釣れた黒鯛を見て驚いていたが、その日の夕食は新鮮な魚介類に今しがた釣れたばかりの黒鯛の刺し身も加わって、なかなか豪勢である。どのくらいの重さかと調理場で測ってみたら、一・八キログラムあったという。

全員そろったところで、部屋の襖が開いて竹之内と一緒に宿の主人が挨拶にやってきた。彼の勤務する商工会の会長でもある。

「民宿照海荘の主《あるじ》でございます。竹之内君のお友達の先生方が来て下さるということで大変楽しみにしておりました。何もございませんが酒と魚だけはおいしいところでございます。たっぷりお召し上がり下さい」

酒好きは顔を見たばかりでわかると言わんばかりに羽島と川添の方を見てニヤリと笑い、愛想良く一人一人に焼酎を注いでまわる。羽島泰三よりはやや年輩で同じように恰幅が良く脂ぎっており、多方面の経営を手がけているらしく見ただけで精力的である。

それにしても島の焼酎の強い事。珍しさも手伝ってか強酒の羽島と川添はすっかりご満悦だ。黒木麗子と飯田スマ子、はては未成年の中居勉までが勧められた酒を少し口にしただけでしたたかに酔っぱらう始末だ。出された魚をたらふくたいらげて、ようやく千鳥足でそれぞれの部屋に引き上げて行った。

翌日、実習第一日目の朝、男性陣六人の寝ている部屋をトントンとノックする音がする。強酒の羽島と川添はまだ大いびきの最中である。他の者は二日酔いで睡眠不足、頭もあげられない状態だ。

慎重派の内村秀雄が第一日目の大切な日に二日酔いするくらいだから、たとえ加減して飲んだとは言え、島の焼酎は相当に強い。ふらふらしながら梶が入口の戸を開けると真っ黒に日焼けした竹之内の顔が覗いた。

「お早うございます。皆さん、気分はどうですか」

竹之内も一緒にあれ程飲んだのにこの男はどうだ。流石に島で三年間鍛えられただけのことはある。実にすがすがしい表情で立っているではないか。尤も、あまりに黒く日焼けしているため詳細のほどはわからない。

「あー竹ちゃん、夕べはどうも。それにしても早いな。どうしたの」

梶が寝ぼけまなこで問いかける。

「おいおい、いつまで寝ているんだ。もう八時だよ。マッサージ志願の人達が既に十人くらい並んで待っているんだよ」

「え、何だって」

信じられないという顔で部屋の窓のカーテンを開け外を見る。すると、民宿の入口付近から更に一人、二人と玄関に向かって入って行くのが見える。

「大変だ！　皆起きてくれ」

梶が大声で叫ぶが返って来るのは羽島と川添の大いびきだけである。

「やれやれ、弱ったな。拓ちゃんは皆を起こして待っててくれ」

竹之内は口早に言い部屋を出て行ったかと思うとすぐに戻って来た。手には数本のアロエの葉が握られている。民宿の玄関先に植えられていたものだ。

「洗ってきたから、これを一本ずつ皆にかじるように言ってくれ。気分がすっきりするよ」

手早く梶に手渡す。二日酔いの特効薬なのか。いかにも不機嫌で今にも吐きそうな顔をしている内村、野口、中居の三人に無理やり食べさせる。今まで青色かった三人の血色が心なしか良くなったように見え、動作もスムーズに行えるようになった。頭痛もいくらかやわらいだように思える。

なるほど、竹之内は流石に飲んべえだけあって飲みすぎ二日酔いの処置法まで心得ているようだ。梶は大いに感心して自分でも一口かじってみてびっくりした。その苦い事といったらない。思わず顔をしかめる。「良薬は口に苦しだよ。何でも腹痛を訴える患者に痛み止めだと偽ってメリケン粉を飲ませたところ不思議とおさまったという。暗示だね。まあ、アロエが二日酔いに効くかどうかは疑問だがね」

竹之内に一笑されてしまった。黒木、飯田の女性二人にも二日酔いの特効薬だと偽ってアロエを渡してみた。

「あら、アロエって美容にいいのよね。肌が綺麗になるんだって」

どうやら何にでも効くということになっているらしい。早速、喜んで口に入れる。あまりの苦さに驚天して吐き出す様子を楽しんだあと食べられるだけ朝食をとり、いよいよ第一日目のマッサージ実習を開始できるようになったのは午前九時ちょうどであった。ほぼ、予定通りの時刻である。

無論、羽島、川添の両名にアロエが必要でなかったのは言うまでもない。

商工会事業の一環ということで竹之内が梶等の手助けをしてくれるということは大変ありがたい事だった。全員、持参してきた白衣に着替える。牛乳を飲んで二日酔いの焼酎の臭いを消し、竹之内に導かれるまま、マッサージ会場となる民宿の大広間に向かった。

内村をはじめ、誰もが実習のあと残った時間は魚釣りでもして夏休みの残りを楽しむくらいの気持ちでいた。しかし、用意周到に準備が進められている舞台にびっくりし、魚釣りの予定はおろか緊張感で先程までの二日酔いはどこかへ吹き飛んでしまった。

大広間の襖を開けると更に驚いた。適当な間隔で前後二列に八枚の敷布団が並べられており、既に五十人程の島民が順番を待って並んでいた。

「羽島さんと川添君、そして梶君と僕が前列、あとの四人は後列に着いてもらおうか。人数はまだふえるだろうから最初の打ち合わせ通り一人当たり二十分の施術で方法は側臥位《そくがい》で行う」

緻密な内村が全員に重ねて念を押した。

「了解」

内村の指示通り配置に着く。

実務経験豊富な梶拓郎にはとまどいは無いが、あとの七人は初めての体験とあって表情に緊張感が滲み出ている。勿論、いくら実務経験が無いとは言え、学校でみっちり学んでいるので手技を行う上で問題は無い。時間配分がむずかしいのだ。

側臥位で軽擦法《けいさつほう》から把握《はあく》、そして揉捏《じゅうねつ》、叩打《こうだ》と全ての手技を組み合わせて二十分で終わらせねばならないのである。

目の前に順番待ちしている患者達は彼等がマッサージを習いはじめて三か月を終えたばかりの学生であるとは全く知らない。リウマチで膝が変形し伸びきった足をさすっている者、全身痩せさらばえて今にも息を引き取りそうな老人、見たところどこも悪いところは無さそうな見るからにぶ厚い筋肉の塊のような漁師、若い男性目当ての好色そうな中年女性等さまざまな島民が不安な表情でこちらを見つめている。

梶は自信ありげに患者達を一巡り見渡してから何よりも安全な施術が第一との病院での実務経験を踏まえ軽い施術に徹するよう皆にアドバイスした。ここでは何といっても梶拓郎がリーダーにならざるを得ない。

「皆様、お待たせ致しました。只今よりマッサージを開始致します。どうぞ順番においで下さい」

内村が患者に告げるとまず最初の八人がそれぞれの布団に横たわる。

いよいよ施術開始だ。前列中央の梶拓郎はいかにも自信たっぷりに軽快な手捌きで手技を展開していく。羽島泰三も年齢と貫禄に物を言わせていかにも上手そうに見える。その為か次の順番待ちの患者達は圧倒的に梶と羽島の方に集まりたがり、それらを均等になるように竹之内が配分してやらなければならない。施術を開始して一時間も経つとあれ程緊張していた最年少の中居勉も随分慣れてきたとみえて表情に余裕がみられる。そのうち、あちこちで患者との会話が聞こえ始めた。特に、生命保険会社出身のお母さんこと飯田スマ子とサラ金取立屋出身の川添亮太の二人の声が良く聞こえる。二人共、会話を武器としてきただけあって施術をしながらの会話は流石に巧みだ。

尤も、川添亮太の場合は、会話の中身が少々異質であったろうと推測出来る。技術を売り物とする鍼灸マッサージといえども人気商売には違いないから患者との会話も営業上、大切な要素となるのだ。

どちらかというと大人しくて無口な野口浩之、真面目すぎる中居勉、学究肌の内村秀雄などは、社会経験豊富な羽島泰三や、外資系企業出身で何事にも積極的な黒木麗子に比べ患者達との心の交流の点に於てやや不利である事は否めない。

その点、梶拓郎は生まれついての性分か、底抜けに明るく人なつこさが幸いして初対面の相手ともまるで長年の友人のような感覚で相対する。

「ばあちゃん、良く来たね。どこが悪いの」

この男は、こういう会話が自然に出来るから得だ。

午前中の患者六十人程の施術を終えた時は時計の針が十二時を少々回っていた。初めてにしてはかなりのハイペースである。昼食をはさんで午後はすぐ一時からの施術が待っている。

「初めてとはいえ流石に疲れたね」

「窓からの浜風が入るから涼しいけど汗だくだくだよ」

「あー腹へったー」等、騒々しいが皆一様に午前中の仕事を無難に為し終えた満足感と充実感に浸っている。

羽島泰三はマッサージで使用してヨレヨレになった日本タオルで顔の汗を拭きながら中居に問いかけた。

「どうだった、君のところには随分若い女の子が来ていたようだが、ちゃんとマッサージしてやったかね」

「はい、一人二十分ということだったので少し時間が足らないように思いましたが、一通りは出来たように思います」

相変わらず生真面目な返事がかえってきた。

「いやいや二十分くらいが丁度いいんだよ。それ以上かけてあまり熱心にサービスすると島の娘に気に入られて島から帰れんようになるぞ。島の娘は情が深いというからな」

傍から川添亮太が中居をからかうと皆がドッと笑った。中居勉はひやかされて真っ赤になったが、どこまでも純情な青年だ。

内村秀雄は梶と向かい合わせで食事を摂りながら皆の会話を黙って聞いていた。

「うーん、このカレーライスはなかなかうまいぞ。甑島《こしきじま》の牛はおいしいなあ」

梶がすっとん狂な声をあげて内村をみると、内村はハッと我に返ったような顔で頷く。何やら考えているふうである。

「どうしたの、内村君」

隣に座っている黒木麗子がいつもと違う内村の表情に気がついて声をかける。梶もどうしたと言わんばかりに内村の顔を覗き込むが、一瞬、彼は何事もなかったかのように取り繕った。

「いや、僕等が施術をしている時、取材カメラを持った人がこちらを映していたでしょう。丁度十時頃かな、気づかなかった？」

十時といえばようやく場の雰囲気に慣れてきた頃で、まだ誰も自分の周囲を見渡す余裕など無い時だ。

「気がつかなかったけれど、それだったら地元のビデオマニアか何かじゃないのかしら。梶君、気づいてた？」

「いや、僕も気づかなかったな。でも、別に気にすること無いじゃない、もしかしたら島の記者か何かで村の広報誌にでも載せるんじゃないの。そうしたらその写真入りの広報誌記念に送ってもらえたりして」

冷静沈着な内村秀雄と違って相変わらず楽天的な梶拓郎である。しかし、この事がやがて重大な事件へと発展することになろうとは、皆この時は誰も気づかなかった。

一時間の昼休みなどはあっと言う間に終わり、再び大広間で午後からの施術にとりかかる。今度は、皆、随分慣れてきたとみえて時間配分もスムーズにいったようだ。患者との間で軽い冗談も飛びかっている。

最後の頃になって民宿の主人が多忙な時間をやりくりして、マッサージをしてもらいにやって来た。ちょうど患者が終わったばかりの梶拓郎のところに来て頭を下げた。

「すみませんが、お願いできますか。ここんとこ急に忙しくて肩こりがひどいんですよ」

上背はあまりないが、がっしりとした恰幅の良い体つきに丸っこい顔の大きな目を細くして、人の良さそうな笑顔で「お疲れでしょうが……」と誠に低姿勢である。

こんなふうに固太りで腕が丸太ん棒のようなタイプは通常の三倍くらいは骨が折れるので、内心溜息が出たが友人の竹之内を通じて何かとお世話になっている訳であるから頑張らざるを得ない。

「まかせといて下さい。すぐに楽になりますよ」

最後の力を振り絞って早速、施術に取りかかった。

民宿の主人は言われるままに横になる。まず、右側を上にしての側臥位での施術である。右上肢、右背部の軽擦法《けいさつほう》から始める。次に肩背部の拇指柔捏《ぼしじゅうねつ》、上肢の叩打法《こうだほう》を行い、指先を引っ張って「パンパン」とカッコ良く音を鳴らす。治療効果とはあまり関係があるとは思えないが、この指先の音がうまく出ると、いかにも上手そうに見えるのだ。

梶は思い切り良く音を鳴らすと、民宿の主人は満足げに目をますます細くして気持ち良さそうだ。この患者が最後だったので坐位で頭部まで特別に三十分かけて施術を行い、済んだ時は皆ほとんど終了し部屋に引き上げようとしていた。

午後六時だというのに県内で最も西に位置しているせいか、真昼並みの明るさである。甑島の陽の落ちるのは遅い。一日の疲れで、この日は全員おとなしく部屋から出ず、風呂に入ってから外の景色を眺めた。夕陽が今にも海に沈もうとしている。何という美しい景色であることか。

「まあ、綺麗！」

黒木麗子と飯田スマ子が思わず歓声を上げる。

それにしても、今度の甑島実習で最も影響を受けたのは川添亮太かも知れない。島の魅力に取りつかれた川添亮太は、鍼灸学校を卒業し資格を取るや、鍼灸の仕事をしながら南は沖縄の島々から北は北海道の島々まで日本中の島々を放浪する生活を送るのである。酒と釣りの大好きなこの男は元サラ金取り立て屋の強面風貌に似ず、意外とロマンチストなのかも知れない。

暫し、夕陽の沈む海岸の景色を楽しんだあと、全員で夕食前の短い反省会を開いた。実際の患者にあたったのは梶を除いては全員が初めての体験だったので限られた時間内での施術は慣れるまではリズミカルな手技を駆使するのに苦労したとの意見が多かった。

「野口君は何かありませんか」

内村が野口浩之に声をかけた。マッサージ師というよりは薬剤師の色彩が強い野口は黙ってじっと皆の意見に耳を傾けていた。皆が野口の方に視線を向けると、

「うん、今日一日やってみて実にいろんな患者がいるのに驚かされたね。いろんな患者というのは、いろんな症状をかかえた患者という意味でね。それに年齢もさまざまだね。梶君、君の病院の患者の年齢層はどうなの？」

梶に問いかける。

「病院の場合は、病院の側で患者を選別してさしむけてくる場合が多いから、どちらかと言えば高齢

者が圧倒的に多いね」

梶が答えると野口は更に思案げな表情で意見を述べた。

「あと、いろんな症状についてだけれども、症状によってはマッサージがどのくらい有効なのかよくわからない点があるよね。例えば神経病の場合、マッサージで治療してもいつになったら治るのかよくわからないし、まあ、これから勉強していけば大丈夫なんだろうけれども……。それにマッサージ禁忌症の疾患だってあるでしょう」

確かに今日、彼等の施術を受けに来てくれた患者の多くは施術が済んで帰る時は皆一様に感謝の面持ちで引き上げていったが、それは単に治療費が無料であり、心地良かっただけではなかったのか。皆がそう思った時、

「慰労のためのマッサージだけじゃつまんないな。俺もそう思うよ。単純な肩こりなどの症状ならマッサージだけでもいいように思うけど」

畳の上に足を投げ出して座っていた川添亮太が野口の意見に同感というふうに発言した。

「うーん、まあ、しかし……今回はマッサージで実際の患者にぶつかってみるということが目的で来た訳だからね。それにマッサージと言ってもまだ勉強を始めて三か月にしかならないし、その奥義はこれから学んでいかなければならない。では、反省会はこれくらいにして晩ごはんに行きましょうか」

内村が反省会の閉会を促すと、皆急に元気を取り戻した。

「あー腹へった。よーし飲むか」

途端に川添亮太が色めき立つ。しかし、羽島を除く他の者は、今朝の二日酔いのつらさを思い出し眉をひそめた。その時、梶は密かにバッグの中に入れてきた鍼を明日、使ってみるべきか否か考えていた。

鍼灸学校に入学する時から梶はマッサージ師になる事は考えていなかった。マッサージは学校の決まりで鍼灸課程に進む前に全員学ばねばならない。期間は二年間だ。この二年間のマッサージの勉強を終え、資格を得たら次の三年間で鍼灸を学び資格を得るという二段階の順序になっていて入学後の二年間はマッサージのみを学ぶことになるのである。

整骨院を営む兄に負けじと、早く独立して開業したいという焦りの気持ちで入学した梶拓郎はすぐにも鍼灸の勉強に取り組みたかった。なる気もないマッサージ師の資格を取るための学校での二年間など無駄だと考えていたのである。何とかして誰よりも早く鍼灸の技術を身につけたかった。そこで、毎朝教員室の前に置いてある長椅子に腰掛けて個人教授を志願すべく目指す教師を待ち受けることにした。

何となく近づき難い教師達を避けて、若くて勉強熱心なマッサージ担当の鍼灸師高見《たかみ》三千男《みちお》に縋ってみようと考えたのである。長椅子に腰掛けて待つ梶の前を訝《いぶか》しげな顔で教員室に入って行く教師達には目もくれず、梶は高見の出勤を捉えようと待ち構えていた。勤務先の病院に来る業者からすでに鍼灸の器材を購入し、実技書を手に入れていた。前もって勉強し解らなかった所を次の日の朝、教員室の前で教えてもらうという計画である。

最初はこんなものまでもが解らないのかというくらいにあきれかえるような質問を浴びせかける梶に教師の高見は別にうるさがりもせず、むしろ丁寧に教えてくれた。毎日、教員室の前で高見を待ち受け、質問をしている梶に側を通る教師達は今では別に訝しげな顔で見る事は無くなったが、少しでも技術を身につけたいと願う梶は必死だった。

「業者がくれたサンプルの鍼だけどよかったら使いなさい」

疑問点をみつけては自分を待ち受けて質問してくる梶に珍しい鍼を持って来てくれたりもした。

積み重ねというものは恐ろしいもので、この間までは鍼灸に何の知識も技術も持ち合わせていなかったが、今では努力の甲斐あって少しは自信めいたものがついてきた。稚拙とは言え、それなりに自信がつけば試してみたい気がしてくるものだ。尤も今まで、特別に勤務先の病院の先輩に頼んで時々は患者への鍼治療をさせてもらったりもしていたが。

もしかしたら鍼を使うチャンスがあるかもしれない。そう考えて鍼ケースにありったけの鍼と消毒器具をバッグにしのばせて持ってきたのである。

皆が今回初めて習いたてのマッサージを患者に応用しその成果にある程度の満足感を得ている時、梶は実技の分野に於ては皆より数段前を進み、皆が未だ鍼に触れたことさえ無い状況の中、少なくとも鍼器具を既に所有し、その使用方法も自分なりに収得していた。

しかし、たとえ明日、鍼を使うチャンスが訪れたとしても、いきなり皆の前で鍼治療を行うのは流石に気がひける。パニックが起こるのは目に見えている。梶がいくら実技を身につけることに人一倍熱心であるからといって鍼をみたこともないようなクラスメートの前で突然鍼を打ってみせればクラスメートにとっては大ショックであろう。

夕食を早目に切り上げると、部屋に戻りバッグから鍼ケースを出してみた。思わず快感を覚える。鍼管《しんかん》と寸《すん》三の二号ステンレス鍼《しん》を取り出し徐《おもむろ》に右足三里穴《さんりけつ》に刺入する。今までの練習の成果が出てきたのかほとんど刺入感は無い。

「刺鍼練習は、まず自分の体を通して練習しなさい」と高見に教わってきた。次に左足三里穴に刺入しようとした時、廊下に大勢の足音が聞こえた。まだ、ゆっくり食事をしている筈の皆がドヤドヤと部屋に戻って来た。

梶の刺鍼練習の光景をみて内村が驚いた。

「いつの間にそんなものを手に入れたの」

好奇心旺盛な黒木麗子が梶の隣に座り注意深く見守る。飯田スマ子は、もう梶の鍼ケースから鍼管と鍼を取り出している。見つかってしまって何となくばつが悪かったが、むしろ救われたような気持ちでホッとした。

「みんなに内緒にしていたけれど、僕の勤めている病院に出入りしている医療器具販売の業者に頼んで取り寄せてもらったんだよ。使ってみる？」

「使ってみるって言われても痛くないの？　第一どこに打ったらいいのかわからないし。どこにでも打っていいという訳でもないんでしょう？」

野口も興味深げだ。

「穴《つぼ》に打つべきだと思うんだけど、まだ穴はわからないから別に血管の上とかでなければ大丈夫だよ。それにこの鍼管を使えばそんなに痛みは感じないよ」

「へえー、本当だわ。ほら、全然痛くない」

何事にも積極的な黒木麗子は梶を真似て自分の美しいスラリと伸びた右足の三里穴とおぼしき所に鍼を刺入して驚いている。こうなったら、もう全員が刺鍼練習に取りかかる。遠慮などしている場合ではない。酒でほろ酔いかげんの羽島と川添も神妙に刺鍼練習に参加する。梶はこういう事を予想して、ありったけの鍼と鍼管を準備してきてよかったと思った。

「それにしてもどこで鍼を勉強しているの、梶君」

内村が不思議そうに尋ねる。

「いや、勉強してるという程ではないよ。まずは自分の身体で練習することが大切だって聞いていたんでまだ始めたばかり。あとは病院の先輩達に教わった場所に教わった通りに打つくらいだよ。もっとも疑問に思ったところがあればマッサージ実技の高見先生に教えてもらったりね」

謙遜である。それに教えてもらったりどころではない。梶が毎朝、授業が始まる前に教員室の前で高見三千男を捕まえて何やら質問している光景を大概の者は見て知っている。

梶の鍼のお陰でこの夜は全員にとって記念すべき意義深い夜になった。皮膚の感じを捉える上でマッサージは鍼灸師になるために決して無駄なことではないということもある程度は理解できた。技術を収得することが目的の教育機関に於ては、個人の技能の突出は非難や中傷に発展することはほとんど無く、誰もが少しでも高い水準に達することを欲し、お互いに切磋琢磨する。

この場合も、皆、梶と同じ水準に肩を並べたいと望み、協力し合って刺鍼練習に励んだ。自分の身体に刺鍼して鍼の感覚をある程度つかめる様になったら、今度は相手に刺鍼してその感想を求めるというふうに刺鍼の基礎を練習したのである。

「あー疲れたなあ。そろそろ終わりにしようか」

初日の疲れも手伝ってか刺鍼練習にもそろそろ飽きたのを見計らって川添亮太が大欠伸をすると、羽島泰三も手にしていた鋏を丁寧に梶の鋏ケースに収めた。

「折角、甑島《こしきじま》までやって来た記念に戦争の時の体験談をしてあげよう」

いうまでもなく、この中に兵役の経験者は羽島泰三しかいない。皆、退屈してきたところだし、しかも今時、珍しい戦争の体験談とあって誰も異議を唱える者はいない。極く自然に羽島泰三を中心に全員が円を描くように座った。羽島が部屋の電灯のスイッチに手をかける。

「じゃあ、電灯を一つ消してと。はい、これで良し」

豆電球だけになった部屋は薄暗くて不気味だ。暑さのために開けた窓からは時々、生暖かい風が入って来る。羽島は床の間に置いてあった懐中電灯を手に持ち、顎の下から自分の顔を照らし出した。まるで太った妖怪のようで、あまりの恐ろしさに黒木麗子と飯田スマ子の二人は震えながら体を寄せ合っている。中居勉も心なしか隣に座っている川添亮太の方に身を寄せている。

話の中身はこうだ。

ビルマに進軍した時のこと。徴用した大きな屋敷を兵舎として使用する事になった。村長《むらおさ》が所有しているという古い立派な建物だが無人になっていた。しばらくして兵士の間で、夜になると白い服を着た若い女の幽霊が現れるという噂が立った。

早速、村人をつかまえて聞いてみると、何でもこの辺では有名な幽霊屋敷で、この屋敷の美しい娘が村の貧しい若い男と恋仲になったが親の反対にあい、男は行方不明になり、娘は嘆き悲しんで井戸に身を投げて自殺したのだという。娘は羽島の隊でも年の近い最年少の兵士の前に姿を現し手招きをするという。ある夜の事、歩哨に立ったその兵士は翌朝、井戸の中から水死体で発見されたそうだ。

あと一つは野営していた時の事。羽島泰三が寝ていると夜中に足首を摑んで引っ張られる気配がして突然目を醒ました。誰か仲間の悪戯かと思い、月の光であたりを見回すが歩哨以外、全員ぐっすり寝込んでいて誰の悪戯でもない。夢かと思い再び横になった時、今度ははっきりと足首を摑まれて飛び起きた。その時、雲間から明るい月の光が差し込み、その正体を照らし出した。眠る時は疲労と薄暗いのとでよくわからなかったが足元に白骨化した手の骨が土の中から覗いていた。

他の大部分の骨は多分、土の中に埋まっていたのだろうが、夜が明けてからそこら中を調べるとそこは古い墓地の跡だった。それにしても白骨化した手が生きている人間の足首を摑んで引っ張るなんてことがあるものかね。しかし、これは決して夢なんかではなかったと言う。

話を終えて羽島は、ようやく自分の顔を照らしている懐中電灯をはずした。

「ああ、喉が渇いた。中居君、すまんが水を持ってきてくれんか」

部屋の電灯をつけると青い顔をして震えている中居勉に水をたのんだ。怖さをこらえて中居がしぶしぶ台所に水を取りに行くと、帰りがけの薄暗い廊下で白い服を着た若い女性とすれ違った。あまりの恐怖に声も出なかったが、やっとの思いで部屋にたどり着いた中居は、みんなに今しがた廊下ですれ違った白い服の女の話をして聞かせた。みんなは笑って取り合わずそれぞれ床に就いたが、中居は先程のことが気になってなかなか寝つかれない。そのうち、いつの間にか寝入ってしまったが、誰かが自分の足首を摑んで引っ張っている。咄嗟に就寝前の怪談を思い出し「ギャーッ！」と叫んで飛び起きると寝相の悪い川添亮太が中居勉の足首を摑んで引っ張っていた。先程の白い服の女は悪ふざけに乗った黒木麗子が自分自身も怖いのを必死にこらえて長い髪を肩まで垂らし白衣を引っかけて通ってみせたのであった。

実習二日目の朝も晴天で心地良い。八月も末とは言え気温は朝から三十度を超えるが海からの潮風がいかにも爽やかでそれ程暑さを感じさせない。今まで体験したことの無いような自然の素晴らしさを満喫させてくれる。昨夜の梶のもたらした鍼ショックのせいか皆の表情が前日とはうって変わって引き締まってみえる。ただ中居勉だけは少々寝不足で不機嫌な顔をしている。

全員予定通り午前九時、大広間の施術会場に向かう。梶は自分のポケットに鍼ケースを忍ばせていた。中身は消毒綿花と鍼管、鍼数十本。

期待していたチャンスは意外に早く訪れた。この村の村長が腰痛を起こし、マッサージで何とかならないかとやって来たのである。この村にも立派な病院があるにはあるが鹿児島市から医療マッサージのチームが来たと知ってぜひ治療してもらいたいと期待に胸弾ませて来たというのである。

どうやら村長の腰痛はごく最近発症したらしく痛み止めの注射をはじめ電気治療、湿布等やってみたが、ほとんど効果は無く今では食欲もなくなるばかりだという。

民宿照海荘の玄関に横付けされたピカピカの黒塗りのクラウンから腰に手をあてたまま苦痛に顔を歪ませて痩せた六十がらみの男が運転手に支えられて降りて来た。村長である。村長が玄関に入ると大勢集まっていた患者達が道をあける。どうやら先に来ていた人達よりも先に治療を受けるつもりらしい。それでも島民は皆鷹揚に出来ているせいか誰も文句を言う者など無い。公務に追われ激痛に苦しむ様子を見ていかにも気の毒そうに「お先にどうぞ」という仕草をして順番をあけてやる。

村長が治療を受けに来るという情報はすぐに梶達の耳にも入り、誰が村長の治療をする大役を引き受けたものかと協議したが、この場はすっかり皆をリードした形となった梶拓郎があたることになった。皆、前日と同じ配置につきマッサージを開始する。

梶のところに村長が案内された。緊張しながらも努めて平静を装って問診を始める。

「どこが悪いのですか」

「腰が……」

痛みをこらえながらやっとの思いで痩せた胴体に巻かれていたコルセットを外した。

「三週間くらい前から徐々に痛くなり、それも朝起きる時が特にひどく、何をやってもいっこうに良くならない」

息も絶え絶えに訴える。

「ちょっと動いただけでズキッと痛む。痩せた身体が痛みで余計痩せてしまった」

冗談めかして弱々しく笑うがいかにも辛そうだ。

「どれ、どこですか」

患部を調べると左のお尻から足にかけて痛いという。

他は型通りの二十分マッサージが進行中なのに比べ、梶の部署は治療院さながらの様相を呈してきた。未熟な知識を駆使して詳細に調べると、どうやらこれは腰痛ではないようだ。臀部の痛みが顕著であり、坐骨《ざこつ》神経痛ではないかと思った。このような症状の患者は梶の病院では良く見かける。自分の経験ではマッサージも有効だが鍼の方が効果があるように思えた。

何よりも、今まで学んだ鍼の技術を試してみたくてうずうずして来た。ふと周囲に目をやると内村、羽島他全員がマッサージをしながらチラチラと梶の様子を見守っている。川添亮太は右手の人差指で丸く輪を作って盛んに鍼を打てと合図している。その時「梶君、鍼の方がいいんじゃないかしら」梶の後ろから声が聞こえた。何事にも積極的な黒木麗子である。この場合、彼女に鍼とマッサージのいずれがいいか優劣などわかる筈もなく、好奇心旺盛な彼女は梶の鍼治療を見たくてたまらなかっただけのことであるが、この一声で梶の選択は決まった。

「今までに鍼をしたことはありますか」

梶が村長に尋ねる。

「いや、鍼は恐ろしくてしたことは無いが痛いのかね？　できればマッサージでやってもらいたいのだが……」

心配そうな返事が返って来た。もともと事に臆する方では無い梶は大胆に開き直り、きっぱりと言った。

「いえ、全く痛いことはありません。それに早く痛みを取り除くには鍼の方がいいでしょう。大丈夫ですよ」

これも梶の自分勝手な判断である。

前もって用意し、白衣のポケットに忍ばせていた鍼ケースから鍼と鍼管を取り出すと疼痛甚だしい臀部に向けてトントンと刺入し、グリグリとひねり回した。雀啄術《じゃくたつじゅつ》である。専門家が見たら思わず噴き出して呆れ果てるかも知れないが、少なくとも梶は雀啄術のつもりでひねり回した。

梶にとっては自分の考えで鍼施術を行った最初の患者である。この村の村長ということであるから大いに緊張したが、治療を始めるや皆が興味深げに見守る中を手際良く鍼を進めていった。少なくとも本人はそう思った。左を上にした側臥位をとらせて痛いというところ全部に置鍼《ちしん》したのである。お陰で村長の臀部はあたかも鍼の山のようになった。

置鍼というのは鍼を刺入したあと、そのまま数分から数十分その状態を保つことである。ここまでは独学で鍼灸の本を学んで身につけた知識であったが、最後の置鍼を終えたところで梶の耳に高見三千男の声が聞こえた。

〝激痛には肝木《かんもく》の兪土穴《ゆどけつ》を使いなさい〟

梶はすかさず痩せた村長の左足の甲を捕えるや兪土穴とおぼしき所に鍼を刺入、これ又雀啄を続けた。

「いや、そこは何ともない。痛いのはお尻です」

村長が悲痛な声で訴えるが梶は取り合わない。

「いや、これでいいんです。楽になりますよ」

懸命に施術を続ける。

全くこの男には急に何かが乗り移ったとしか思えない。その態度は自信に満ちて新興宗教の教祖の如く落ち着き払っている。皆、梶のあまりの変貌ぶりを見て呆気にとられている。

「はい、終わりました」

治療終了の声で、やっと解放され自由の身になれて一時はどうなることかと心配していた村長はホッと溜息をついた。

マッサージを所望したのに島民の面前で痩せたお尻をむき出しにされ、ところ構わず鍼を刺されて村長としての大切な威厳をめちゃくちゃにされ不快きわまりない顔でお礼を言って立ち去ろうとした時、

「あれ、痛くない！」

思わず村長が叫んだ。

「痛くない！　痛みがなくなっている。不思議だ！」

今までの不快な表情は忽ち驚きと歓喜の表情に変わり梶を見つめて呆然として立っている。

「これは奇蹟だ。奇蹟以外の何物でもないぞ。一体どういう事だ。しかし、ありがとう。お陰で助かりました」

村長は大袈裟に「ありがとう」「ありがとう」を選挙運動の時のように連発し今までとは打って変わってニコニコ顔になり、皆に手を振りながら今度は運転手の手を借りずに一人で車に乗り込み、満面の笑みを浮かべて帰って行った。このあり様を側で見ていた島民は「さあ大変、我先に……」と鍼治療を行った梶のもとに殺到した。しかし用意した鍼が底をついてしまい、消毒用のオートクレーブを準備してい

ない旨を説明し、鍼治療は村長のみとして、あとは皆と同じようにマッサージを行った。

梶の友人竹之内次夫と商工会長の協力を得ての島内宣伝が功を奏し、梶等の施術も好評で二日間の実技研修は大成功裏に幕を閉じた。帰路、手打港にはお世話になった竹之内と商工会長それに村長までもが見送りに来てくれた。

酒の席で意気投合しすっかり友人になった商工会長と羽島、川添の三人は名残惜しそうだ。坐骨神経痛がすっかり快方に向かいつつある村長と梶は今後の治療について話し合っている。

「多分、坐骨神経痛《ざこつしんけいつう》だと思われますので無理をすると、又、痛みがひどくなるかもしれないから出来るだけ安静にした方がいいですよ。痛みが軽くなったのは多分にもう治る時機だったのかもしれませんからね」梶の謙虚な言葉は大いに村長の心証を良くしたが、ようやく鍼を握ったばかりの自分に坐骨神経痛の痛みがたった一回の治療で治るとは到底信じられなかったのである。しかし鍼灸師なら成り立ての頃、おそらく誰でも経験することであるが、経験の浅い鍼灸師の鍼でも思いがけない結果を得ることが時として起こり得るのである。

三人に見送られて彼等は船中の人となった。

「それにしても実にいろんな経験をしたね。今度の実技研修では」

野口が感慨深そうに呟いた。

「全くこれも発起人の内村君と世話役を引き受けてくれた梶君のお陰だよ」

最年長の羽島が二人の功績を称える。全員の間から拍手が起こったのを内村が手を上げて遮った。

「いや、この実技研修が成功したとすれば、それはみんなが心をひとつにして協力したからだと思います。それに梶君の友人の竹之内さんや商工会長さんのお陰だと思います。ここは全員がよく協力して頑張ったということで今後の励みにしようではありませんか」

内村秀雄の言葉に全員が一様に頷き、割れんばかりの拍手が起こった。

「みんなの協力で幽霊騒動を起こしたのも面白かったな。今度行くときは釣り道具を持って行くぞ！」

川添亮太がさも残念そうに叫ぶと皆大笑いとなった。川添は心ゆくまで釣りが楽しめなかったのが余程口惜しかったらしい。


一方、梶等八名が甑島《こしきじま》で活躍していた頃、地元テレビ局の県民便りの放映で学校の教員室のテレビに突然映し出された本校の生徒達の姿に、校長を初め出勤していた教師達が釘付けになった。その内容は、初日、八名が整然とマッサージをしている姿が映し出されたあと、二日目、腰に手をあてた村長が跛《びっこ》をひきひき苦痛に顔を歪めながら登場する。鍼を試したくてうずうずしている様子の梶の顔がアップで映し出され、それを受けて川添亮太が人差指、親指を丸めて梶に鍼を打つように合図し、続いて黒木麗子も梶に鍼を勧めている。すると梶がいかにも自信たっぷりに怯えた表情の村長の痩せた尻に鍼を刺入し、治療が終わってその効果に驚き、感謝の意を表し満面の笑みを浮かべた村長が手を振りながら帰って行くというものであった。

この一件で教員室は大騒ぎとなった。しかし、学校は夏休み中なので生徒はまだ登校しないとあって事実関係の確認は数日後に迫った二学期の始業時に行うということになった。

学校に無断で実習を行っただけでも処罰の対象に成り得るのに鍼施術を行ったとあっては相当に重い処分を覚悟しなければならなかった。しかもテレビにアップで映った顔を見て高見三千男が教員室の前で毎朝教授していた梶拓郎であることがわかり、一部の同僚の教師達の中では高見の責任論にも言及した。それは優しくて生徒に人気のある高見に対するやっかみにも思えた。

二学期、始業式の朝、教室内は久しぶりの再会でいかにも騒々しい。皆一様に日焼けしているところを見るとどうやら勉強より遊びで忙しかったようだ。どこに遊びに行ったのかが会話の主なテーマでハワイを初め海外組も少なくない。

梶が教室に入ると先に来ていた者数人が騒ぎだし、それに気付いた全員が梶を興味深げに注視した。

「よっ！　鍼灸師」と言う者もいる。どうやら先日放映の県民便りを観ていたらしい。そのうち他の甑島研修組がぞろぞろ入って来ると、もう話題の中心は完全にハワイから甑島の方に移ってしまった。

「梶さん、凄いですね。テレビで観ましたよ。どこで鍼を習っているんですか？　僕にも教えて下さい」

本気で梶に指南を申し込む者まで出る始末である。

始業式が終わり、全員教室に戻るといきなり校内放送で甑島研修組に呼出しがかかった。

「至急校長室に来い」という事である。内村秀雄の不吉な予感は的中した。勿論、無断研修の件であることに間違いはない。それにしても二日目も撮影していたとは誰も気付かなかった。インタビューがあれば当然わかる訳だが、それもなかったし鍼治療に集中していたからであろう。

内村の他、梶と野口は呼びだしの理由を即座に予感したが、あとの五人は呑気なもので何の理由やら訳が解らない。八人揃っておずおずと校長室へ入って行くと、校長、副校長、生徒指導係の古沢耕平《ふるさわこうへい》の三人が待機しており、何やらただならぬ雰囲気である。生徒達に人気のある高見三千男を快く思わない古沢が真っ先に尋問してきた。

「君達はなぜここに呼ばれたかわかっているだろうな」

いかにも意地悪そうな口調だ。

「はあ？　何の事ですか」

サラ金取り立て屋でならした川添亮太が怒りを押し殺し、凄みのある声で聞き返すと気迫に押された古沢は思わず一歩後ずさりした。つい昔の態度が出て苦笑しながら頭を掻いた川添を内村秀雄が慌てて制した。

「はい、甑島の件だと思います」

内村が神妙に答える。古沢はハンカチで額の冷や汗を拭きながらいかにも意地悪そうにニヤリと笑った。「いかにもその通り。学校に無許可で、しかも一年生の分際で勝手に実習などするとは誠にもってケシカラン。そのうえ、指導者のいない状態でマッサージだけでも問題なのに、まだ習ってもいない鍼まで使った者がいるのは言語道断だ。事故が起きなかったのは幸いだったが君達の取った行動について学校側としてはしかるべき措置を取らなければならないと考えるので各自、申し述べることがあればはっきり言いたまえ」

居丈高に叫んだ。

古沢のあまりの剣幕に八人共、押し黙っていると、こういう時にはいつも生徒を庇う立場に回る副校長が皆に意見を促した。

「黙っていないで何か言うことは無いのか」

校長はゆったりと椅子にかけたまま黙って様子を窺っている。

「君達の取った行動で学校は大迷惑をしているんだ。特に梶は高見先生に特別に鍼の御指導を授けてもらっているようだが高見先生から今回の件で許可をもらっているのかね？」

古沢は高見もこの際いっしょに懲罰にかけようとの魂胆と見える。梶は自分の事で教育熱心な高見に迷惑をかけてはならないと思った。

幼い頃から喧嘩っ早くて正義感の強いこの男は自分に味方してくれる者を非難されることに我慢できる性分ではなかった。今まで数えきれない程、繰り返してきた喧嘩の原因も元をただせば大体が彼本来の正義感から出ているものであった。それゆえに粗暴な振舞いの割には梶の性格を理解する者からは可愛がられ支持されてきたのであった。

「今回の件に高見先生は一切関係ありません。全て自分が計画したことであり、全責任は自分にあります」

梶拓郎はややタレ目の眥《まなじり》を吊り上げ気味にしてはっきりと答えた。頬を紅潮させてまさに古沢に噛みつかんばかりである。内村が横から何か言おうとしたが梶が肘を突き出してそれを遮った。

「そうか、今回の件は君が一人で計画したのか。それでは首謀者である君は一人で責任を取るというんだな」

梶の毅然とした態度に一瞬ひるんだかのように見えた古沢だったが意地悪くたたみかけてきた。残る七人が梶一人に責任を取らせまいと発言しようとするが梶が許さない。

「全員の退学処分は考えものだが一人なら止むを得んだろう」

古沢はすぐにでも梶を退学処分にするつもりでいる。皆どうしていいかわからず顔面蒼白だ。強がりを言った梶も折角苦労して母親に出して貰った入学金百五十万円と今までの努力が水の泡になってしまったかのような思いが脳裏を走った。

丁度その時、校長室の外の駐車場にピカピカの黒いクラウンが横付けされるのが見えた。間もなく若い女の事務員が来客を告げに校長室に入って来た。すぐ後に二人の来客が付いてきている。

「あーここだ、ここだ」

どこかで聞き覚えのある声だ。

入口を見ると、ヒョロリと痩せた甑島の村長と恰幅のいい商工会長が立っている。

「やぁ、やぁ」

神妙な顔つきで並んで立っている梶等を見つけると事務員の取次などお構いなしに満面の笑顔で校長室に入って来た。

お土産に持ってきた見事な鹿の子百合の鉢植えを校長に手渡す。季節遅れの鉢植えだが立派なものだ。鉢だけでも数万円はしそうである。校長は初対面なのだがあまりに見事な鉢植えと差し出された名刺を受け取り怪訝そうな顔をしながらも嬉しそうである。

「先生方、ここにいらっしゃいましたか。この度は大変お世話になりました。あれからもう村中で感謝致しておりまして……」

なつかしげに梶等に近づいた村長と商工会長は一人一人に丁寧におじぎをする。

ひとしきり再会の挨拶を終えてから校長に用件の向きを述べた。

「校長先生、本日はここにいらっしゃる先生方のお陰で私共の村が大変お世話になりましてお礼とお願いを兼ねて御挨拶に参ったわけでございまして。校長先生を初め皆様方にもお願いをしたくて参った次第でございますから、ひとつこの席をお借りしてお話を聞いて戴くわけには参りませんでしょうか」

村長のお願いに副校長が立っている八人にもソファに同席するように促した。

「改めて自己紹介させて頂きます。こちらが私共、甑島の村長と私、今回皆様方をお世話させて戴きました民宿照海荘の主で村の商工会長でございます。先日は校長先生初め皆様方の御支援をいただきまして村民及び商工会員の健康促進に多大なる御貢献を賜りましたことを有難く厚く御礼申し上げます」

商工会長が持ち前の腰の低さでうやうやしく挨拶し校長に用意してきた感謝状を手渡した。大きな額に入っている。

いくら生徒達を叱っていた最中とはいえ、美しい花のお土産と感謝状を贈られた上、こうも立て続けに褒められたら誰だって悪い気はしない。それに小さな島とはいっても村長と商工会長なのである。

副校長が緊張して立ったままの八人に対して遠慮せずソファに着席するように勧めた。物静かな村長とは対照的に快活な商工会長がようやく着席した彼等に問いかけた。

「この間は本当にお世話様でした。皆さんお疲れにはなりませんでしたか？」

「全然疲れませんでしたよ。皆まだまだ若いですから」

生徒達の中で最年長の羽島泰三が胸を張って答えると賑やかな笑い声が校長室いっぱいに響き渡った。先程まで生徒達への尋問の急先鋒を務めてきた生徒指導の古沢耕平も作り笑いを浮かべて和気藹々の雰囲気である。

「梶先生、梶先生の鍼のお陰で私の腰は、ほれ、この通りすっかり良くなりましてねえ。それにしても、あれ程痛くて病院に何回通っても一向に良くならなかった私の腰がたった一回の鍼治療でこんなに良くなるとは！　この学校の皆様の腕前は本当に素晴らしい。それにしても私共が来た途端、お世話になった先生方に校長室で直接お会いできるとは。これ又、奇遇ですな」

村長は不思議そうに首をかしげながらも改めて深い感謝の意を表して校長以下全員をぐるりと見回し深々と頭を下げた。お願いというのは、これからも甑島を訪問してボランティアで医療マッサージをしてもらえないかということであった。

「こんなに感謝して戴いて誠に光栄です。私共の学校はこの古沢先生をはじめ優秀な先生方が多数、又、梶君のように意欲的に勉学に取り組む生徒に恵まれております。誠に喜ばしい限りです。そこで本日は二学期の始業時にあたり甑島の実技研修から帰った諸君に校長室に集まってもらってその成果を報告してもらっていたところなんですよね、古沢先生」

副校長がジロリと古沢を見て言った。

この学校で誰よりも進取の精神旺盛な副校長は今回の事件を全面的に悪い事とだけ捉えることには反対であった。今までの上級生に比べ、粒のそろった感の一年生に大いに期待していた。特に梶拓郎にはアルバイトが決まるように希望先の病院の面接に際して自分の名刺を添える程の身贔屓《みびいき》ぶりを示していたので生徒指導の古沢の厳しい詰問に困りきっていた矢先のことであった。

「はい、その通りでございます。ちょうど村長様、商工会長様がタイミングよくお越し下さいまして本当によろしゅうございました。では私共は又のち程お伺いすることにして、とりあえず失礼させて戴きます」古沢耕平と梶達八名は来客に会釈して校長室をあとにした。

来客が帰り、再び校長室に呼ばれた彼等は、副校長から無断で実技研修を行ったこと、鍼治療を行ったことへの厳重注意処分を受けたが、それが済むと副校長は急に笑顔になった。来客の要望を取り入れ、来年からは学校行事として甑島への実技研修を行うことを検討する旨、約束したことを知らされたのである。

教室に戻ると他の生徒達は全員下校して誰もいない。

「こんな大げさな事になるなんて思ってもいなかったよ。驚いたね」

野口が呟いた。

「甑島一日目の時にテレビカメラの人が目に入ったんで何となく一抹の不安がよぎったんだけど、まさかこんな騒動になるとはね。それにしても梶君一人に責任を負わせた形になってしまって何とも申し訳ない」内村が頭を下げると梶はいかにも照れ臭そうにそれを打ち消した。

「日頃お世話になっている高見先生に迷惑をかけてはいけないと思って、つい、いい格好をしてしまったけれど、あの古沢の奴には本当に頭に来る」

「同感だね。しかし、ああいった人間はどの世界にもいるよ。だけど、もし梶君一人を退学処分にでもしたらただじゃおかないよ」

先程まで目を吊り上げて興奮していた川添亮太が拳を振り上げて吐き捨てるように言い放つと皆「そうだ、そうだ」と一斉に叫んだ。何しろ、サラ金取り立て屋でならした強面の川添亮太が二の腕を振りかざすと、空手で鍛えた上腕二頭筋がたくましく盛り上がり、皆その迫力の凄まじさに圧倒されて同調せずにはいられないのである。

二学期に入ると、教室の空気もゆとりが感じられ、皆、白衣姿がすっかり板についてきた。授業も一通り呑み込めてきたので顔付きにもどことなく余裕が出て来た。この仕事は何といっても腕一本で食べていかなければならないので、開業したての頃は、皆似かよった技術で少しでも多くの患者を獲得しなければならない。予想される熾烈な競争に生き残るため、より幅広い技術の修練に磨きをかける。自分の技術に多少自信が持てるようになると開業して成功している治療院の情報に敏感になる。

長いように思われた二年間の過ぎ去るのは早い。按摩マッサージ指圧師の資格試験を間近に控え最後の追い込みに余念がない。梶達の教室は今までの各自のマイペース型から全員合格を目指しての協力型に切り替わる。

資格試験には競争は無く、合格者数の制限も無い。一定以上の点数を取りさえすれば合格できるのだ。従って、クラスから一人も不合格者を出さないよう全員で協力し合うのである。過去の問題の傾向を調べて対策を練り勉強が遅れている者には成績上位の者がアドバイスをして面倒を見てやるのだ。

特に内村、野口、黒木といった成績優秀な者が彼等を合格させる役目の中心を担う。冷静沈着で頭脳明晰と誰もが認め、人望の厚い内村秀雄の周囲には、常日頃あまり授業に熱心でなかった者達が毎日、指導を仰ぎにやって来る。そのため多忙を極め、彼は自分の勉強どころではない。それでも「内村さん、すみませんが病理学を教えて下さい」等と頼まれると親切に教材を取り出して試験に出そうな所をチェックして教えてやるという具合だ。

梶拓郎も内村を見習って合格ラインに自信の無い者に対して協力したいところだが、彼の場合は誰もが認める実技の指南に追われていた。実技なら内村、野口、黒木に決してひけを取らないという自信があり、周囲もそれは認めていた。

実技の資格試験は試験官自らが施術を受けて審査し口頭試問も同時に行われる。質問に捕われて手捌きが疎かにならないようにしなければならないのである。梶は、自分が試験官の役目を買って出て、施術を受けながら「按摩とマッサージの違いは?」とか「アルント、シュルツの法則について述べなさい」といった具合に質問しながら助言していく。過去に実技で不合格となった者はほとんどいないということを聞かされてはいたが、やはり不安が先に立ち、試験間近になると少しの時間でも無駄にすまいと教室は緊張感でいっぱいになる。

試験を明日に控え、最後の授業が終わったあと、いつものように「じゃあバイバイ」とすぐに帰る者はいない。今日まで全員、合格を目指して協力し合って頑張ってきたので何となく帰りづらいものがあった。

「おい、みんなどうした。帰らないのかい?　大丈夫だよ。これだけ頑張ったんだから、明日の試験は全員合格だよ」

川添亮太が皆を激励するように声を張り上げる。

「そうよ、みんなで頑張ったんだから心配いらないわよ」

飯田スマ子も普段は呑気に構え、試験間近になってから慌てて勉強を始めた若手の方を見て黄色い声で叫んだ。クラス委員長の内村はそういう彼等の不安を拭い去るように冷静に口を開いた。

「過去に実技で不合格になった者はいないという事だし、まず実技は問題ないと思う。筆記試験も過去の出題を検討した限りでは基礎知識の問題がほとんどだから皆の実力を出しきれば全員合格できる筈だよ。入学試験と違って定員がある訳ではないからね」

内村に励まされ流石に不安を隠しきれなかった若手の者達の表情も緊張感がほぐれて明るさを取り戻す。特に彼等の指導を引き受けてきた内村にそう言われると元気が出ない訳はなかった。

「委員長の言う通りだよ。明日は朝寝坊しないように注意して今夜は早目に休むとしてそろそろ帰りましょうか」

羽島泰三の言葉に促され皆それぞれ教室をあとに引き上げて行った。残った梶、内村、野口、黒木の四人も帰り仕度を始める。

入学して二年が経ち、四人はお互いに知識情報を提供し合い切磋琢磨し合ってきた。筆記試験の成績については梶以外の三人はクラスの中でずば抜けた成績を誇る。

梶拓郎は甑島での一件以来、マッサージのあらゆる手法だけでなく鍼灸にも早くから着手していたことが知れ渡ってしまい、クラスで肩の凝る者や腰痛のある者に鍼の施術を行ったり、教えたりしてきたので実技に対する信頼は抜群であった。

そのため肩凝り体質の黒木麗子などは、マッサージ実技の時間は梶から新しい技術を取り入れるため梶と組みたがるのは勿論のこと、暇をみては鍼の施術を依頼してきた。

「じゃあ、我々もそろそろ帰るとするか」

野口の言葉に三人共椅子から立ち上がった。と、その時、長身の内村の体がふらっと傾きかけた。

「大丈夫？　内村君」

黒木麗子が驚いて声を掛ける。

「大丈夫です。ちょっと目眩がしただけだから。多分疲れだろうから早く帰って休むよ」

「そうか、じゃあ心配だから僕が送って行こう」

帰る方角が同じである野口浩之が内村の腕を支えた。

「そうだよ。明日のために頑張って来たんだから早く家に帰って休んだ方がいいよ」

梶も心配そうに内村を促した。

疲れた表情の内村が野口の肩に支えられながら教室を出て行くのを見送った梶は、帰りの電車まで一時間余りあるのを確認すると椅子に座り直し資格試験用のノートを拡げた。大切なところを拾い集めて書き込んであるノートである。このノートの作成に内村や野口の協力があったのは無論である。目を通していると既に帰ったとばかり思っていた黒木麗子が教室に引き返して来た。

「あれ？　黒木さん、帰ったんじゃなかったの」

「折角、勉強していらっしゃるのに悪いんだけど今日は肩が凝って頭痛までするの。明日の試験に万全の体調で臨めるように治療して下さらない？」

「いいよ、帰りの電車まで少しあるから治療してやるよ」

梶がノートを鞄にしまい込み、鍼ケースを取り出して準備している間に黒木麗子は早々と教室の隅に置いてあるベッドの上にあがる。着衣をきちんと机の上にたたみ、スリップ一枚で毛布にくるまってうつ伏せになっている。独身の男にはいささか刺激的光景である。

「寒くないですか？」

教室の窓を通して強い西日が入るので暖房は要らない程であるが、とりあえず声をかけてみる。

「ううん、寒くない」

独特の甘い声で返事がかえってきた。

肩にかかっている毛布を背中の方にずらして肩上部を中心に刺鍼していく。今までの経験で患者によって同じ肩凝りでも肩上部《けんじょうぶ》に凝りが強い場合もあれば、肩甲間部《けんこうかんぶ》の場合もある。肩甲間部の場合は鹿児島の方言でヘッツボという穴《つぼ》で屁穴《へっぽ》ではない。正しくは膏肓《こうこう》という名称で例えて病膏肓《やまいこうこう》に陥る等と用いられる。容易になおらないという意味らしい。

彼女の場合は肩上部の凝りが強い。今までの治療で大方わかっているので手慣れた方法で一通り治療を終える。

「ねえ、梶君。ついでにマッサージも頼んでいい？　明日の試験のつもりで」

美人でチャーミングな割には欲深い女だと思いながら仕方なく引き受ける。

「いいよ、少しだけならまだ時間があるから」

帰りの電車の時刻を気にしながらマッサージをしてやる。

それにしても、実技ナンバーワンの梶に対して、〝試験のつもりで〟と言うところが流石に元外資系出身であり、断れないから美人は得である。しかし、梶にしてみても施鍼を終えたとはいっても未だ未熟なため己の技術にそうそう自信がある訳ではなく、足らないところはマッサージで補わなければ安心出来ないため偉そうなことは言えない。

黒木麗子を側臥位にして日本タオルを頭にかぶせ、頭部のマッサージで美しい髪をぐちゃぐちゃにし、透き通るような白い肌を頸部から肩背部、細くてしなやかな腕、引き締まった腰部から大腿部、スマートで良く発達した下腿部と順序よくスピーディに施術を終えた。

「明日は頑張ろう。バイバイ」

明るく声を掛け、彼女をベッドの上に残したまま急いで教室を出た。


当日の按摩マッサージ指圧師資格試験会場。試験会場は県立盲学校だ。県によって試験日と問題内容が異なる。そこで不合格になった場合に備え、他県からも受験にやってくる。会場は梶達の学校の他、盲学校の生徒に加え九州全域を中心に各県の受験生で溢れていた。

試験開始時刻までまだ随分時間があったが、クラス全員が集合した時に副校長から驚くべきニュースが報告された。

「実に残念なことに内村秀雄君が急遽、入院のため受験できません。夕べ突然、眼底出血をおこし市内の病院に入院致しました。過労によるものと思われます。彼は以前から目を患っており今回の試験に備え相当無理をしたものと思われます。誠に残念でありますが、彼の今年の試験は断念せざるを得ません。以上連絡しておきます」

皆に激励の言葉をかけたあと沈痛な表情である。全員合格の自信があっただけに副校長の落胆した様子が窺われた。クラスの者達も成績最優秀の内村秀雄の欠席とあって動揺の色を隠せなかったが、今はもうすぐ自分に課される試験の重圧で彼の事を思いやる余裕などは無い。

試験は午前の学科、午後の実技で終了した。学科試験の内容は学校の期末試験よりもはるかに易しかった。どの科目も例年の試験内容とそれ程変わらず、ほとんど基礎的な知識の問題であったため、午前中を終えると、皆合格を確信したような笑みがこぼれている。

「あんな問題だったら特別に勉強する必要など無かったなあ」

野口が拍子抜けしたように呟いた。

「内村君も無理して勉強しすぎたのかしら。内村君ならそんなに一生懸命勉強しなくても合格できたのに可哀そうね」

黒木麗子が気の毒そうに言った。

「試験が終わったらみんなで病院に見舞ってやろうか？」

梶の提案を野口が押しとどめた。

「いや、今日はやめた方がいいと思う。目が見えない上に相当落胆していると思うから日を改めて落ち着いてから見舞いに行った方がいい」

「そうだね。あの生真面目人間の内村君にはその方が親切かも知れないな」

梶も野口の言葉に頷いた。

午後の実技試験は県立盲学校と梶達の学校の教師が試験官を務める。受験番号順に並んだ受験生の割り振りでどちらの試験官にあたるかが決まるらしい。しかし、いずれにしろ実技試験で不合格になる者は皆無との情報を得ていたので、皆、午前中のような緊張感は無くリラックスムードである。実技試験が終われば晴れて按摩マッサージ指圧師になれるのである。悲運に見舞われた内村秀雄を除いては。

古い木造モルタルの校舎の廊下に受験生が一列に並んで順番を待っている。教室は奥と手前に二つ準備されており、実技試験を終えた受験生が教室から出てくると、次の受験生が係員から指示されたいずれかの教室に入って試験を受けるという方法だ。

内村が欠席のため、梶拓郎を先頭に並んで順番を待っていると、ほぼ同時に二つの教室から試験を終えた受験生が出て来た。緊張で頬が紅潮している。係員から梶拓郎は奥の教室へ、次の黒木麗子は手前の教室へ入るよう指示を受ける。梶は係員に軽く会釈し深呼吸してから教室のドアを開いた。

ベッドが一台置いてあり、梶達の学校の副校長が椅子に座ってこちらを見ている。いくら実技に自信ありといえども流石に資格試験ともなると多少の緊張はしていたが試験官が副校長であることがわかると少し緊張が和らいだ。

梶は落ち着いて自分の受験番号と名前を述べ消毒液で手洗いを済ませた。副校長は梶の動作をじっと見ていたが、いつもの笑顔で話しかけてきた。

「学科の方はどうだったかね、簡単すぎなかったかね」

「はい、学校のテストに比べるとあまり簡単なので拍子抜けしましたよ」

梶がいともあっさり言ってのけると副校長は笑って頷いた。

「そうだろう。君達のクラスは全員合格間違いなしと思っていたが内村君は気の毒だったね」

「試験当日になって急に具合が悪くなるなんて本当にびっくりしました。先生、彼はどうなるんですか、つまり進級のことですよ」

「進級は心配ないよ。試験は来年合格すればいいからね」

「そうですか、それで安心しました」

梶がほっと胸をなでおろすと副校長も頷いてチラリと時計を見た。

「こりゃいかん。君と話していたらすっかり試験のことを忘れていた。座位の按摩をやってみてくれ」

慌てて梶に背を向けた。

梶拓郎が慣れた手つきで軽擦法《けいさつほう》から始め、肩背部の拇指柔捏《ぼしじゅうねつ》に移ると、早速、口頭試問が飛んできた。

「柔捏法《じゅうねつほう》の生理作用を述べてみなさい」

梶は落ち着いて答えた。

「主として筋肉に作用を及ぼし、筋組織の循環を良くし、組織の新陳代謝を盛んにし栄養及び筋力を高め機能を盛んにする。又、腹部に行う時は胃腸の蠕動《ぜんどう》運動を高めて便通を良くします」

「大変良く勉強しているようだね。はい御苦労さん」

「え、もう終わりですか？」

「不合格になりたくなければ早く帰りなさい。雑談に時間をとってしまってこれ以上は時間をかけられないよ。まあ、これは冗談だがね」

時計を気にしながら笑って言う。

「ありがとうございました。よろしくお願い致します」

梶も長いよりは短い方がいいと思いペコリと頭を下げて足早に退室した。

先に実技試験を終えて梶が出て来るのを待っていた黒木麗子が近づいて来て何やら憮然とした表情で問いかけた。

「梶君の方、うちの学校の先生だった？　私は盲学校の先生だったから」

「うん、副校長だったよ。ドアを開けるまでまさか副校長だとは思っていなかったけど、何となく安心したってとこかな」

「運が良かったわね。梶君のお陰で私は盲学校の先生よ。腰背部の指圧をしたら〝何キログラム圧ですか？〟と尋ねられたので、〝三キログラム圧です〟と答えたら〝それは三キログラムではない。あなたの指圧は強すぎます〃と言われてしまった」

今にも泣き出しそうである。

「そんなに強く押したの」

「ずいぶん痩せた先生だったからね。ちょっと体重をかけすぎたかもしれない。試験が終わるまでずっと無愛想でニコリともしない先生だったのよ。ねえ、不合格にならないかしら？」

外資系出身にしては弱気な発言である。これくらいのことで不合格になる筈はないと思うが、全てにパーフェクトを求める彼女としては、少しの不注意が相当悔やまれたとみえる。

「大丈夫ですよ。三キログラム圧が理想だと習っても実際はかなりの体重をかけてやるのが普通だからね。教科書通りのことをやっていては患者さんは逃げていくと思うよ。その辺は試験官だって大目に見てくれるでしょう」

梶拓郎の言葉にほっとしたのか、黒木麗子の瞳に安堵の色が浮かんだ。

「きのうはどうもありがとう。治療してもらったお陰で今日はとても体調が良く試験を受けられたわ」

両手を後ろにそらして深呼吸をした。赤いセーターの胸が大きくふくらんで挑発的に突き出ている。

梶は慌てて目をつむった。

「試験も終わったことだし、電車の時刻に間に合わないといけないから今日はこれで失礼するよ。お疲れ様」

彼女の挑発的な胸から目をそらし、一人試験会場をあとにした。


試験から一週間後——。

流石に冷静沈着な内村秀雄も今度ばかりは腐りきっていた。こともあろうに資格試験を前に病魔に襲われるとは。クラスきっての勉強家であるだけに試験直前の無理な追い込みが悔やんでも悔やみきれなかった。入院中の六人部屋の窓から外を眺めると紅梅が美しい。八重が盛りである。目の症状はほとんど治まり気分は悪くない。もう少ししたら退院できそうだ。努めて気持ちを明るく持ち、心配して見舞いに来てくれる家族が安心するように細やかな心くばりをしてきたつもりだったが、生まれつき病気がちで苦労ばかりかけてきた母の心中を察すると思わず涙がこぼれた。

可憐に咲いている紅梅に見とれるふりをして周囲に気付かれぬようティッシュを引き寄せると、そっと悔し涙を拭った。と、その時、病室のドアが勢い良く開いてドヤドヤと多数の人間が入って来た。何事かと入口の方を振り向くと、顔も見えないくらいの大きな花束を抱えた黒木麗子を先頭に、これも特大の果物籠を両手いっぱいに抱えた川添亮太、そのあとに梶拓郎らクラス全員が続いた。

「どうですか？　内村君。目の調子は」

強面の川添がドスの利いた声で周囲をぐるりと眺め回しながら尋ねると、あまりの騒々しさに苦情を言いたげな他の入院患者達は恐怖感から思わず下を向いて小さくなっている。

「何や、だいぶ悪いかと思うとったけど、顔色良さそうじゃない」

「ありがとう。お陰でもうすぐ退院できそうだよ。君達には随分心配かけてしまって」

内村は周囲に気を使いながら小さな声で礼を述べた。

「何言うんですか。内村さんは自分の勉強を犠牲にして僕達を指導してくれたんです。それから家に帰って毎晩遅くまで自分の勉強をしてたんでしょう。だから僕達のせいで体をこわしてしまったんです」

純情な中居勉が申し訳なさそうにうなだれて言った。

「そうだよ。君等、若い者のせいで内村君は試験を受けられんようになったんだぞ。しっかり反省せえよ。尤も俺も内村君にはだいぶお世話になったけどなぁ」

川添亮太が頭を掻いて背中を丸める。背後から「そうだ、そうだ」の大合唱があがる。

内村が手を上げてそれらの声を制した。

「いや、そんな事はない。これは誰のせいでもない。僕の目がもとから悪かったんで、それがたまたま試験日と重なっただけのことだよ」

「すると、運が悪かったということですか?」

中居がほっとしたように尋ねる。自分達のせいではなかったのだと悟り顔に安堵の色が出ている。

「そうだよ。せめて試験日の翌日に悪くなってくれたらよかったんだけどね」

「大切な時に運が悪いのは、何か悪いものが取りついているということをテレビで観たことがありますよ。内村さん、退院されたら御払いを受けてみてはどうですか？」

親切心で言った中居の言葉に内村は苦笑したが、その中居の頭を川添がこづいたのは言うまでもない。

「それより試験はどうだった、難しかった？」

「いいえ、全然。簡単すぎて内村さんだったら片目をつむっても合格できるような問題でしたよ」

中居が楽しそうに報告する。

「勉！　お前、何てことを言うんだ。そんなもん、フタを開けてみんとわからんだろうが」

再び川添に頭をこづかれ真っ赤になって釈明する。

「あ、すみません。そういうつもりでは」

「それにしてもびっくりしたでしょう」

黒木麗子が心配そうに内村を見る。

「それはね、もう急に光が走ったかと思うと目の前が真っ暗になるんだから、そして鋭い痛みが来ましてね。でも、もう大丈夫ですよ」

賑やかな連中が来てくれたお陰で内村の表情にも明るさが戻った。

「それでは、あまり長居をすると他の患者さん達にも迷惑になるから、そろそろおいとましましょうか」

羽島泰三が皆を促す。

「じゃあ、学校で会おう」

梶と野口が〝ポン〟と軽く内村の肩をたたき、全員潮が引くように病室を出た。

まさに嵐のあとの静けさだ。内村はホッと嘆息をつくと、彼等が持って来てくれた果物籠の中からリンゴやバナナを取り出して、さも申し訳なさそうに病室の患者に配って回った。


三年生の春、教室が普段より騒がしい。待望の鍼灸器材が全員に配布されたのである。ステンレス製の真新しい鍼ケース、灸ケース、それに指頭消毒器《しとうしょうどくき》である。尤も配布されたのはケースのみで鍼や艾《もぐさ》などの中身は個人で購入せねばならない。

按摩マッサージ指圧師の資格試験は、無念の涙を呑んだ内村秀雄を除く全員が合格。網膜剥離を病み、資格試験を見送り、入院生活を余儀なくされた内村は持ち前の強靭な精神力で病気を克服、笑顔で教室に帰って来た。細身で頼りなげに見えるが、勉強熱心で面倒見のよい内村の病欠はクラス全体に例えようの無い暗い影を落としていた。特に仲の良い梶と野口はより強く寂しさを感じていた。従って、内村の退院と待望の鍼灸器材の配布はクラス内を異常に活気づかせていた。

登校した内村は、始業開始直前に全員が席に着いたのを見計らって前に進み出た。そしていつもの痩身に笑みを浮かべて静かに一礼した。

「入院中はお見舞いありがとうございました。皆さんの元気をもらって無事に退院することが出来ました。目の調子はまだ完全という訳ではありませんが、だいぶ良くなりました。資格試験は来年受け直すことになりますが、頑張りたいと思います」

簡単な挨拶を済まし、席に戻るとクラス中に安堵の声が沸き起こった。内村に対する尊敬と信頼の度合が窺われる。

「それで目の方はどんな具合なの？」

休み時間に黒木麗子が心配そうに問いかけてきた。内村の周囲を梶や野口、川添、中居が取り囲み、その周囲をクラスの多くの者が囲んでいる。

「病院に週一回行くように言われてるけど以前に比べて少々目が疲れ易くなったように感じます。だから、出来るだけ目を疲れさせないように気をつけています」

内村の言葉が終わるや否や、梶がいきなり提案した。

「内村君、君の目の治療を僕にやらせてくれないか？」

内村は梶の突然の申し出に一瞬戸惑いを隠せず返事に窮したが、すぐに梶の真剣な目の色を読み取った。

「鍼治療が有効だとは聞いているけどどこにするの、まさか眼球ではないだろうね？」

内村らしいふざけ方である。

「まさしく、その眼球だよ」

梶も平然と言ってのける。二人のやりとりを聞いていた中居勉はびっくり仰天して真っ青になっている。飯田スマ子は大げさに「ギャーッ」と叫んで今にも卒倒しそうだ。

「冗談、冗談、眼球にはしませんよ。眼球は禁鍼穴だ。症状として現れる眼精疲労の除去を目的に刺鍼すればいいと思う。そのためには、後頸部《こうけいぶ》の天柱《てんちゅう》、風池《ふうち》、足首の崑崙穴《こんろんけつ》あたりが有効だと思うよ。勿論、肩凝りを除くことも必要だね」

梶がクラスの誰よりも先んじて鍼の勉強をしていることは皆の知るところであるから、誰もが興味深げに彼の説明に耳を傾ける。

「そうか、じゃあやってもらおうか。授業が終わってから」

内村は慎重派ではあるが進取の精神にも富み決断が早い。梶には、これまでもたびたび肩凝りの治療をしてもらっていた経験から、一応梶の刺鍼技術を信頼しているのだ。

鍼灸学校に入学して二年の間、梶は個人的に師事する高見三千男からの指導の他、これはと思う専門書を手当たり次第に購入して、それらを読みあさり、自分なりに治療に対する要領を摑んでいた。勤務先の病院でもスタッフや親しくなった患者に頼まれるままに鍼灸を施し、技術を磨いてきたこともあってクラス内はおろか、学校内でも自分程の技術を持つ生徒は多くはないだろうとの自負があった。

その日の授業が終わると、全員が梶と内村の周囲に集まって来た。

「梶さん、治療の見学をさせて下さい」

中居が申し出ると、用意されているベッドの周囲を皆で取り囲んだ。好奇心旺盛である。努めて平静を装い、内村がベッドに上がると待っていましたとばかりに黒木麗子が内村の服を脱がせにかかる。

「黒木さん、いいですよ。自分でやりますから」

照れ臭そうに言い素早く肌着一枚になる。

「仰臥位、それとも伏臥位がいいかな？」

「伏臥位で始めよう」

梶は用意した鍼を取り出して内村の肌着をめくり上げ、肩背部と後頸部に刺鍼し雀啄術《じゃくたつじゅつ》を施す。

「ああ、気持ちがいい」

内村は目を細めていかにも満足げである。

皆が息を呑んで梶の手捌きを見つめるうち足首の崑崙穴に刺鍼する。

「はい、これで終わり」

自信に満ちた声で治療を終了した。内村はゆっくりとベッドから起き上がる。

「実に気持ちが良かった。目が軽くなった感じがするよ」

成績優秀でクラス中の尊敬を集める内村の賞賛に皆同様に驚き、梶に羨望の目を向けた。

「凄いね、梶君。まるで鍼灸師みたいじゃない」

飯田スマ子の無邪気な声に爆笑が起こった。

皆、梶に対してこの時点では大きく遅れをとったが、今日、待望の鍼灸器材が配布され、目の前で同級生の鍼治療を目撃することになり大いに刺激を受けた。それも今までの肩凝りに対する肩部中心の刺鍼ではなく、目の治療であることへの驚きであった。誰もがマッサージ師からいよいよ鍼灸師に進むための第一歩を踏み出す思いを強く感じたのである。

鍼灸の理論と実技の時間は過去二年間とは比べものにならない位、教室に充実感が漲る。時間数も多く複数の教師が分担しているので、それぞれの体験談等も学べるのである。多くの者が鍼灸院開業を目標にしているため、教師の体験談などを取り入れた授業は聞いていていて面白く大いに参考になる。

実技の第一日目は刺鍼練習である。人体に刺鍼する前にゴム粘土板を相手に刺鍼するのだ。

「ヒエー、なかなかうまくいかないものだなあー」

「又、鍼が曲がってしまった。この鍼は欠陥品じゃないのかな」

自分の未熟さは棚に上げてあちこちで悲鳴に似た嘆息が洩れる。甑島《こしきじま》でのステンレス製の鍼と違い、授業で使用する銀鍼《ぎんしん》一寸三分三号鍼での刺鍼練習は鍼の材質が柔らかいため、ちょっとした力の入れ加減ですぐに曲がってしまうのだ。三年後の鍼灸の資格試験でもこれと同じ材質、寸法の鍼が準備される。ゴム粘土に上手に刺鍼できないようでは到底、人体に刺鍼することはかなわないということで、当分はこういう練習に明け暮れる。

みんなが苦労しているのを尻目に梶拓郎は流石に手慣れたもので、やや固めのゴム粘土板に難無く鍼を通している。

「どうしたら、そんなに上手に出来るの？　教えて」

いつの間にか梶の刺鍼練習を覗きに来た黒木麗子の声を聞きつけて梶の周囲にまたたく間に人垣が出来上がる。

「絶対に力を入れちゃ駄目だよ。肩の力を抜いてポンポンと軽く打つだけね」

言葉にすれば簡単だが、そのポンポンが難しいのだ。しかし、梶の手にかかれば鍼が魔法のようにスーッとゴム粘土の中に吸い込まれていくから不思議である。

「よーし、ポンポンだな」

川添亮太が梶の仕草を真似て静かに刺入する。すると確かに今までの苦労が嘘のように鍼がゴム粘土板の中に吸い込まれていった。それを見ていた誰もが早速、席に戻って梶から教わった通りに刺鍼練習を開始する。

「出来た！」

「鍼が曲がらないで刺入できた」

たちまち、あちこちから歓声があがる。

器用、不器用の差はどうしても否めないが、梶達のクラスはこのように和気藹々、授業が進んでいく。

「ゴム粘土と人体ではどちらが簡単なの？」

注意深く梶の刺鍼を観察していた野口浩之が質問してきた。

「そりゃ人体だよ。人体の方が柔らかいからね」

「それにしてもゴム粘土にうまく刺入するね。今までゴム粘土でも練習してたの？」

「いや、ゴム粘土は初めてだよ。人体でさんざん練習したから出来たんじゃないかな」

軽く言ってのけ、ペロリと舌を出した。野口は呆れたと言わんばかりに苦笑している。

灸《きゅう》の実技の時間は大騒ぎである。孟宗竹《もうそうちく》の三十センチの長さのものを真っ二つに割ったその竹の表面に一列に艾柱《がいちゅう》を並べる練習から始める。艾柱というのは指先で千切った艾《もぐさ》を丸めて形良く整えたもののことである。艾柱の大きさは半米粒大《はんべいりゅうだい》。即ち生米《なまごめ》の半分の大きさのものを作り、竹の表面に並べるのだ。二倍の大きさの米粒大にしても、うまく作れないのに孟宗竹の表面に載せなければならないから大変である。載せたかと思えば、すぐに転げ落ちてしまう。たとえ、うまく載っても線香で点火する時点で艾が線香にくっついて燃えてしまうのだ。

最後は、あまりに単純すぎる練習に飽きがきて一生懸命練習している者の頭に艾を載せて火をつける者が出る始末である。

「アッチッチッ！」

突然の悲鳴に驚いて見回すと中居勉の坊主頭から一筋の煙が立ちのぼっている。

誰か周囲の者の仕業であろうがクスクス笑うだけで皆知らんふりをしている。

灸術《きゅうじゅつ》の教師はかなりの高齢だ。白くて長い顎鬚《あごひげ》を生やしていて恰も中国の昔話に出てくる仙人そっくりである。騒ぎを聞きつけるや軽く「ゴホン」と咳払いをした。

「えー君、灸の定義を述べてみなさい」

ゆったりとした口調で、ようやく頭から煙が出ていたのが収まった中居を指名した。

中居が先程のショックが抜け切れずに答えられないでいると、

「えー、それでは貴女、灸の定義は？」

黒木麗子が指名された。彼女は持ち前の素早さで灸理論のノートを引っ張り出す。

「灸術とは一定方式に従い、人体の表面より艾《もぐさ》特有の温熱的刺激を与えて生活機能の変調を整えると共に抵抗力を増進し、もしくは予防するところの医術です」

胸を張って明解に答えた。灸術の教師は彼女の解答に満足げに頷き説明を加えた。

「灸は跡が残るので若い御婦人方には嫌がる向きがあり、又、熱いので苦手という向きもあるが、それは間違いだ。艾の荘数《そうすう》、ひねりの硬軟、大小、その使用法によってはそれ程熱くもなく跡も残らない。今、述べてもらった定義の通り、抵抗力が増進されるため、西洋医学では不可能と思えるような疾病でも治ることがある。又、多少の灸痕《きゅうこん》が残ったところであきらめていた疾患が治れば何も言う事はないと思うがね。どう思いますか？　まあ基本となるのは現在、諸君が取り組んでいる艾柱《がいちゅう》の練習だ。同じ大きさでどれだけ速く作り、確実に点火出来るか、辛抱強く勉強しなさい」

静かに、しかし力強く教示し、机の間をゆっくりと見てまわりはじめた。騒がしかった教室内はシーンと静かになり、一種の緊迫感さえ漂っている。皆、別人のように懸命に艾柱作りに取り組んでいる。艾が蓬《よもぎ》から作られることは年配の人なら知っている人が多いが、若い者はあまり知らない。灸と言えば子供が悪いことをした時に罰として据えられるか、爺さん婆さんが迷信的に有難がっているものとの認識程度であり、医学的価値など考えられないというのが普通である。

しかし、今や鍼灸ブームが定着し、病院等でも鍼灸を取り入れるところが増加している。ただ、灸については施術に時間がかかり経営上非効率的であるという理由も含めて敬遠傾向にあり取り入れている病院は少ない。たとえ取り入れられていたとしても鍼灸学校で勉強する専門的な灸にはほど遠く、形ばかりのものが多いようである。

灸実技のあとは診療概論だ。この教師の学歴はちょっと変わっている。大学出の鍼灸師である。梶等の年齢なら大学出の鍼灸師は珍しくないが、七十代半ばであろうか。白髪の頭を短く刈り込んでいて特別に目が悪い様子でもない。焼酎には目がないらしいが、なかなかの勉強家で授業では独特の持論を展開して生徒を楽しませてくれる。

診療概論は疾患の特徴について教わるので治療を開始するにあたって大変重要な知識である。従って内容も無駄がなく興味深い。

「先生、痩せるツボがあったら教えて下さい」

中年太りに悩む飯田スマ子が真剣な表情で質問した。痩せるツボなら経穴学の貴山《きやま》に質問した方が良さそうだが、いかにも謹厳で学究肌の貴山にはこの手の質問はしにくかったのであろう。中年太りの女性ならずとも興味のあるテーマである。スタイルには自信がある筈の黒木麗子をはじめクラス中が固唾を呑んで解答を待つ。

教師は見るからに栄養満点の飯田スマ子を眺め回してから一つ咳払いをして気の毒そうに答えた。

「痩せるツボならただ一つ」

「ただ一つ、それは？」

飯田スマ子が鋭い声を発し、教師の言葉を待つ。

「それはお口のツボです」

思わずクラス中が爆笑する。

「お口のツボって、先生、お口のどこのツボですか？」

ジョークに気づかない飯田スマ子の真剣な追及に教師は静かに答えた。

「諸君は痩せるツボと簡単に言うが、治療で痩せるということは、消化吸収機能を減退させるのだということをどのように捉えるかね？　消化機能を減退させることによる弊害をどう考えるかね？　鍼灸は健康を促進させるためになされるべきものだよ。お口のツボは食事制限のことだよ。痩せようと思うんだったら余計に食べないこと。余計に食べなきゃ必ず痩せる。栄養の摂取量と消費量の適度のバランスで痩せるようにすべきです」

教師の説明でようやくお口のツボを理解した食欲旺盛な飯田スマ子はガックリと肩を落とした。

「内村君、目の調子はどうですか？」

放課後、いつものように梶が内村の治療に取りかかろうとしているところに黒木麗子が近づいて来た。

「ああ、黒木さん。梶君に治療してもらってるお陰で目の疲れもとれて近頃は随分楽になりましたよ」

「そう、よかったわね。ところで、梶君、今日の内村君の治療、私にやらせてくれないかな、いいでしょう？　内村君」

「えっ、黒木さんがですか？　ええ、いいですけど」

突然の黒木麗子の申し出に内村は一瞬戸惑い気味に返事をしたが、彼女は早速、内村の治療器具を手に取り施術を開始した。行動が実に素早い。

初めての黒木麗子の鍼捌きを見学しようと下校しかけていた者達も物珍しげにベッドの周囲を取り囲んだ。

「膏肓《こうこう》、肩外兪《けんがいゆ》、天柱《てんちゅう》、風池《ふうち》、崑崙《こんろん》と」

口の中で呪文のように刺鍼に必要な経穴の名称を唱えながら手際良く刺鍼していく。

「ほう、うまいもんだね」

誰かが思わず感嘆の声をあげた。事実、彼女の鍼捌きは見事だった。手順は梶と同じだが手法はいつの間に練習したのか鮮やかな鍼捌きで淡々と治療を終えた。

「どうでした？」

黒木麗子は自信たっぷりに落ち着き払って内村に感想を求めた。

「ええ、なかなか良かったですよ。気持ちのいい鍼だ。随分目が軽くなった感じがする」

「ありがとう。どうでした、梶君は」

「なかなか鮮やかですね。これからは二人で内村君の治療にあたりましょうか」

梶がお世辞ではなく本心から提案した。

「いや、二人だけでなく俺にもやらせてくれないかな」

突然、背後からドスの利いた声がして振り向くと、川添亮太が笑いながら立っている。

「え、川添君が？　ええ、いいですよ」

人のいい内村は内心恐る恐る返事をしたが、川添の鍼は痛い上に時々出血したりするので授業の刺鍼練習の時は誰も相手をしたがらない。逃げ回る若手を捕まえて無理やり刺鍼練習をしている。おとなしい中居勉が一番の被害者で、彼の手足はあちこちに内出血がみられ青痣ができている。

「ヒャッホー」

次から内村の治療をさせてもらえるとあって、川添は喜びのあまり奇声を発して帰っていった。野口や羽島等が呆気にとられて見送る。

「いいの、内村君。川添君の鍼はちょっと乱暴で痛いらしいけど」

羽島が顔色を窺いながら心配そうに尋ねる。

「いいですよ。クラスメートだからお互いに練習し合わないと」

「じゃあ、私も治療させてもらっていいかな」

「え、羽島さんもですか？　いいですよ」

「じゃあ僕も」

「僕にもやらせて下さいよ。内村さん」

こうなったらもう大騒ぎである。健康体への刺鍼練習と病体への施術とは全く異なる訳だから、誰もが病体への施術をしたがっている。斯くして次回からは未だ刺鍼練習に入って日の浅いクラスの者全員が内村の治療をすることになった。

鍼灸の理論と実技の授業は今後の自分達の技術の向上と収入に直接関係するため、他の授業に比べて一段と熱気を帯びていたが、更に彼等を真剣にさせるのが経穴学《けいけつがく》の授業であった。経穴学というのは文字通りツボについて勉強するものであり、鍼灸のイロハに該当する。即ち、身体中のあちらこちらに無数にあるツボの中から適当なものを選定し、刺鍼又は施灸により治療していく。経穴がわからないではお話にならないのである。

授業が終わっていつものように内村への治療が始まった。今日は野口浩之が治療にあたる番だ。地味だが理論家で重厚な感のある野口が鍼を握るとベテラン鍼灸師の風格がある。

「野口君に治療してもらえば何だか安心って感じがするね」

「でも、下手じゃ何にもなりませんよ」

親子ほど年の開いた飯田スマ子に褒められて色白の野口は赤くなりながら謙遜する。周囲の者もじっと野口の鍼捌きを見守る。野口はいかにも彼らしい落ち着いた鍼捌きで難無く治療を終えた。

その時、野口の治療が終わるのを待ちかねたかのように黒木麗子が新情報を流した。

「経穴学の貴山先生は凄い先生なんですって。経絡《けいらく》治療では九州でも指折りの存在で、県内でも先生の右に出る程の経絡治療家は少ないという噂よ」

外資系出身だけあって流石に情報の入手は素早い。

「えっ、経絡治療って何なの」

皆、耳慣れない言葉に戸惑いを隠せない。

「何でも脈《みゃく》を診て、その脈状《みゃくじょう》に従って刺鍼する治療法らしいの。多くの病気に対応できるうえ、その治療効果は普通の鍼灸術とは比べものにならない位素晴らしいんですって」

「それで鍼はどんなものを使うの。この学校の授業で教えてもらえるのかな」

皆が黒木麗子の話に身を乗り出して聞いている最中、興奮した梶拓郎が矢継ぎ早に質問を投げかけた。その目は高度な治療術であるらしい経絡治療なるものを理解し身につけたいという意欲に溢れている。

「授業では教えてくれないみたいね。東京に経絡治療を教えてくれる会の本部があって貴山先生も毎月、東京まで勉強をしに行ってらっしゃるという噂よ。それに使用する鍼だって私達のものとは全然違うらしいの」

「そうすると自分達はこれから卒業までの三年間経絡治療を習わずに卒業する訳ですか。それでは授業では一体何を習うのかな」

梶は少々焦りを感じて来た。

「授業では教えないけど貴山先生にお願いすれば何とか教わる方法が見つかるんじゃないかしら。それまでに授業で習ったことをしっかり勉強していきましょうよ」

どうやら黒木麗子は経絡治療を学ぶべく何らかの方法を考えているのかも知れずその声は弾んでいる。

「そうだね。未だ鍼灸の世界に首を突っ込んだばかりだし、ここは焦らずじっくり行きましょうか」

来年一人で按摩マッサージ指圧師の資格試験を受けなければならない内村の言葉に皆一様に頷く。

野口はじっと黙っていたが、ゆっくりと口を開いた。

「しかし出来ることなら少しでも早くその経絡治療とやらにお目にかかりたいものだな。そんなに優秀な治療法なら早く学んで身につけたいからね」

内村に決してひけをとらない程、成績優秀な野口浩之の言葉にも皆同様に頷く。その中にいて梶拓郎は経絡治療という言葉の響きもさることながら、脈を診て刺鍼する治療法と聞いて何やらそこに鍼灸術の奥義を感じたような気がして新たな挑戦の炎がメラメラと燃え上がるのを覚えた。

経穴学の授業は、ほとんど全員が毎回無欠席を続けた。経穴の部位とその働きを理解することが主な授業の内容である。それ以外に授業の合間に語られる経絡治療の匂いに鍼灸術の奥の深さが窺われ、達人と噂される教師貴山崇から学び取れるものは何でも学び取ってやろうという意欲をもって授業に臨んだ。

貴山は穏やかな性格であったが鍼灸に対する情熱には激しく厳しいものがあり、毎月上京して研鑽を積むなど年齢五十にして学究の徒のようであった。

「次の授業までに正経十二経《せいけいじゅうにけい》及び任脈督脈《にんみゃくとくみゃく》を暗記して来なさい」

宿題である。十二経絡上にある経穴だけで三百四、これに任脈《にんみゃく》、督脈《とくみゃく》を合計すると三百五十七になる。

「これは大変だ。こんなに覚えられないよ」

経穴の授業は熱心に受けても、もともと呑気で遊びも忙しい若手は悲鳴を上げている。

次の経穴学の時間――。

授業が始まる前から皆それぞれ暗記して来るように言われた経穴を、ある者はノートを見、ある者は目を閉じるなどして口々に唱えている。まるでお寺の坊主のお経を聞いているようだ。中には全然覚えて来なくて慌てて今になって暗記に取り組む剛の者など、実に騒々しい。

授業開始のチャイムが鳴り、貴山が教室に入ると騒々しかった教室が急にシーンと静まり返る。貴山が宿題の件を忘れてくれていたらよいのにと願う者の期待は謹厳な貴山にはあてはまらない。

「さあ、覚えて来たかな。それでは一人ずつ言ってもらおうか」

出席を取りおえるとぐるりと教室内を見回した。黒縁の眼鏡越しに貴山の目が鋭く光る。

「はい、貴方」

指名されて最前列の生徒が立ち上がったが、最初の経絡、手《て》の太陰肺経《たいいんはいけい》を雲門《うんもん》、中府《ちゅうふ》、天府《てんぷ》の三つ位までは一息に出てきたが如何せん一夜漬のため、その後は引っかかってなかなか出て来ない。次々に指名されるが皆似たり寄ったりであえなく轟沈する始末だ。流石に温厚な貴山の顔も怒りを通り越して呆れ返っている。

「これは驚いたな。誰か代表して言える人はいませんか」

貴山の言葉に誰もが下を向いて黙っている。

と、その時、はっきりとした明るい声がして手が挙がった。

「はい、私、暗記して来ました」

黒木麗子である。

「では貴女、黒木麗子さんだね」

手にした名簿を確認し、貴山が指名する。彼女は元気よく起立し、全員注視の中、何と手の太陰肺経から足の厥陰肝経《けついんかんけい》及び督脈、任脈に至るまで三百五十七の経穴を一つも間違えることなくスラスラとわずか二分三十秒で通過してしまった。黒木麗子の快挙に皆、呆然としている。

「うん、結構でした」

貴山も今までのふがいない生徒達に対する怒りが少しは和らいだようだ。

黒木麗子は貴山にしっかりと自分を印象づけ、貴山の満足げな表情を確認し、ニッコリと笑って着席した。内村、野口、梶の三人も覚えるには覚えてきたがとても彼女のようにはいかない。

しばらくして、貴山は静かに口を開いた。

「現在の鍼灸は西洋医学の影響を受け、まず解剖学、病理学的見解を前提としていますが、経絡治療による鍼灸施術では精密な解剖学的所見はそれ程必要ではありません。むしろ西洋医学的見解に捉われず東洋医学的見解に重きを置いた方が、経絡治療の技術は上達します。解剖学には経穴所見は無いからです。しかし折角学ぶ西洋医学を活用するために経穴部位は解剖学と合わせて考えていけばいいと思います。正経十二経、督脈、任脈は絶対に覚えなければならない経穴ですから名称だけでもいいから出来るだけ早く覚えるようにして下さい」

「貴山先生、先生は他の多くの鍼灸師と違って経絡治療という特殊な治療法で施術されているということですが、それはどのような治療法なのですか。現在、多くの鍼灸師が行っている施術とどこが違うのか教えていただけないでしょうか」

今までどの教科でもほとんど質問したことの無い野口浩之が手を挙げて質問した。貴山はしばらく考えていたがゆっくりと口を開いた。

「一口に鍼灸といってもその治療の仕方は鍼灸師によってさまざまです。病院の治療のように鍼に電気を流す人もいれば、患者さんが痛いとか何らかの症状を訴える箇所に重点的に鍼をする人もいます。まあ大体がそのような治療法で行っているようですが、経絡治療の場合は、望診《ぼうしん》、聞診《ぶんしん》、問診《もんしん》、切診《せっしん》の四診法《ししんほう》によって症状を把握し、主治証《しゅちしょう》を確認し、それに従い一定の方式を用いて治療していきます。別に経絡治療が特殊なやり方というのではなくて、昔の鍼灸師は皆、経絡治療だったのですよ」

「それでは何故先生は現在の科学的な鍼灸ではなく昔の鍼灸を勉強されるのですか。医学には日進月歩の言葉があるように病院等は少しでも近代的傾向を取り入れようと努力しているように思われますが」

野口の鋭い追及は続く。皆、貴山と野口のやりとりを懸命に聞いている。

「うむ、日進月歩ねえ。それは西洋医学の世界でしょう。前にも話したように東洋医学と西洋医学は根本的に異なるのです。西洋医学が常に新しいものを追求していくのに対して東洋医学、即ち鍼灸は経験医学なのです。過去の膨大な治験の中から有効なものを選りすぐって治療法として確立させ、鍼と艾で治療していく術、これが鍼灸術なのです。術なのですから当然、修練を積まねばならない。現在の科学的な鍼灸も修練を積まなければならないのかも知れませんが、経絡治療は先人達の残した過去の遺産の中からより優れた治験を一定方式による治療法として身につけていかなければならないから新しいものを発明、発見する努力をするよりは昔の優秀な鍼灸術を学んだ方が手っとり早いのです。鍼灸は奥が深いといわれるのは、それ故のことなのです。尤も必ずしも昔の手法だけにこだわるという訳ではなくて昔の手法の中で新しい研究もなされているのですよ」

「経絡治療は授業では教えてもらえないのですか」

「授業では取り扱いません。本校のみならず日本全国どこの鍼灸学校でも扱ってない筈です」

「それは何故ですか？　先生のお話を伺っていると経絡治療こそ鍼灸の本流であるように思えるのですが」

「経絡治療は確かに優れた治療法と信じて私個人はその道を進んでいるのですが、世の大勢はそうではないのです。いろいろ理由はあるのでしょうが経絡治療は難解とのこともあるし、指導者も少ないから教わりにくいということもあるでしょう。何も経絡治療でなくてもさまざまな鍼灸の治療法はある訳だから。答えになっていないかも知れないが難しい問題ですね」

貴山はさりげなく答えながらもチラッと複雑な表情を浮かべたが眼鏡の目の奥には厳しさと自信を滲ませていた。教室内に形容し難い沈黙が流れたが更に野口が質問を続けた。まるで国会の代表質問である。

「先生は経絡治療の会で勉強されているということをお聞きしたのですが、私達は参加できないのでしょうか」

理論家で重厚な野口の質問にクラスメートは固唾を呑んで貴山の言葉を待つ。貴山は意欲的な野口の質問にやや戸惑いながらもきっぱりと答えた。

「私の所属している会は本県にも支部があり、勉強会を開いたりしていますが、全員有資格者であり、学生諸君の参加者はいません。しかし、会に諮《はか》ってみなければここでは返答できません。それでいいですか」

野口浩之の質問はそれで終わったが経絡治療をある程度理解している者も、経絡治療の存在すら全く知らなかった者にも一応の興味を持たせたことは事実である。

「どうだろう、この際、患者を装って貴山先生の経絡治療を体験させて戴いては」

経穴学の授業が終わったばかりの放課後、野口が提案した。

「しかし、そんなことをしたら偵察に来たと思われないかな」

慎重派の内村も興味津々ながら心配げに呟く。

「かといって治療中は患者が嫌がるから見学お断りだということだし、他に方法がないじゃない」

野口が思案しながら腕組みをして椅子に腰をおろした時、黒木麗子が思い切った提案をした。

「私が患者になって行ってみようか」

「えっ、黒木さんが」

先程の自分の提案を彼女が実行すると言いだしたことに驚いて野口は自分のすぐ横に立っている黒木麗子を見上げた。

「うん、丁度風邪気味だし、咳が出て困ってるの」

さも苦しそうにゴホン、ゴホンと大きく咳払いをした。皆、感染しないように慌てて手で自分の口を押さえる。

「しかし、風邪も治療の対象になるのかな。鍼灸の患者は神経痛とか五十肩、腰痛など痛み系だけかと思っていたけど」

気の早い彼女に野口が戸惑いながら疑問を投げかけた。それに対し、クラスの誰よりも経絡治療の情報に明るい彼女は、すぐさま野口の疑問を打ち消した。

「貴山先生がおっしゃっていらしたじゃない。戦前から以前の昔の鍼灸師は皆、経絡治療家だったたってこと。ということは今みたいじゃなかったからそれこそ痛み系だけではなくてさまざまな病気にかかった患者さんが鍼灸院を訪れていた訳でしょう。例えば喘息とか胃下垂、めまい、盲腸炎に逆子まで」

「えっ、盲腸炎に逆子まで？」

野口が信じられないというように首をかしげる。

「盲腸炎は今では病院の外科で扱うのが一般的だけど当時は治療してたみたいよ。逆子は最近になって病院でも鍼灸で治療し始めたところがあるんですって。どういう理屈で逆子が治るのかわからないけれど不思議よね。それに喘息や風邪なども相当の効果があるそうよ」

彼女の講釈はとどまるところを知らない。

「メニエールや更年期障害、虚弱体質も改善できるんですって」

「わかりました。もういいよ。何よりも論より証拠だから黒木さんのその風邪ね、咳が治ったら信用するよ」

「そうね、まずは実行ってとこね。早速今から行ってみるわ。結果は明日報告します」

言うなりゴホン、ゴホン、ゴホンと三回立て続けに咳をして皆が慌てて顔をそむける間にスカートを翻して颯爽と教室を飛び出して行った。

「いやあ、流石に外資系出身だね。病人とは思えないくらい行動が素早い」

行動の素早さでは自信のある梶拓郎も黒木麗子には一目置かざるを得ない。

貴山鍼灸院《きやましんきゅういん》は学校から市内バスで二十分程の閑静な住宅地にある。白い木造の和風の二階建ては下が治療院、上が住居になっていて、広い患者用の駐車場には五台の車が止まっている。先程、授業を終えた貴山は治療の真っ最中だ。待合室で待つこと三十分。名前を呼ばれて治療着に着替え治療室に入るとそこには三台のベッドが置いてあり、中年の女性患者が助手に灸を据えてもらっている。前もって電話で予約を入れる時に大概の症状は知らせておいたが、指示された手前のベッドに横になるや改めて問診をする助手に特に夜間の咳が激しいこと、そのため喉が痛く全身倦怠感があることなどを付け加えた。

黒木麗子はいよいよ貴山の経絡治療を体験出来る期待感に緊張の面持ちで、指示された通りの仰臥位で天井を見つめている。

貴山は自信に満ちた態度で手際よく腹診《ふくしん》を行い両手首付近の脉診《みゃくしん》をすませると小さな声で「肺虚肝実《はいきょかんじつ》だな」と呟いた。学校では見たことも無いような細い短い鍼で右手首、右足首付近に触れるとも触れないとも思われぬような鍼をして、更に左足首付近にも同様の施術をする。更に刺入時に必ず「息を吸って！」と患者に吸気を命じる。

手足の外側及び肩背部にも軽くサッサッと鍼をあてていくうちに汗が噴き出して来た。不思議な爽快感だ。ベッドに寝たままなので貴山の治療を全部観察出来たわけではないが治療を終える頃には喉の苦痛も消失し、全身倦怠感もなくなってすっかり気分が良くなっている。しかも治療時間は二十分余りである。

「先生、治りました」

彼女が感動して驚きの声を上げると貴山は思わずニッコリした。

「あなたの場合は頗《すこぶ》る敏感で、本証《ほんしょう》は肺虚証《はいきょしょう》ということで、これに相剋《そうこく》する肝《かん》の脈《みゃく》の変動に対する調整をしたわけです。どうですか、経絡治療に対する感想は？」

彼女に生徒としての感想を求める。

「学校で習うのとは全然違うんですね。第一に鍼が違うし時間も随分短いですね」

「そう、鍼は普通のものよりうんと短くて細い。そうでなければ繊細な治療は出来ないし、患者さんにとってもその方がいいでしょう。時間は平均して三十分、それより長い場合もあれば短い場合もありますよ。疾患によって対応の仕方が違う訳ですから当然ですが、何も時間が長いからいいという事はないと思います」

「それに全然痛くないんですね。私、少しくらいは痛いものかと思っていましたけれど」

「痛かったら患者さんが来なくなるでしょう。まあ、こんな細い鍼で刺してもせいぜい四、五ミリ位のものですから痛くないのが当たり前かも知れないが」

そこには教室での教師然とした貴山と異なる自信に満ちた経絡治療家貴山の顔があった。貴山に見せてもらった鍼は銀製で三センチくらいの長さはあるだろうか。細くてまるで髪の毛のように見える。

「では、この体験を生徒の皆さんにわかり易く教えてやって下さい」

どうやら彼女の目的は貴山に見抜かれていたと見える。黒木麗子が見せてもらった鍼を返すと「勉強のためにあなたに差し上げよう」といってくれた。黒木麗子はキラキラ輝く銀鍼《ぎんしん》を大切にバッグにしまい込み、何度も礼を言って貴山の鍼灸院をあとにした。

一方、病院の仕事を終えた梶拓郎は常日頃お世話になっている高見三千男の治療院を訪れていた。今までも仕事帰りに時々立ち寄っては病院で遭遇した治療上の問題点等を相談していた。面倒見のよい高見はどんなに忙しい時でもこの勉強熱心で一本気な感のある青年を温かく迎え、いろいろと助言して来た。

高見の個人的指導を受けるようになってから早二年。梶の鍼灸の技術は彼自身の研究熱心さもあって、一通りの疾患に対応できる程になっていた。病院ではマッサージを後輩に譲り渡し鍼治療を担当しており、患者の人気も上々である。

幸い、高見はその日、最後の患者の治療を終えるところであった。清潔感の漂うこぢんまりした治療院のドアを開けると、丁度治療を終えた患者が満足げな表情で帰り仕度をしている。

「先生、今日は終わりですか」

いつものように声を掛けると待合室と治療室を遮っている衝立の奥から手を洗っていたらしい高見が顔を覗かせた。

「ああ、梶君。お疲れ様、今日は早かったですね」

仕事を終えてホッと一息といった感じでお茶を出してくれる。抹茶を混ぜてあり頗るおいしい。

「さあ、今日はどんな質問かな」という顔をして高見が待合室の椅子に腰を下ろすと同時にいつものように梶の質問攻めが始まった。勿論、仕事に出掛ける前に教室で話し合った経絡治療の一件である。

「先生も経絡治療をされるんですよね」

いくら慣れてきたとはいえ全く不躾な質問である。しかし、高見はどんな質問にも丁寧にこたえてやる。

「一応脈は診るけど、これがなかなか難しくてね。本治法《ほんちほう》と標治法《ひょうちほう》が半々というところかな。花島《はなしま》先生位になると八〇パーセントが本治法で治療されると聞いていますけどね」

経絡治療家による本治法の解釈は異状を呈する経絡を是正する施術を指し、標治法は本治法を行ったあと補完的に行う施術を指す。その連繫プレーを経絡治療と呼んでいる。しかし、一般的には本治法と標治法とは切り離したものとして使われており、標治法のみを独立した治療法として施術する鍼灸師が多い。勿論、梶の現在の治療法が標治法であることは言うまでもない。経絡治療ではこの本治法を最重要視する。

花島先生というのは経穴学の貴山が所属する東京の日本鍼灸医学会《にほんしんきゅういがくかい》の会長を務め、自他共に経絡治療の第一人者と認める人物である。

「先生、本治法だけでもそんなに効くものなんですか」

「効くみたいですね。勿論、花島先生や本校の貴山先生クラスになればですがね」

「先生、脈を診るというのは、そんなに難しいことなんですか」

「いや、脈を診ることは修練を積めば、そのうちわかるようにはなるけれど、脈を診ることが即、治療に繫がらなければ意味がない。病体は必ず脈の異状を訴える訳で腹診及び脈診を中心とした四診法を用いて脈を即座に把握分析し施鍼することにより正常な脈状に変化させることが難しいのです」

「正常な脈状に変化させることが出来れば病気は治るのですか」

「即治るというよりも徐々に改善され、治癒させるといった方が正解でしょう。勿論、一回の本治法のみで治る場合もありますよ」

「へえー、鍼で脈を変えることが出来るんですか。それによって病気が治るなんてまるで信じられないですね」

梶が驚きのあまり目を丸くして嘆息をつく。

「ほら、これが経絡治療で使う鍼です。よかったらどうぞ」

高見は笑いながら学校で使うものよりずっと短くて細い鍼を取り出し梶に手渡した。その鍼は実に細くて精巧に出来ている。こんな鍼だったら痛くも痒くもなかろうと梶は思った。

「先生も貴山先生と同じ会で勉強していらっしゃるのですか」

先程、高見の口から貴山の名前が出たついでに聞いてみた。

「いや、今は入っていません。去年でやめました。現在は毎週一回、近くの同志五人で集まって勉強会をやっています」

梶は何故高見が会をやめたのか気にはなったがもともと他人の事情に立ち入る性格ではないのでそれ以上は尋ねることはなかった。

「先生、日本の川もメダカが大分少なくなっているそうですね」

高見が開業以来、知人に貰い受け飼育しているというメダカを眺めながら話題を変える。

「そうなんですよ。ブルーギルやブラックバス、アメリカザリガニなどの外来種の魚の繁殖と自然環境の破壊でメダカだけでなくフナなどもほとんど見かけなくなったんじゃないかな。昔はこの甲突川《こうつきがわ》にもメダカやフナが沢山いたんですけどね」

高見はそう言うと窓の外の風景に目を向けて寂しげに笑った。

そこには北から南へ鹿児島市内を伊敷町から加治屋町を経て錦江湾へと注ぐ甲突川が流れている。高見は仕事で疲れた時などにこの窓の外の景色に気持ちを癒されながら経絡治療に没頭しているのであろうか。

ふと待合室の壁に掛けられている〝一道〟と書かれた古めかしい額を見上げた。梶には皆目わからないがなかなかの達筆らしい。じっと見ていると梶の頭の中に今まではかなり楽観視していた開業に対する思いが完全に覆《くつがえ》され、経絡治療という何か底知れぬ力を秘めた魔物が突然姿を現し、その得体の知れぬ魔力で自分を引きずり込もうとしているように感じた。

翌日の放課後――。

「どうだった、経絡治療は」

早速、野口と内村が黒木麗子の席に近寄って来て尋ねる。

「ほら、ご覧の通り、もう全然平気よ」

そこには昨日まであれ程咳で苦しんでいた彼女の姿は無かった。

「貴山先生の鍼は今までの鍼のイメージと全然違うのね。治療してもらっている先から体が軽くなって爽快感が漲って来るの。治療時間も短いし、それに全然鍼が痛くないの。使っていらっしゃる鍼も学校で使用する鍼の半分くらいの長さで随分細いのよ」

大きな瞳を輝かせて治療の成果を誇らしげに説明しながら貴山に貰った鍼を取り出して見せる。

「この鍼でしょう？」

興味深い話題に加わっていた梶がニヤニヤ笑いながら彼女の前にキラキラ光る小さな鍼を差し出す。

「そう、これよ。でも梶君はどうして持っているの」

「実は昨日、仕事の帰りに高見先生のところに寄ったついでに一本いただいて来たんですよ」

「あ、そうか。高見先生も経絡治療をなさっているんですよね」

情報の先取りと行動力で常にクラスをリードする二人の会話に周囲の者達も熱心に耳を傾けている。

「その経絡治療というのを形だけでも私にしてみせてくれませんか」

興味にかられた最年長の羽島泰三が突然お願いした。

「私もぜひ見てみたいわ」

飯田スマ子も同調する。家庭的な雰囲気のクラスの中にあって年配の羽島と飯田の存在はさながら親父とおふくろのようであり、成績でクラスを引っ張る内村等とは異なる年輪の重さが感じられる。それが何とも言えないクラスのバランスを保つ役目を果していた。ことに羽島の熱心な学習態度は特に羽目をはずしがちな若手にとって良い意味の威圧感で彼等を制御していた。

「羽島さんにですか。梶君、やってみる？」

「いや僕は鍼はいただいてきたけど治療は全く見たこともなくてわからないから、ここは経験者の黒木さんにお願いしますよ」

こういう時、彼女には全然臆するところが無い。昨日の勉強の復習をするようなものである。

羽島が用意されているベッドにうつ伏せになる。

「仰臥位《ぎょうがい》です。あお向けに寝て下さい」

淡々とした態度で指示を出す。最初に腹診《ふくしん》、脈診《みゃくしん》を行うため、うつ伏せではまずいのだ。羽島も彼女の指示通りに体の向きを変える。皆が黒木麗子の動きに注目する。何しろ初めて経絡治療の真似ごとを目撃するのだ。

ただ一度だけ貴山の経絡治療を受けただけなのに彼女の動きはいかにも慣れた感じである。順応性に富み理解が早いのである。梶も野口も内村も経絡治療に関しては彼女に一歩リードされた感じだ。

「これはどうされたんですか」

あお向けになった羽島の腹部を触診していきながら遠慮なく尋ねる。左脇腹から腰部にかけての抉《えぐ》られたような手術痕だ。

「南方の戦線で敵の砲弾が飛んで来て炸裂し、破片が食い込んでしまった時の手術の跡です。二発のうち一発は取り出せたのですが、あと一発は食い込んだままです」

静かな口調で何事もなかったように答えるから何とも凄い迫力だ。これも羽島泰三の威圧感である。

黒木麗子は羽島の太い両手首を握り、同時に両方の脈を診る。六部上位脈診《ろくぶじょういみゃくしん》による検脈法《けんみゃくほう》である。診《み》るだけで証《しょう》を立てることなどは出来ないから昨日貴山に治療してもらったのと同じ経穴に短くて細い銀鍼《ぎんしん》を宛がい、羽島に吸気を命ずる。「息を吸って！」

彼女の指示通りに羽島が大きく息を吸い込むのを見計らって間髪を入れずにパッと抜鍼する。あまりにも奇態な治療に梶等が呆気にとられていると最後にうつ伏せを命じ、何やら肩背部の付近をサッサッと鍼で撫で回して治療を終了する。

「変わった治療法だね」

野口が不思議そうに首を傾ける。

「でも麗子ちゃん、カッコいい！」

どんな時でも盛り立て役の飯田スマ子がエールを送る。

「変わった治療法に見えるけど、これで随分良くなったのよ。夕べなんて全然咳が出なかったし」

すっかり経絡治療の魅力に取り憑かれてしまったらしい黒木麗子に対し、ずっと腕組みをしたまま沈黙を続けていた内村が静かに口を開いた。

「治療の形は大体わかったけど肝心の脈診術《みゃくしんじゅつ》は勉強すれば誰でも身につくものですか」

内村の質問は全員が最も知りたいところであり、特に今しがた自ら志願して実験台になった羽島は真剣な表情で彼女の言葉を待った。

「その点については貴山先生も授業でおっしゃっていらした通り脈診が一番むずかしいみたい。だから先生は現在も毎月上京して東京での勉強会に出席していらっしゃるんじゃないかしら。脈診は時間をかけた修練が必要だからどんな時でも脈を診るように心がけるんですって」

「どんな時でもと言ったって相手がいない時はどうするの」

アパートで一人暮らしの野口が質問する。

「その時は自分で自分の脈を診るんですって。こうして、こうやって」

自分の片方の手をもう一方の手で摑むようにしてやってみせる。それを交互に行い、左右六か所の脈を同時に診るのだ。その様子を見て皆それぞれに自分の手首に指を押し当てて脈を探る。

「うーん、確かに脈は打ってはいるけど六か所とも同じように感じるなあ」

「ヒェー、脈が無いよ」

脈所を見つけられない者もいて大騒ぎである。

「馬鹿ね。指を当てる場所が違うんじゃないの。脈の無い人なんていませんよ。死人は別だけど」

飯田スマ子が大真面目になって黒木麗子がやってみせた通りに自分の左右の腕を交互に持ち替えて六部上位脈診を試みる。

「うーん、俺、もう死んじゃってるのかな」

脈を探し当てることが出来ずにおどけて落胆した表情をみせる者に対しおふくろのように優しく手を取って脈のありかを教えてやる。

「あった！　あった！　やっぱり生きているんだ」

ようやく脈を探し当て小躍りして喜ぶ始末だ。

「確かに左右六か所とも脈を打っているのはわかるけど、それをどういうふうに診断すればいいのかな。それに六か所とも同じように感じるんだけど」

野口が左右の手首に交互に指を押し当てながら首を傾《かし》げて黒木麗子に質問する。

「そうね、確かに全部同じように感じるけど修練していけば違いがわかるようになるんですって。そこで、その異なる脈、即ちアンバランスな脈をこの鍼で調整して全体のバランスをとるらしいの」

「ふうん、脈を調整したら病気が治るってわけ？」

野口を初め内村も狐につままれたような顔をしている。

「それが本治法《ほんちほう》なのよね。経絡治療の場合はまず本治法で脈を調整してから標治法《ひょうちほう》を行う。普通の鍼灸治療の場合、標治法のみの治療になるけど経絡治療の場合はそれこそ本治法が最も大切だということ」

黒木麗子が自信ありげにきっぱりと言ってのけ、みんなを見回すと全員何となくわかったようなわからないような顔で頷いている。大体、本治法だの標治法だの耳慣れない言葉を使われてすぐにわかる方がおかしい。それに今までは痛ければ痛いところに刺鍼する、即ち症状の出ている場所を治療部位とすることが鍼灸治療と思い、簡単に考えていた彼等にとって経絡治療はこれまでの楽観的考えを根本から覆した。

ここまでの彼女の説明で経絡治療は確かに優れた治療法であるらしきことは理解できる。しかし同時に、修得するにはとてつもない努力が要求されることも容易に想像されるので、彼等の半分は既にこの難物にギブアップの様相である。

「黒木さんのお陰で経絡治療の概要が何となくわかったような気がしますね。どうですか、梶君」

その様子を見てとった内村が彼等を励ますために梶に意見を求めた。

「高見先生の場合は数人の同志で経絡治療の勉強会を開いているみたいなんだけど自分の個人的見解としては以前、内村君が言った通り今は授業で習ってるやり方を幅広く学んでからでも遅くないと思う。高見先生に教わった標治法だけでもそれなりの効果は期待できるし、何よりも簡単に覚えられるからね。貴山先生も会への参加を諮《はか》ってくださるとの事だったから、そのうちいい返事がもらえるんじゃないかな」

鍼治療ではクラス内の誰もが認める実力者の言葉に皆一様に頷いた。しかし入学以来、母親と猫の小鉄の三人暮らしで今まで楽天的に過ごしてきた梶はこの経絡治療の一件以来、今まで身につけてきた鍼灸の技術に対する自信が音をたてて崩れさり、自分の将来に何となく不安を抱くようになった。

病院でのアルバイトも順調にこなし、鍼の技術も病院に押し寄せる多くの患者を治療することでほとんどの疾病に対応できる自信がついたが、やがて開業することを考えると鍼灸を取り巻く厳しい環境にこれで果して安心できるのかという疑問が湧くのを覚えた。

保険診療の出来る病院、整骨院に対し鍼灸の保険取扱いには多くの制約があり、そのため現金治療を余儀なくされているのが現在の実態である。患者の自己負担の多い現金治療でははたしてどれ位の患者が来てくれるかという疑問である。

あちこちからさまざまな情報が錯綜する中で保険取扱いの件が梶の心に重たくのしかかって来たのである。それは某教師の授業中にも聞かされた。つまり鍼灸は優れた技術ゆえ治療効果も早い。しかし保険は簡単には扱えず治療費はほとんど自己負担になるため患者にとっては痛手となる。早く治るからといって患者が高い治療費を払って治療に来るだろうか。治癒に少々時間がかかっても保険が自由に使える病院や整骨院を選ぶのではないだろうか。それに鍼灸が優れた治療法だということを知っている患者がはたしてどれだけいるだろうかということである。

元々、呑気な若手の者達はさほど気にかけている様子はなかったが社会経験のある者は今後の鍼灸の不利な立場を敏感に感じ取っていた。特に薬剤師でありながら鍼灸師の資格まで取るという最も経営意欲の旺盛な野口浩之は即座に反応した。

「保険取扱いの件は前々から少しは気になっていたけど、ああはっきり先生の口から言われるとショックだね。鍼灸の技術収得の壁の前に新たな強敵が立ち塞がったような気がするよ」

現状をありのままに受け止め将来を心配する野口に内村が静かに意見を述べた。

「しかし自分達には鍼灸という独特の武器がある訳だし、これから先、経絡治療を勉強していきさえすれば道は開けるんじゃないかな」

細い体でこの強気と思える発言には元来病弱で、それゆえに多くの試練を乗り越えてきた内村の芯の強さが窺われる。

現時点で技術面に於てはこの二人に対しリードしている梶拓郎も病院や整骨院に比べ圧倒的に不利な治療費のハンディに不安を抱いており、この点について教師の高見三千男に相談したことがあった。しかし、鍼灸を生活手段としてだけでなく生涯の研究対象として取り組んでいる高見は不平等と思える医療行政に不満を感じていないのか諦めているのか多くを語らなかった。そういう点では内村は研究者としての高見に類似しており、梶は経営者としての野口に類似しているように思える。

「どうだろう、不安を抱えてばかりいても仕方が無いからこの際、繁昌している鍼灸院を三人で偵察に行ってみては？」

特殊な治療法で何でも燔鍼《ばんしん》という種類の鍼を用いてとても効果があり患者の多い鍼灸院が熊本県との県境にあるらしい。

以前からよその鍼灸院を覗いてみたいと考えていた梶拓郎はこの機会に提案してみた。多くの歳月をかけて難しい技術をマスターしなければならない経絡治療と違って燔鍼という鍼を用いることで多くの患者を集められるということが彼の気を引いたのである。

「ふーん、燔鍼ねえ。どんな鍼なのかな」

興味と懐疑心の入り混じった表情で野口が尋ねる。

「鍼を火で焼くらしいんだけど患者が多いという話だよ」

「鍼を火で焼いて刺したら痛くないのかな？　火傷しないのかねえ」

野口は患者が多いと聞いて身を乗り出したが些か心配そうだ。

「大丈夫だよ。それなら灸だって一種の火傷でしょう」

「よし、わかった。行って体験してみよう。広く見聞することは大切なことだから」

百聞は一見に如かずと忽ち二人とも賛成した。


その週の土曜日の朝、電車で串木野駅に降り立った内村と野口はアルバイトを休んで迎えに来ていた梶拓郎の車に乗り換えて三人で国道三号線を北上、県境の出水市に向けて出発した。市内に入ると石で造られた大きな鶴のモニュメントが建てられているのが目につく。ここは日本で最も多くの鶴がシベリアから越冬のため飛来することで有名な所だ。一番多いのはナベヅルでその他、マナヅルやカナダヅル、ソデグロヅルなどが飛来するらしいが建てられているモニュメントはマナヅルということだ。

武家屋敷を通り過ぎた街はずれの隣町にめざす鍼灸院はあった。成程、広い駐車場には十台近い車が止められており奥にお寺風のいかにも古めかしい民家がある。どうやらこの建物が鍼灸院らしい。空きスペースに車を止めて建物に向かって歩き出すと風に乗って何やら異様な臭いが流れてくる。生肉を焼くような臭いだ。

三人は様子を窺いながら警戒して足を止めると建物の玄関が開いて治療を終えたらしい中年の女が苦痛に顔を歪めながら足を引きずりつつ通り過ぎた。いかにも痛々しい格好だ。三人共、無言で顔を見合わせていると次に出て来たのは中年の男で、これも同じように苦痛に歪んだ表情で両手をダラリと下げたまま力のない足取りで通り過ぎる。何の病気かわからないがかなりの重症なのであろう。

少しずつ歩を進めると生肉を焼く臭いはますます強くなって来た。耳にも何やら獣のような唸り声らしき声が聞こえてくる。玄関の前に立つと一層強烈な臭いと、ひたすら痛みをこらえるような声までもがはっきりと聞こえて来る。この時点で三人の気持ちは決まった。

お互いに顔を見合わせた瞬間、脱兎のごとく駆け出し駐車場に止めてあった車に乗り込んだ。そのまま一目散に今来た道を引き返した。

「何だろう、生肉を焼くようなあの臭いは？　確かめた方が良かったかな」

内村が思案げに呟く。

「いや確かめなくてもいいよ。いくら繁昌してもあんな嫌な臭いを出してまで治療するのはまっぴらご免だ」

経営者タイプの野口は己の経営するイメージに反するらしく吐き捨てるように言った。

薬剤師の資格を持つ野口浩之は今はやりのドラッグストアと最新の治療機器が設置された近代的でスマートな鍼灸院の経営を思い描いていた。梶は自分の提案が原因で二人を不機嫌にさせたお詫びを考えていたが串木野市の近くの伊集院町で整骨院を経営している兄のところを訪ねてみたい旨を提案してみた。

最新型の電気治療器も備わっているらしいと勧めたところ、野口の不機嫌は直ちに解消された。どうやら鍼灸院より治療器の多い整骨院の方に興味があるらしい。

伊集院町の駅前に店舗を構えた整骨院は立地の良さも手伝ってか開業当初から大繁昌で今では従業員が二人に増えていた。明るく落ち着いた感じの室内は清潔感にあふれ、有線放送のＢＧＭが治療室の空気を和ませている。患者達はあちこちに設置された機械を指示された通りに使って治療している。

梶の兄である院長は二人の従業員と共に忙しそうに十分毎にピピピと鳴って終了を知らせる機械と患者の間を駈けずり回っている。前もって電話を入れておいたので彼等の到来に別段驚いた風はなかったが、彼等が待合室に入ると愛想良く出迎えてくれた。言葉少なに話したあと機械のピピピと鳴る音にせきたてられて忙しそうに戻って行く。入れ替わり立ち替わり患者がやって来るので実に大忙しだ。

梶は時折この整骨院に立ち寄ることがあるので今は別に見るべきものはないが内村と野口は物珍しそ

うに目を見張っている。特に野口は設置されている機械の一つ一つを患者の邪魔にならないように気を使いながら慎重に点検している。

短時間で全てを見終えて梶の兄に丁重にお礼を言い車に乗り込んだ三人は暫し無言のままだ。車が発車してしばらくしてから野口がポツリと呟いた。

「どうやら勝ち目無しだな」

内村と梶は即座にその意味を理解したが黙って彼の次の言葉を待った。

「到底勝ち目無いね。自分達がどれ程、鍼灸の技術に磨きをかけたところで、あれだけの設備をされ、おまけに安い治療費と来られたらどうやって太刀打ちできるというんだ。そりゃ、中には優れた鍼灸の技術が認められ多くの患者を集められる鍼灸院もあるかも知れないがそれは極く一部に限られるだろう。勝ち目は無いと思うよ」

野口が激しい落胆の言葉を自虐的に吐く。黙って聞いていた内村秀雄が静かに口を開いた。

「そうだろうか？　鍼灸は古来、日本の医学の根幹を成し、その伝統に裏打ちされた医療である訳だからそう簡単に崩れ去るということは考えられないと思うが」

「内村君にしては古いことを言うね。たとえ三千年の昔からの伝統があろうと、十年来の新参者であろうと、いかに技術に自信を持っていても専門店と大型スーパーの戦いを見たら一目瞭然じゃないか。

病院と整骨院という自由に保険を駆使できる安いスーパーと保険取扱いが容易に認められず高い治療費でやっていかざるを得ない専門店、結果は明白だろう。君は白ナガス鯨とマッコウ鯨の間で生き延びる小判鮫商法があるではないかと言いたいのだろうが、そんなちんけな商法自体が既に敗北を認めたことになるんだ」

古いと言われ、小判鮫商法まで持ち出されて流石に冷静で温厚な内村の表情が険しく曇りかけた時、このやり取りを聞いていた梶拓郎が二人を宥《なだ》めた。

「そろそろ串木野に着くからこの話の続きは家でゆっくりするとして久し振りに海でも見に行こうか」

国道三号線を海岸の方へ向けてハンドルを切る。

二年前クラスメート有志でこの港から甑島《こしきじま》へ学校に無断でマッサージのボランティアに出発した。あとで発覚し、全員校長室に呼ばれ大目玉を食らった事が今では懐かしく思い出される。はるか彼方に甑島がかすかに見渡せる。

「民宿の亭主と村長は元気かな」

「竹之内次夫も相変わらず楽しくやっているだろうなぁ。島の生活がうらやましくなってくるね」

先程の論争を忘れたかのように梶が二人に話しかける。海岸に立ち限り無く広がる大海原を眺めると世間のゴタゴタが芥子粒程に思えて来る。三人共、二年前、前途に何の不安も無く勇躍希望に燃えて邁進していた頃を思い出し、しばし感慨に耽った。

梶拓郎の家に着いて玄関を開けると、まず飼い猫の小鉄が「ニャー」と鳴いて出迎えてくれた。

「こちら内村君と野口君」

母親への紹介を済ませ、二階の自分の部屋へ二人を案内する。

比較的良く整理された部屋の本棚には今まで買い集めた鍼灸関係の書物がズラリと並んでいる。梶は学校の成績より実技こそ真の実力と信じ技術の向上に努めて来た。そのためアルバイトで得た金をその関係の書物に惜し気もなく注ぎ込み、これはと思う物を手当たり次第に買い揃えて来た。

内村も野口も圧倒的な量の書物に驚愕し、それらの中から数冊の本を取り出して興味深くめくっていた。

「ほら、これを読んでみて」

梶が一か月位前の鹿児島日日新聞を二人の前に差し出した。そこには何と一面の中段から下段にかけて鍼灸の歴史が掲載されている。

鍼灸学校では鍼灸の歴史については中国にて発祥後、日本に伝えられた当初から現在までの研究の成果については学ぶが、その時代背景についてはあまり触れなかった。梶の差し出した新聞の記事を無言で読み終えた内村と野口はどちらからともなく呟いた。

「そうだったのか。そんな過去があったとは知らなかった」

新聞に掲載されていた記事の内容は要約すると次の通りである。

『明治六年に文部省に医務局が設置され明治政府は文明開化を推進している最中で、医学の分野に於ても従来の東洋医学から西洋医学へ転換しようとその普及に躍起となる。当時の有識者は〝漢方医の学説は非科学的で迷信的であり疾病に対してほとんど得るものは無く効果も無いによって何の価値も無いものと断定する〟というようなものであった。

これにより漢方医の受難の歴史が始まる。当然、漢方医達は必死の抵抗を試みる。漢方医は東洋医学の優れたところを取り上げ説明し、何とか今まで通り治療が行えるようにとの旨を政府に陳情するが西洋医学をこれからの日本の医学として育てようとする政府の方針は頑として動かない。

そうしているうちに明治十一年に東京と京都に脚気《かっけ》が続発したため当時の内務卿大久保利通は東京に脚気病院の設立を命じ、院内を西洋医の治療部と東洋医の治療部に分けて治績の競争をさせた。漢方医の命運を握ると思われたこの競争は世間から漢方医と西洋医の脚気相撲と囃し立てられたが二回に渡って行われた競争はいずれも漢方医の勝利に終わる。ところが明治二十六年、政府により漢方医継続案が出され無記名投票が行われることとなる。結局、百八十一票のうち漢方医継続に賛成七十六票、反対百五票の二十九票差で継続案は否決された。これによって今まで日本国民の健康を支えて来た漢方医学は完全に医療の表舞台から葬り去られた』

「実は鍼灸が打撃を受けたのはこればかりではないんだ。以後、細々と命脈を保ってはいたんだが第二次世界大戦後に於ても占領軍司令官マッカーサーの命令で鍼灸禁止令が出されたと書いてある」

梶は本棚から一冊の本を取り出すとパラパラと掲載箇所をめくって二人の前に置いた。

「それにしても、どうして今になって鍼灸ブームになったんだろう？　尤も保険を容易に扱えないというハンディのお陰でそれ程、治療院での患者獲得には結びついてはいないけどね」

「それは過去、当時の田中角栄首相の日中国交回復により中国からテレビで鍼麻酔などが紹介され、鍼の効果に驚かされて急速に鍼灸熱が高まり、脚光を浴びて現在に到っているということらしいよ」

野口の疑問に梶が答えた。

「やっぱりどんなに不利な状況でも真に価値のあるものは、やがては認められるということじゃないのかな」

黙って聞いていた内村があくまで自分の信念を貫くべく呟いた。その言葉に野口が再び反発した。

「しかし、この新聞記事によると学問の命運さえも政治の動向によって左右されるということが判るじゃないか。日本古来の伝統医学の灯を消し去ろうとしたのは他ならぬ日本の政治家だったんだよ」

「その時は明治維新で急速に国際競争力をつけるため政府があらゆる面での近代化を考えていた時代だった。即ち、文明開化の名のもとに西洋という名のつくものであれば全て良しとするいわゆる西洋かぶれの時代だったから仕方なかったんじゃないのかな」

「その西洋かぶれの日本人がこれまで日本人の健康を守って来た伝統医学をいとも簡単に葬り去ろうとしたんだよ」

再び先程の車内論争に火がつき激論になりかけた時、

「拓郎、ご飯が出来ましたよ。すぐに降りてらっしゃい」

階下から梶拓郎の母親の呼ぶ声がして論争は中断された。

食卓には心づくしのオードブルと港町らしく新鮮なマグロ、イカ、タイ等の刺身の盛り合わせが準備されている。

「おー、凄いな。ご馳走だよ」

論争で疲れ果てた三人が同時に舌鼓を打つ。

「どうぞ、遠慮なく召し上がれ」

市内の私立高校の教師をしている梶の母親は息子が専門学校へ入学以来、初めて友人を自宅に連れて来たのをとても喜んでいる。それにこの二人の友人は教師をしている母親の目から見ても息子より頭が良く真面目そうに見えるので大変気を良くしているようだ。ニコニコしながら御飯のお代わりを勧めている。猫の小鉄も梶の膝の上で好物の刺身をもらって満足げだ。先程の論争ですっかりエネルギーを消耗していた三人は論争のことなど忘れて夢中で御馳走にかぶりついた。

漢方の時間は唯一、女性の教師だ。六十代半ばで色白ふっくらとした上品な感じの先生である。皆、最初の頃は素問《そもん》だの難経《なんぎょう》だの言葉だけでも難しそうで聞いていても何だか考古学を勉強しているようであまり興味を持てず退屈に感じていたが、授業の回数が進むにつれ経絡治療と密接な繋がりがあることに気づき始めた。

東洋医学の思想と疾病観について、やれ天人合一《てんにんごういつ》の思想を持ち、人間を小宇宙とみなす等医学に事難しい思想などあってたまるものか、治療するだけだと反発し、女性教師が陰陽論《いんようろん》を論じるとクラス一純情青年の中居勉などは何を想像したのか顔を真っ赤にしてうつ向いている。川添亮太は手をあげて、

「先生、陰陽というのは、あの、その男と女のアレと違うんですか？」

と質問しクラス中を混乱に陥れる始末だ。

この女性教師は流石に老練で、笑って聞き流していたが、陰陽論の定義から五行説《ごぎょうせつ》に入り六部定位脈診《ろくぶじょういみゃくしん》の方法論に移ると漢方を勉強することが経絡治療を学ぶための必須条件であることがわかり、貴山の経

穴学と並んで人気科目になった。

この女性教師は三村美智子《みむらみちこ》といって貴山と同じ日本鍼灸医学会《にほんしんきゅういがくかい》の花島光道《はなしまこうどう》門下生であることが情報通の黒木麗子によって知らされた。三村の授業は回を追うごとに熱気を帯び、誰もが漢方に則った治療をせねば単なる刺激治療に終わってしまうのではと危機感を持ち、のめり込む程になって行った。

「望んで之《これ》を知るを神と云う」

三村の落ち着きのある上品な響きのある声が静かな教室に流れる。これは望診《ぼうしん》といい術者《じゅつしゃ》の視覚を通じて行う診察法である。

東洋医学では他に聞診《ぶんしん》・問診《もんしん》・切診《せっしん》がありこれらをひっくるめて四診法《ししんほう》というが、望診というのは肌の色を診て五臓の状態を診察するものである。

「それでは前回勉強した五色《ごしき》について説明して下さい。えーと誰にしようかな、はい、内村秀雄さん」

手にした出席簿から名前を選び出し指名する。内村はスックと起立し肝心脾肺腎《かんしんひはいじん》の五臓についてそれぞれの色状《しきじょう》及び生色《せいしょく》、死色《ししょく》についてスラスラと説明を行った。教室内から「オーッ」というどよめきの声があがる。

「脈《みゃく》の基本型を説明して下さい。野口浩之さん」

今度は野口の番だ。

野口はゆっくりと立ち上がり浮沈遅数虚実《ふちんちさくきょじつ》の六祖脉《ろくそみゃく》について簡潔明瞭に説明すると今度も教室のあちこちからどよめきの声があがった。

「肺虚証《はいきょしょう》の場合の取穴法《しゅけつほう》を述べて下さい。黒木麗子さん」

この先生は成績優秀な生徒を知っているかのようである。

黒木麗子は勢いよく立ち上がり、はきはきした口調で「難経六十九難《なんぎょうろくじゅうきゅうなん》の〝虚《きょ》すればその母を補う〟の法則に基づき肺経《はいけい》の土穴太渕穴《どけつだいえんけつ》と母経《ぼけい》である脾経《ひけい》の太白穴《たいはくけつ》に補法《ほほう》を施します」と自信たっぷりに答えて着席した。教室内は三たびどよめいたが三村はニッコリと笑って補足説明した。

「それでいいのですが、陰経《いんけい》の補法が終わったあと陽経《ようけい》の実《じつ》が残る場合は大腸経水穴二間穴《だいちょうけいすいけつじかんけつ》に瀉法《しゃほう》を施すことをわすれないようにして下さい」

成績順に指名した訳でもないのだろうが、ここまでは成績上位三位までで模範解答に近いものであった。しかし、それ以降に指名された者の答えは実にお粗末を極めた。

胸脇苦満《きょうきょうくまん》の意味を求められた飯田スマ子は季肋部に充満感があり肋骨弓の下縁に圧痛などがあると答えねばならないのに対し苦満を苦悶と勘違いし、滔々と男女の熱愛の苦しい胸の内を舞台役者の如く手ぶり身ぶりを交えて説明。

短気《たんき》の意味を求められた川添亮太は呼吸数が短く多い息切《いきぎ》れのことをドスの利いた声で文字通り気短なことと答え、教師の三村を呆れさせた。一通り指名が終わり一段落したのを見計らって梶が質問した。経絡治療でいう本治法《ほんちほう》と標治法《ひょうちほう》について何となくわかった気でいたものの今ひとつしっくり来ないものがあり、この際しっかりと理解しておきたいと思ったのである。

「先生、本治法と標治法の違いについて教えていただけませんか」

梶の質問に三村は先程までのトンチンカンな答えで疲れ切った気分を取り直し、銀縁の眼鏡をかけ直した。

「本治とは経絡の変調を除去することを目的とする治療法であり、一般的には望聞問切《ぼうぶんもんせつ》の四診によって経絡の虚実を決め、その証《あかし》に従って五行の要穴《ようけつ》を用いて病絡《びょうらく》を治療して経絡を正常にすることであり、標治《ひょうち》とは現症状に対し証《あかし》に関係なくこれを除去することを目的とするものであり、一般的には局所の経穴を使用したり特殊な治療術を用いて行う治療法である」

綺麗な字で黒板に書いてくれた。

「先生、標治法だけでは治療はできないのですか？」

梶拓郎が重ねて質問する。

「多くの治療家の場合、標治法のみのようです。私も最初のうちは標治法のみの治療でそれなりの効果もあり患者さんにも結構来ていただいていたのですが何年もやっているうちにどうしても行き詰まってしまって治療の限界を感じてしまった訳です。そうこうしているうちに日本鍼灸医学会で経絡治療をなさっている花島光道先生に出会ったのです。花島先生の会で経絡治療を学ばせていただき本治法中心の治療をすることに決めたのです。本治法中心の治療、即ち経絡治療に変えた当初は戸惑いを感じたのか今まで治療に見えていた患者さんの多くが来なくなり苦労しましたが、辛抱してずっと続けたお陰で今は良かったと思っています」

過去を振り返って話す三村の顔は経絡治療家としての自信と輝きに溢れているように梶には思えた。梶は難解と聞かされ、いつになったら身につくかもわからぬ経絡治療に今取り組むよりも簡単に対応できる標治法に夢中になっていた。技術は目に見えて向上し現在では高見三千男のお陰でかなりの症状に対応できるまでになっていた。

しかし、標治法で治療をすませても、その効果は患者に聞かなければわからないし、効果が認められなかったら、あの手この手でやり直さなければならなかった。そのため治療に時間をかけ過ぎてドーゼ過多の心配までしなければならなくなることに言い知れぬ不安を覚えていた。

それに対して本治法は患者に問診を行ったあと検脈して治療の結果を把握出来るし、方程式のように治療方式が確立されている。治療効果も比較にならない上に治療時間も短い。ドーゼ過多の心配もしないで済む。梶は何としても経絡治療を身につけたいと思った。

「老人福祉センターで日本鍼灸医学会鹿児島支部主催の経絡治療特別講習会を開催します。受講希望者は原稿用紙二枚程度に〝受講動機及び経絡治療について〟のレポートを書いて次の経穴学の授業までに提出して下さい。受講希望者多数の場合は、こちらで選考させて戴きます。尚、講師は支部会員が務めます」

三年生も終わりに近づいた頃、経穴学の授業終了直前に経穴学講師貴山によって報告がなされた。プログラムは教員室横の掲示板に貼り出され、第一回から第六回まで講義内容、実技内容が詳細に記され、それぞれの講師名も書かれていた。その中に貴山崇《きやまたかし》の名前もある。

「内村君は当然受けるよね」

熱心に掲示板に見入っている内村に梶が背後から声を掛ける。

「勿論、受けるよ。野口君や黒木さんも受けることだろうし。しかし、受講希望者が多数の場合はレポートで選考して決めるということだから取りあえずレポートを書かなきゃね」

「で、どんな内容にするの？　僕はどうも昔から作文は苦手で」

梶は、さも困ったといわんばかりに両手を下に広げていつものジェスチャーをしてみせた。

「梶君の場合は随分前から鍼を使って治療しているんだから標治法のみで治療の壁に突き当たって悩

んでいるところに、授業で本治法に巡りあえた心境を書いたらどうかしら」

横から黒木麗子がアドバイスする。

「成程それは名案だ。それいただき。しかしまだ治療の壁に突き当たるところまでは行っていませんよ」

黒木麗子は梶の心を見透かしたようにニヤリと笑ってみせたが、いずれにしろ梶の悩みは即座に解消された。

「いいなあ、僕はどんな風に書こうかな」

野口までもがおどけて梶のジェスチャーの真似をする。

「あら、野口君は講習会開催のきっかけを作った張本人だからレポートなしで合格よ」

傍にいた飯田スマ子がポンと野口浩一の肩をたたいた。

「そんな、飯田さん、張本人だなんて、それじゃ犯人扱いですよ。でもフリーパスだったら犯人扱いされてもいいかな」

いつもは落ち着いて重厚な感のある野口が珍しく冗談を言って笑う。

講習会第一日目の日曜日の朝。いつもより一時間早めに起床し、いつもより一時間早い電車で西鹿児島駅に降り立った梶拓郎は、そこから路面電車で天文館まで行き、めざす福祉センターに向かって歩き出した。

時計を見ると講習会開催の時刻まで随分間がある。天気がいいのでゆっくりと散歩を楽しもうと思い、久し振りに鶴丸城脇の歩道の石畳を散策した。ここは昔、西南戦争で西郷隆盛率いる薩摩軍が政府軍に追い詰められ全滅したところだ。城跡の奥には小高い城山があり、そこには戦いに敗れ自刃して果てた西郷隆盛の洞窟が当時のままの姿で残されている。

西郷隆盛と言えば郷土が生んだ英雄ナンバーワンとして崇拝され、同じく郷土の英雄でありながら敵対して西郷を敗った大久保利通《おおくぼとしみち》は全く逆の立場にあった。

梶の少年時代、英雄として大久保の名をあげようものなら途端に仲間はずれにされる程であった。それ程、大久保は嫌われていた。しかし、ようやく最近になって明治百年記念祭以降ＮＨＫの大河ドラマ〝翔《と》ぶが如《ごと》く〟等で理解を得て、近代日本の礎を築いた大久保利通の人気は西郷隆盛に劣らぬようになった。

おっちょこちょいで明るい性格の梶拓郎に薩摩の歴史などは不似合いに思える。しかし、彼の進取の気性に富み、正義感の強いところが薩摩の歴史の中でも戦闘の歴史に興味を誘うのか、幼稚園から高校まで武闘派だった時の名残なのか定かではない。

それにしても目の前にどっしりと構え、噴煙を上げ続ける桜島を眺めていると、郷土の生んだ英雄、西郷や大久保の生きざまを思い妙に身の引き締まる感じを覚えるから不思議である。

城郭に今も残る無数の弾痕に当時を想い浮かべながら歩いて福祉センターの前まで辿り着くと、内村、野口、黒木、中居、川添、羽島、飯田のお馴染みのメンバーが玄関付近に集結していた。

受付を済ませて会場に入ると梶のクラスからはこの八名のみの参加で、あとは他の学年から十五名、有資格者七名の合計三十名の受講生である。定刻を五分経過して講習会が開始された。

日本鍼灸医学会、鹿児島支部長の開会挨拶のあと経絡治療についての説明があり、使用する鍼が配布された。以前高見に貰った細身の銀鍼と同じものである。更に受講生を四名一組の八グループに分けて実技講習が行われることになった。

当然、本校教師貴山も指導にあたるが、貴山のグループにはクラスからは内村秀雄と黒木麗子が入っており、梶と野口は自分達より若い女性講師のグループに組み込まれていた。脉診という高度なテクニックを九州でも指折りと噂される貴山崇に教わりたいと願っていた梶にとってこれは大きな誤算だった。

彼は内村と黒木の好運をうらやましく思ったが、すぐに何も講師が若い女性だからといって悲観することはあるまい、わからないことは徹底して質問すれば、いかに難解と聞く経絡治療といえども修得できないことは無い筈だと持ち前の明るさで気を取り直した。

いよいよ実技講習の開始だ。まずモデル患者がベッドに仰臥位をとる。次に残り三人の受講生がベッドを三方から取り囲みモデル患者の脈所《みゃくしょ》に指を宛がい脈状を窺う。講師が腹診及び脈診を行い証決定《あかしけってい》をしてみせる。証決定とはこれから行う刺鍼の手法を定めるための最重要事項で異状を示す臓腑経絡《ぞうふけいらく》を診断することである。

証が決定したら、それを受講生に説明し納得させた上で、しかるべき刺鍼手技を行い経絡の変動を是正する。最後に検脈を行い是正されたか否かを確認するというものである。これこそ本治法の神髄であり、経絡治療家はこの経絡是正に持てる最高の技術を注ぎ込む。

この学習方式は難解な経絡治療をよりわかり易くする方法として会の偉い先生が考案したものらしい。通常は三人一組で行うということだが講師数の都合などにより今回は多少異なる。

早速、中年男性の受講生が率先してモデル患者になる。市内の開業鍼灸師とのことでなかなか意欲的だ。モデル患者の右側に立った若い女性講師が腹部から触診を始める。

「肺虚《はいきょ》、いや脾虚《ひきょ》かな？」

運動不足で栄養過多の大きくふくらんだ腹部をさかんに撫で回して独り言を言いながら脈診に移る。患者の両腕をたぐり寄せて脈を診る。

「肺虚、いや脾虚かな？」

又、独り言をぶつぶつ繰り返している。

「皆も診てみる？」

と勧めるので梶拓郎も一応、見よう見まねで左右の手首の脈所に指を宛がってみるが打つ脈の強さがどれもこれも同じに思えて肺虚なのか脾虚なのか、はた又肝虚なのかさっぱり見当がつかない。

「先生、全部同じ脈の強さに感じますが」

と言うと、

「そんな筈はありません。目をつぶって静かに心を澄ませば脈の虚実が判る筈です」

と若いくせに悟りを開いた坊主のようなことを言う。それならばと思い、目を閉じて再び脈を押さえてみるが押さえれば押さえる程全部の脈が次第次第に強く感じられて来る。

「先生、全部実に感じますが」

と言うと澄まし顔で、

「そんな筈はありません」

と言うので、とうとう諦めて野口に代わると、野口も同じようなことを言われている。

そこで三人目の受講生が脈を診終わったところで、

「先生、患者の脉は何ですか？」

と質問すると首をかしげて、

「うーん、肺虚かな、いや脾虚かな？」

となかなか決心がつかない。

「まあ、とりあえず肺虚でやってみるね」

と言うことになった。

女性講師が銀鍼を穴所に刺鍼して虚したる脉を平《ひら》に是正するというのである。平というのは虚でもなければ実でもない頗る良好で理想的な脉状のことを言うらしい。梶はモデル患者の右側に立ち右腕の橈骨楔状突起《とうこつけいじょうとっき》に指を宛がう。野口は足元に立ち、右足首下の足背《そくはい》動脈に、もう一人の受講生は枕元に立ち耳前の先側頭《せんそくとう》動脈に指を宛がい、それぞれが固唾を呑んで脉の変化を捉えようと待ち構える。

しかし、待ち構えている間に素早い鍼捌きで脉の変化も何もあったものではない。その後の女性講師の指導も良く理解出来ぬまま午前中の実技講習は終了してしまった。

内村、黒木のグループに目をやると貴山を囲んで皆いかにも満足げな表情で目が輝いてみえる。

午前中、思ったような成果を上げられず会館内の食堂でカツ丼を注文し、肩を落として二人で食べていると晴れやかな顔で内村と黒木が談笑しながら入って来た。

「やあ、どうだった？　そっちは」

にこやかに笑みをたたえてさも満足げに聞いてくる。

「むずかしいね。経絡治療は……」

野口が不機嫌そうに返事して大きなカツの固まりを口いっぱいにほおばる。不機嫌な顔が余計に不機嫌になる。

「ほら、あの先生よ。桑畑周栄《くわはたしゅうえい》先生」

突然、黒木麗子が指差した先のテーブルの椅子に一人の男が座って窓の外の景色を眺めている。年の頃は梶等より少し上であろうか。三十代半ば頃にみてとれる。しかし、その風体は甚だ異常だ。まるで戦前の服装である。それもありふれた田舎風の地味な着物に黒足袋、すり減った下駄を履き、着物の上には古着屋をいくら捜しても見つからないような袢纏を羽織っている。会の他のメンバーと距離を置くようにして一人窓際のテーブルに着いていた。

「桑畑周栄って？」

奇妙な出立《いでた》ちに興味をかられたのか梶が聞き返す。

「東京の花島光道先生の所で修業してらして最近故郷の指宿市で開業されたという話よ。多くの花島門下生の中でも特に優秀で花島先生は手放したくなかったそうだけど」

流石は情報通の黒木麗子である。

ふと前方の桑畑周栄を見ると丁度、運ばれてきた素うどんを一人静かに食べ始めているところだ。この男には素うどんが実によく似合う。テーブルの上には広辞苑程のぶ厚い本が置いてある。食事の時も本を手放さないとは余程の勉強家なのであろう。

梶は周囲と明らかに異なる雰囲気を漂わせている長身、細面のやや神経質そうなこの男をじっと観察していた。桑畑周栄が素うどんを食べ終わり、他の会員達の輪にも加わらず一人お茶を飲み始めたのを見計らってやおら立ち上がった。野口を促して桑畑周栄の方に向かって歩き出す。

「先生」

彼の前に立つと、いきなり初対面の相手に向かいペコリと頭を下げる。桑畑周栄は手にしていた湯呑み茶碗を静かにテーブルの上に置いて何が来たかというような顔で黙って二人を見据えた。

「先生、現在のグループの件ですが、最後までこのグループで行くんですか？」

梶の唐突な質問にしばらく間を置いてからゆっくりと答えた。

「いや、最後まで今日のグループで行くとは決めていません。正式なグループは今から黒板に貼り出される筈です。それが何か？」

桑畑周栄は不思議そうな顔で目の前に立っている二人を見上げ、テーブルに肘をついたまま顎に手をやった。顎には少々の不精髭が生えている。

「はい、私達は桑畑先生の実技指導を受けたいのです」

梶拓郎は正式なグループ編成が今から行われるとあってチャンスとばかりに目を輝かせて強引にお願いした。桑畑周栄は腕組みをして黙っていたが「名前は?」と聞いてくれた。梶が「梶拓郎と……」と言いかけると、あとを受けた野口が「野口浩之です。よろしくお願いします」と続け、二人して深々と頭を下げた。桑畑周栄は突然、目の前に現れ立ち去って行く二人を無言で見送った。

昼食時間が終わり、午後からの実技に入る前に黒板の前に新しいグループ編成表が貼り出された。急いで見に行ってみると桑畑周栄のグループに梶と野口の名前が書き込まれている。

「良かったわね。希望通りになって」

振り向くと黒木麗子が笑顔で祝福してくれた。

「私も梶君達と一緒で嬉しいわ。よろしくね」

飯田スマ子も桑畑周栄の指導が受けられるとあって大はりきりだ。黒木麗子と内村秀雄はそのまま貴山のグループに組み込まれている。

梶は桑畑周栄の特別の計らいに感激して午前中とはうって変わった熱心さで午後からの講習に臨んだ。桑畑周栄の言葉の一つ一つ、動作の一つ一つを決して見逃すまいと全神経を集中した。日本の経絡治療の第一人者、花島光道の愛弟子の技術を短い講習会の間に出来る限り吸収しようと決心したのである。

待ちに待った桑畑周栄の刺鍼で野口がモデル患者になると梶はすかさず野口の右側に回り込み右腕の脉所に指を宛がい息を殺した。桑畑周栄が野口の左の太渕穴《だいえんけつ》に刺鍼し、静かに、しかし鋭い声で「息を吸って！」と命じ間髪を入れず抜鍼すると野口の脉に変化が生じたように感じられた。

この〝息を吸って！〟という動作は鍼の刺入時に患者が息を吸い込むことによって脉の調整がより可能になるらしいのであるが確かに何やら形容すると脉が細く締まったように感じた。梶は初めて脉の変化を捉えることが出来たのである。

驚きはこれだけに留まらなかった。次にモデル患者になった飯田スマ子の脉を診ながら桑畑周栄が首をかしげた。

「筋腫《きんしゅ》か何かありませんか？」

真剣な表情で横になっている彼女に質問した。落ち着いたゆっくりとした口調だ。

「はい、以前から時々、腰が痛むものですから病院で検査を受けたところ子宮筋腫の指摘を受けました」

飯田スマ子は驚きのあまり目をパチパチと動かしている。

「脈で疾患名を特定できるのか！」

流石に花島光道の愛弟子だけのことはあると思った。梶は漢方の望診の授業で〝望《のぞ》んで之《これ》を知るを神と云う〟の言葉を思い出した。この場合は〝脈を診て之を知るを神と云う〟と言うべきか。とにかく神技には違いあるまいと驚愕した。目の前に立っている風変わりな男は途方もない鍼の達人なのだ。こんな古ぼけた建物の一室で驚くべき技が展開されている。他の者はどう受け止めたか知らないが梶は新たな鍼灸の世界を垣間見た気がして体が震えるのを覚えた。

「今度は私がモデル患者になりますから誰かやってみて下さい」

あまりに人間離れした桑畑周栄の言葉に誰もが遠慮して黙っている。

「はい、私にやらせて下さい」

梶拓郎が勇気を出して手を挙げた。慎重さには欠けるところがあるが進取の気性と度胸の良さのみがこの男の取り柄だ。

梶は緊張した面持ちで今まで学んで来た通りのことを実行に移した。こうなったら恥も外聞もない。まずは望診である。これは術者の視覚を通じて行う診察法であり患者の皮膚の色、うるおいの有無を調べる。生気《せいき》の無いものは予後が良くないとされる。皮膚の色は五色《ごしき》に分類して観察する。即ち青赤黄白黒をそれぞれ五臓の肝心脾肺腎にあてはめ、生色は艶やかなり、死色は光沢無しによって見分ける。

「何色かなあ、黒くもなければ白くもない。さりとて黄色いとも言えないし、決して赤ではないが……」

ぶつぶつ言いながら顔色を観察しつつ判断しかねていると、五色の分類に迷っていると感じた桑畑周栄がたまりかねて注意した。

「五色の判定は顔色ではありません。肘の尺部《しゃくぶ》の色です」

梶は頭を掻き掻き桑畑周栄の前腕尺部の色を調べる。

次に五香《ごこう》とて下腹部の付近をクンクン嗅いでいると迷惑そうな顔で、

「何をしているのですか？」

と聞かれる。平然と、

「五香の分類です」

と答えると呆れ顔で、

「五香はそのような所を嗅ぐのではありません」

とたしなめられる始末だ。

度重なる失敗に気を取り直して問診は省略し、切診に移ると他の三人の受講生が一斉にベッドを取り囲んだ。

脉状の基本型である浮沈遅数虚実の六祖脉について自分なりに診断する。

「主治証《しゅちしょう》、肺虚証《はいきょしょう》」

高らかに宣言し鍼を構える。他の受講生が桑畑周栄の脉所に指を宛がい、梶の鍼を一斉に注視する。

「刺入します」

鍼を構えたまま静かに横たわっているモデル患者の桑畑周栄を横目でチラッと見ると、おとなしく黙認している。ここぞとばかりに気合を入れて両足を開き腰を落とす。磐石の姿勢だ。

「息を吸って！」

言葉鋭く声を掛け、左手首の太渕穴に刺入した鍼を間髪を入れずに抜鍼する。

〝ブイッ！〟

その瞬間、気合を入れすぎて思わず大きなオナラを発射してしまった。周囲の者は脉所に指を宛がったまま片方の手で懸命に自分達の鼻先を扇いでいる。臭くはない筈なのに無礼な奴等だとは思ったが、

「力が入りすぎて失礼しました」

と陳謝した。

桑畑周栄を見ると相変わらず平然として生アクビをしている。すっかり慌てた梶拓郎が頭を掻き掻き

足元に回って左足首下の太白穴《たいはくけつ》に刺鍼すると又、生アクビ。今度は立て続けに三回の生アクビだ。「ははぁ先生、勉強疲れで睡眠不足に違いない」と思いつつ一連の作業を終了した。

望診と五香ではいささかの失敗もあったが最も大切な切診はオナラを除けば我ながら良く出来たとホッと胸をなでおろした。

「気が洩れている。疲れた」

ベッドからゆっくりと身を起こした桑畑周栄がポツリと呟いた。いかにも疲れ果てたという表情で不快感が漂っている。

全く訳がわからず呆然と立ち尽くす梶の脳裡を過去の事柄が思い出された。いつだったか病院で痩せた患者に刺鍼していると立て続けにアクビをされた事があった。それも刺鍼するごとにアクビをするのである。今までこういう患者は皆無だったので妙な患者だという風にしか思わなかったが不思議と心のどこかにひっかかっていた。

思い返せば、あの時の患者のアクビと目の前の桑畑周栄の生アクビは一緒ではないかという事に今初めて気がついたのである。あの時の患者は梶の稚拙な鍼によって生アクビを繰り返していたのではないのか？ それにしても〝気が洩れる〟とは一体どういうことなのだろうか。

梶は新たな難題が自分の前に振りかかるのを感じた。しかし、その疑問は桑畑周栄の「鍼は気の調整だよ」という言葉で何となくわかるような気がしてきた。そういえば、今まで気にもとめなかった〝気〟という言葉について貴山の授業でも漢方の三村の授業でも何回か耳にしたことがあった。漢方では気《き》と血《けつ》という言葉も出て来た。

実体を伴わない未知のゾーンである気の存在についてテレビ等でも取り上げられ喧々諤々の論争が展開されているのを面白半分に観たこともある。

病院での患者の一件といい、今、全く同じような出来事に遭遇し、しかも戦前の着物スタイルの鍼の名人からいきなり「気が洩れている」と指摘された。今の自分の技術がいかに稚拙であるか気が洩れない刺鍼どころか気ということなど考えることもなしにやってきた訳であるから指摘されて初めて気づかされたのであった。

では、梶が今まであたってきた二人以外の多くの患者はなぜアクビをしなかったのかという疑問も出てくる。たまたま、この二人はアクビという形で気の洩れを表現したにすぎず、稚拙な鍼治療をした場合に他の多くの患者の場合は体が重くなった等の苦情がそれにあたるのではないかと想像した。アクビと体が重くなる感じ、そして何も感じない等は患者個々の感度の問題ではないかと思ったのである。

事実、鍼灸師なら誰でも経験したことがあると思うが肩こりの治療で肩背部に刺鍼していると、突然、患者から、

「先生、肩が重たくなって来たんですが」

と言われることがある。勿論、その症状は即座に取り去ることが出来る訳だが、いずれにしろ鍼をする度毎にアクビが出たのでは仕方がない。

梶はテレビでしかお目にかかったことの無かった〝気〟の存在の有無についても実際、目で確認できる訳ではないので簡単には信じ難かった。しかし、不信の念を抱いて講習を受けても何ら得るところは無いと思い、ここは素直に全ての事柄を受け入れて勉強してみようと心に決めた。

第二回目の講習会は前回の反省から始まった。押手《おしで》の徹底である。押手というのは、刺手《さしで》に対するもので、即ち穴所を探り当て、鍼の抜き刺しに添える指のことであり、親指と人差指で輪を作り穴所に密着させる。押手がうまくいかないと気が洩れるし調整に支障が出るらしいのである。

「あなた方の刺鍼は全員、気が洩れている！」

その日の理論講習で支部長が大声で一喝した。

「気が洩れないようにするためには押手の指づくりが不可欠です。今日から一円玉を使っていい押手をつくるように」

支部長はポケットから一円玉を取り出し、押手のつくり方を教示した。

その方法というのは左手を押手にする場合は左手親指と人指し指の指腹をピタリと合わせ、その間に一円玉を挟み込んで押さえ、指腹が平たくなるようにするというものであった。そうなることにより鍼の操作時に気が洩れずに良い脉を作れるというのである。

更に経絡治療をしっかり身につけなければ保険制度を十分に活用できる病院や整骨院は言うに及ばず同業者間での生き残りも難しくなるかも知れない等と叱咤激励に及んだ時、以前、野口、内村の二人が激論を交わしたことを思い出した。そっと二人を横目で見やったところ二人共、支部長の言葉にしきりに頷いていた。

そういえば、この会の講師の先生方の身なりは着物姿の桑畑周栄を除いて全員バリッと糊の利いた真新しいシャツなど身につけており、見たこともないようなポンコツ車の桑畑周栄以外は高級車が多いのに気がつく。貴山崇は白のベンツだ。

経絡治療は技術をマスターするのはなかなか骨の折れる仕事だが、マスターすれば案外儲かる仕事かも知れない。梶拓郎はそう確信し、新たな希望に燃えて休憩時間は必死に押手の指づくりに励んだ。なかには一円玉を挟み込んだ親指と人指し指をセロハンテープでぐるぐる巻きにしている者もいる。

さんざん苦労して、そろそろ立派な押手が出来上がったかなと思った頃、野口をモデル患者にして桑畑周栄に診てもらうことにした。桑畑周栄が野口の脈所に指を宛がい梶の動作を見守る。

「刺入します。息を吸って！」

鋭い声を発し、刺入した鍼をサッと抜き瞬時に鍼口を閉じる。もうどこから見ても格好だけは立派な経絡治療家である。

「先生、どうでしょうか」

刺鍼を終え、自信ありげに感想を求める。

「一応、形は出来ているが鍼が粗《あら》い」

簡単に片付けられてしまった。どうやら一生懸命やって形だけは桑畑周栄の動作を真似てものにできたが内容は月とスッポンということらしい。

尤も習ったばかりだから仕方のないことかも知れないが、「鍼が粗い」と言われれば粗くないようにしなければならない。

学校での実技の時間はひたすら本治法の練習である。他の生徒達が普段の刺鍼練習をしている最中、梶、内村、野口、黒木の四人は一組になって「はい、息を吸って！」とやっている。そこに実技の教師が見回りにやってきた。実技では経絡治療は教授されず、従って脉診術等も無いのであるが、そこに四人一組の一風変わった実技の光景が展開されていた。本治法を練習中の梶等は見られたと思い何ともバツが悪そうに照れ笑いをすると実技の教師はその様子をチラッと見ただけで通り過ぎて行った。

「あーよかった。てっきり叱られるんじゃないかと思ってヒヤヒヤしたよ」

生真面目な内村がホッと胸をなでおろした。

「でも、相変わらず単調な刺鍼練習ばかりしててもつまらないし、注意されなかったということは〝練習していいよ〟ということじゃないのかな」

自分に都合の良い一方的解釈の梶の言葉に三人共頷いたが特に成績上位の彼等ゆえ教師も今回限りは大目に見てくれたのかも知れない。


合計六回の講習会は無我夢中のうちに終了した。皆、必死に努力した甲斐あって押手の指づくりもそこそこ出来るようになり、それ程気を漏らすことも無く刺鍼ができるようになった。誰もが鍼の道を志して以来、最も収穫の多い期間であったことを実感していた。

途中で脱落した者もいたが、梶のクラスは全員、最後までやり通した。資格試験合格のための学校の授業と違い、実力養成のための講習会を終了したことで大きな自信につながったように思えた。

梶等クラスのメンバーは終了式のあと、老人福祉センターの駐車場に集合していた。手取り足取り教授してくれた講師の先生方を見送るためである。梶は特別に自分と野口の希望をかなえてグループに入れてくれた桑畑周栄にお礼を言いたかった。

貴山の真新しいベンツの横に赤茶けた色の何とも古い型の車が止めてある。日本の隅から隅まで捜しても簡単にはお目にかかれない程の代物だ。手入れは行き届いているが、あちこち変色し、これで走れるのかと心配になる。もともとそういう形なのだろうがマフラーもグニャリと頼りなげに曲がっている。

「桑畑先生の車は凄いポンコツだな」

羽島泰三が驚きのあまり、隣に立っている飯田スマ子に耳打ちする。

「あら、羽島さんほどじゃありませんよ」

飯田スマ子は冗談を言って喜んでいる。

「お互い様だよ」

羽島泰三も笑って言い返す。

そうこうしているうちに講習会の間、全く同じ古い着物に黒足袋、すり減った下駄を履き袢纏を羽織った桑畑周栄が自分の車に向かって歩いて来た。手にはぶ厚い本を大切そうに抱えている。

「桑畑先生、お世話になり大変ありがとうございました」

梶拓郎が駆け寄って声をかけると桑畑周栄は足を止めて梶の方を振り向いた。

「毎日、どんな時でも自分の脈を診なさい」

相変わらず物静かな素振りで、ただそれだけ言うと黙って車に乗り込んだ。

二、三回キーを回すとボトボトボトボトといかにも頼りなげなエンジン音だ。見送りの者達が今にも止まりはせぬかと心配する中をアクセルをブーブーふかし白い煙をモウモウと吐きながらヨタヨタと走り去って行った。

「貧乏なのかな？」

心優しい中居勉が煙よけのためのハンカチを口にあてたままそっと呟いた。

二学年終了時に行われた資格試験前日、突然の眼底出血に襲われ、不運にも按摩マッサージ指圧師の試験を受けることが出来なかった内村秀雄もクラスのみんなに遅れること一年で資格を手にすることが出来た。

今ではほぼ全員が病院等の医療機関でアルバイトをしながら授業に臨んでいる。学校の授業は、あくまで資格試験に合格するための内容であり実戦向きではないため、医療機関で患者に施術を行わない限り実力はつかないからである。

四年生にもなると鍼灸のみならずカイロプラクティックの技術まで幅広く勉強する者が現れ、それをクラスで披露したりするので好奇心旺盛な者は早速、見様見真似で取り入れるなど大騒ぎである。カイロプラクティックというのは手技で脊椎の歪みを矯正することにより疾病に対処する治療法である。

実技の時間が始まる前、どこで勉強してきたのか大人しい中居勉が梶拓郎に背骨の矯正をしてみせると言う。

「大丈夫かい？　半身不随にならないかな」

「心配しないで下さい。大丈夫ですから。背筋を真っ直ぐ伸ばして力を抜いて下さい」

梶の背後に回った中居が二つ折りにした座布団を梶の背中に宛がう。そこに自分の膝頭をつけて梶の両肩を摑んで胸をそらし気味に軽く引くと面白いように〝ポキポキ〟と背骨が鳴った。次に頭を片手で押さえて顎の下に宛がった手を横に動かすと首が〝ゴキッ〟と鳴る。

「へぇ、これがカイロプラクティックか。中居君どこで習ったの？」

「アルバイト先の病院の先輩が教えてくれたんですよ。どうでしたか？」

「関節がポキポキ鳴っただけで別に何も感じないけど。尤も僕は肩こりも何も無いからなあ。いや、まてよ。何か月か前から右手の中指に変な痛みがあったんだけど感じなくなってるよ。あれっ、おかしいなあ」

「おかしいことは無いんじゃないの？　手の指は頸椎《けいつい》に関係があるから先程の頸椎の矯正で治ったんじゃないかな」

この様子を見ていた内村が感心して言った。

「ということは僕の頸椎にズレがあったという訳か。いやはや、驚いた。凄い技術だね」

梶もしきりに感心する。

「治ったら治療費三千円いただきます」

中居がちゃっかり手を出して治療費を請求する。

「えっ、金を取るのか？」

「冗談ですよ。でも簡単でしょう？」

「うーん、見た目には簡単そうだけど危なくないかな？」

「いや、大丈夫ですよ。梶さん、やってみませんか」

中居が熱心に勧めるし大丈夫だと言うので、いささかおっちょこちょいで進取の気性が頭をもたげ、彼に教えられるままに内村に試してみた。背骨がポキポキと鳴って首がゴキッと音をたてた。内村も何事もなかったような顔をしている。成程簡単だ。よし、自分もこれをマスターして治療の幅をもっと広くした方がいいかも知れない。梶の脳裡にやがて開業する時の鍼灸の看板に並んでカイロプラクティックの看板が浮かんだがこの思いは間もなく頓挫した。

梶のアルバイト先の近くの病院でカイロによる脊椎損傷の事故が発生し患者が半身不随に陥ったとの情報が入り、彼等スタッフにカイロは行うなとの院長の指示があったのである。

梶は自分の指の異状をカイロで治して貰いこれはカイロでなければ治せなかった症状だと思ったからカイロの威力に魅力を感じていた矢先であったが、重大事故発生と聞いて考え直さざるを得なくなった。

「カイロはやめた方がいいかな？」

内村に意見を求めた。

「しっかり勉強して慎重にやりさえすれば大丈夫だと思うけど一回の失敗で取り返しのつかないことになってもねぇ」

「それでは結論として内村君はカイロはやらないということかな？」

「確かにカイロでなければ治せないのがあるのはわかるし魅力はあるけどね。しかし鍼灸も経絡治療をやっていくとなると、それだけでも奥が深いし、僕は鍼灸のみでやっていこうと思う」

「野口君は？」

梶が野口にも意見を求めた。

「武器は沢山あった方が戦い易いに決まってると思うんだけど鍼灸も保険を扱えない状態では経絡治療に磨きをかけなければ生き残れない。しかし、この前の講習会を受けてみて並大抵のことでは経絡治療は身に付かない気がするし、何かこう努力すれば誰でも必ず身につくというものではなくて名人芸みたいな気がするんだよね。つまり不器用な人には無理みたいな。かといってカイロは任意団体の認定だから簡単に資格を取れるかも知れないけど一回の事故で全てを失っては何にもならないしねぇ」

「成程、カイロについては内村君と同意見という訳か」

既に薬剤師の免許を所有し、もうすぐ鍼灸の免許まで取得する訳で、クラスの誰よりも有利に開業できる条件をそろえている野口が深い溜息をついた。実業家肌の野口には少しでも危険性を伴うカイロプラクティックは自分の事業としては考えにくいのかも知れない。

四年生の秋――。

桜島と錦江湾を正面に望む錦江湧泉《きんこうゆうせん》ホテルの大ホールは大勢の参加者でほぼ満席の状態であった。二日間の日程で鍼灸学術講習会が開催されたのである。梶等の学校の全生徒及び職員、県内及び九州全域から有志が参加し、大ホールのステージには著名な鍼灸業界の実力者が招待されていた。

全国七万人余の鍼灸師から成る鍼灸業界には多くの派閥があってお互いに勢力を競い合っている。そのため意見の一本化が困難を極め長年の念願である保険取扱いの面でも柔整師会に完全に遅れを取ってしまった。

このことは対行政面で取り返しのつかないマイナス要因となり、偏《ひとえ》に今までの鍼灸業界の閉鎖的、封建的な体質によるところが原因ではなかろうかと梶等は考えていた。特に野口浩之に至ってはその批判は辛辣そのものであった。常に経営者感覚で業界を眺める野口は比較的楽観的な内村に対し鍼灸業界の将来を危惧する程、悲観的になっていた。

「鍼灸は優れた技術として残るだろうが鍼灸師はわからないよ」

内村にしても野口の言うことは理解できないではなかったがそれ程までには悲観的ではない。特に経絡治療に出会ってからは多少難解であろうとも身につけさえすれば何とかなると信じていた。そう信じて、実技の授業中も教師の目を盗んで勝手に四人一組の経絡治療の修練に励んできたのである。

「今までの鍼灸では生き残りは難しいかも知れないけれど、自分達には経絡治療があるじゃないか」

内村が反論する。

「確かに経絡治療は優れた技術として僕も認めるよ。しかし、その難解さゆえ身につけるまでの努力は並大抵じゃないよ。それこそ何年かかるかわからないような修練を積んでようやく身につけても、その価値が世間に認められなければそれこそ水の泡になる訳だし」

野口も譲らない。

「しかし、君だって経絡治療に魅力を感じたからこそ今まで頑張って来たんじゃないの?」

流石に冷静な内村も少々険しい表情をしている。

「そりゃ鍼灸をやるからには標治法だけでなく理論の確立した本治法を身につけた方が良いとは思うけど、最近になって何か言い知れない不安を覚えるんだよ」

野口は続ける。

「学校で勉強している経絡にしても経絡図のような経絡の流れなど解剖学のどこにだって出てくる訳ではない。神経なら解剖学上の説明で簡単に理解できるが経絡を見せてくれと言われても解剖図に無い訳だから証明できないしね。何だか現実離れした実体の無いものを勉強して来た事に対する不安が起こって仕方が無いんだ」

「それは野口君が薬剤師の資格をとる時に西洋医学の知識が根底に蓄積しているからだと思うよ。現代の医学は目に見えるものしか理解しないし信じようとはしないからね。しかし実際は見えないからと言って何も無いとは言えないと思う。科学が追いつかないだけのことでそのうち目に見えないものでも科学がもっと進歩すれば実体を捉えることが出来るのではないだろうか？　医者の中には経絡を神経だと言って頑として譲らない人もいる位だからね」

黙って二人のやりとりを聞いていた梶拓郎は自分の勤務する病院に鍼灸を頭から否定する理学療法士がいることを思い浮かべて内村の説明に頷いたが先程の野口の〝鍼灸の技術は残るだろうが鍼灸師は残

らない〟のドッキリ発言について問い質《ただ》した。

「つまり世の中の流れだよ。クラスのみんなのアルバイト先をみればわかるじゃないか。鍼灸院のアルバイトをしている者が何人いる？　ほぼ百パーセント病院だよ。尤も今の鍼灸院にそうそうアルバイト生を受け入れるだけの余裕のあるところは少ないから仕方が無いけどね。病院で鍼灸をやっていると聞けば患者は続々と集まって来る。病院で多くの患者にあたり腕を磨いて鍼灸院を開業しても保険を簡単に扱えないから鍼灸院は敬遠される。たとえ来てくれても高い治療費では到底長続きしないからある程度症状が改善したら病院か整骨院に患者は逃げて行く。それに病院の場合、電気鍼《でんきばり》であっても鍼には違いないから鍼をやっていると宣伝すれば患者は集まる。わざわざ鍼灸師を雇わなくても看護師でもいい訳で治療の効果の程はこの際問題ではないよ。中には電気鍼のビリビリ感が好きで効果があるという患者もいるからね。それゆえ、鍼灸は残っても鍼灸師は残らないと言ったのさ」

今まで胸に秘めていた不安、不満をいっぺんに吐き出すように野口はまくしたてた。内村も沈黙して聞いている。

「このあいだお隣の宮崎県で開業したうちの先輩の話だけど開業するにあたりその地の鍼灸師会に加入を申し込んだら、加入後、半年経たなければ利用者証の取扱いを認めないという返事だったそうだ。何でも各市町村の発行する鍼灸利用者証制度というのがあって、患者が国民健康保険加入者に限り、各市町村の補助金が交付されるというものらしいけど、その利用者証を使えば患者はその分治療費が安くて済む。鍼灸師は開業し、在籍する市町村の鍼灸師会に加入したらそれが使えるという訳だ。加入しなければ使えないというのも妙な話だけどね。何故なら利用者証制度は鍼灸師のためではなくて、それを利用する者のためにある訳だから加入、未加入は関係無い筈だろう。とにかく、先輩は加入後半年しなければ利用者証取扱いを認めないと宣告されたそうだ。そこで〝隣の鹿児島県では開業と同時に利用者証が使えるそうですが？〟と言ったところ、その鍼灸師会の会長が、〝うちにはうちのやり方がありま す〟と言って断固拒絶したらしいんだ。開業はしても半年間も利用者証が取り扱えないとなると死活問題だから困り果てた先輩は仕方無く別の鍼灸師会の会長に申し込んだところ全くスムーズに加入が認められ利用者証も即、取り扱えたという話だよ。これなどは全く言語道断、業界の悲しい体質としか言いようがなくて、こういう輩が業界を牛耳っているかと思えば情け無くなるよ」

野口は言い終わって深い溜息をついた。頬が紅潮している。

内村と梶の二人もあまりに深刻な話に黙ったままですっかり落ち込んでしまった。その時、

「どうしたの？　みんな心配そうな顔をして」

明るい声の主は黒木麗子である。クラスの中で最も経絡治療を信奉してやまない彼女は明日の学術講習会に最も期待を寄せる一人であった。見るからに嬉しそうに弾んでいる。

「いや、何ね。野口君がちょっと深刻な話を持ち出すものだから、そのことで話をしていたんですよ」

内村が話の内容を簡単に説明する。黒木麗子は形の良い眉を寄せて「ふーん」と頷いた。少しも心配そうな表情を見せない。

「要は治療費の問題なのね。確かに病院や整骨院みたいに簡単に保険を扱えないということはマイナスだけど必ずしも悲観することはないと思う。一般的に鍼灸治療費は現金というのが大方の見方だし、それに安いからといって患者が飛びつくものでもないでしょう？　むしろ高い方が患者を集めている鍼灸院だってある事だし高い方が安心する患者もいるみたいよ」

黒木麗子はサラリと言ってのけた。野口浩之とは正反対の意見である。

確かに彼女の言うことも一理はあり、そういう鍼灸院もあるにはあるがそれは極く少数の鍼灸院にしかあてはまらないのではないかと梶は思った。野口が反論しかかったが彼女は更に続けた。

「鍼灸は何といっても技術だからあんまり心配しないでもいいんじゃないかしら。それよりいよいよ明日、日本鍼灸医学会の花島光道先生の実技が拝見できるのよ。楽しみだわ」

教室の窓から眼下に流れる甲突川《こうつきがわ》を眺めながらその目は期待に輝いていた。

日本鍼灸医学会会長花島光道の名前は経穴学教師の貴山崇や漢方学教師三村美智子を通じてクラス全

員、多少の予備知識を持ち合わせていた。その技術の高さは自ら率いる日本鍼灸医学会の中でナンバーワンとの定評があり本人もそれを自認しており、その言動は苛烈で直情的で業界の異端児、業界の風雲児と畏怖されていた。一方、多くの弟子を育成し会員からは慈愛に満ちた親父の如く慕われていた。

聴講する業界関係者は会場の右翼席を占めて座り、梶達鍼灸学校の五年生は会場の最前列左翼に他の下級生はそのあとに並んだ。地元テレビ局や新聞等でも一般参加を呼びかけたため鍼灸関係者のみならず著名な鍼灸家の治療を受けたいと願う患者達が数多く集まったこともあって広い会場は忽ち満席になった。

花島光道についての鍼灸学校の生徒の知名度は壇上のどの講師よりも抜群であったが、会場に占める他の大勢の参加者にとっては無名に等しかった。彼等の視線は鍼灸業界のトップに君臨するであろう東京鍼灸大学教授小槻利夫《こつきとしお》や、はるばる中国から出席の中医李文民《ちゅういりぶんみん》に注がれていた。無論、新聞やテレビでもこの両者を大きく報じた。一方、他の二名の実力者と花島光道についてはほとんど取り上げられなかったので無視されても仕方が無かった。

壇上、東京鍼灸大学教授小槻利夫と中医李文民は真紅のバラの花を胸にほぼ中央に座り他の二名がその両脇に、その左端に花島光道は座っていた。年の頃は七十代半ばであろうか。がっしりとした骨太の体格に老人とは思えない黒髪をきちっと七三に分け黒縁の眼鏡をかけて鼻下には短く口髭をたくわえ、威風堂々としており、まさに不敵な面構えである。花島光道は端っこの席が気に入らないのか時々荒い鼻息を鳴らしている。

鍼灸学校職員の古沢耕平《ふるさわこうへい》が進行役を務め会はスタートした。まずは壇上の講師の紹介である。一日目の今日の日程はこのあと五人の講師の講演が組まれており、その後、実技講習、二日目は午前中のみの実技講習で幕を閉じる。

はるばる中国から出席の中医李文民の講演から始まった。中国では西洋医学と東洋医学が同等に扱われていて病院では患者がいずれかを自由に選べる仕組みになっているという。鍼麻酔については過去に日本でも報じられ、その衝撃は記憶に新しいが、日本で思っている程には行われていなくて、多くは麻酔薬を使っての手術だということだ。その理由は準備に時間がかかること、そのため緊急の手術に間に合わないなどがあげられるという。

通訳を横に置いての中医李文民の講演で中国医療の実態が次々と明かされていく。

「誰かモデルになってくれる人はいませんか?」

李文民の要求を通訳が告げるとすかさず中居勉の手が上がった。よく見ると中居の右隣の川添亮太が中居の手を強引に摑んで上げている。

「イヤですよ。離して下さい」

中居は振り払おうとするが剛腕川添の手がしっかり摑まえて離さない。こういう場合の犠牲者は常におとなしい中居勉と相場が決まっている。左隣の黒木麗子が中居を見て気の毒そうに笑っている。周囲もくすくす笑う中を哀れにも無理矢理手を上げさせられた中居勉は下に降りて来た通訳にせかされるようにして李文民の待ち構える壇上に登らされた。

これから中国鍼の実演をしてみせると言う。まず、立ったまま片方のシャツを肩のつけ根までたぐり上げられた中居の上腕部にエタノール消毒を済ませた中医李文民は持参したケースの中から中国鍼を取り出した。梶の席から見ても十五センチはあるように思える。相当に長い。しかも不気味にキラキラと光っている。

「絶対に痛くありません。心配しないでいいですよ」

李文民の言葉を通訳が伝えるが中居の顔は恐怖で今にも泣き出しそうである。会場は生まれて初めて目にする光景にシーンと静まり返って声も出ない。息を呑んでこの光景を見守っている。

李文民が手にしたエタノールの瓶を傾け鍼を消毒する。エタノール液が鍼を伝わって床に直接こぼれ落ちる。アルコールだからすぐに蒸発するので構わないというのか手品師のような大袈裟なパフォーマンスにも見える。次の瞬間、長い中国鍼が中居の肩口の付近から下に向けてスーッと刺し込まれていく。あっと言う間に三分の二程が刺し込まれてしまった。実に鮮やかな手捌きである。

「皆さんどうぞご覧下さい」とばかりに長い中国鍼が刺し込まれた中居の腕を会場の方に向ける。別に痛くないのであろう。中居の表情は変わらない。少し照れたような顔をしている。

直接目にする初めての中国鍼によるデモンストレーションに会場からは驚嘆の声が上がり大きな拍手が湧き起こった。李文民は講演を終えると会場の反応を満足げに確かめつつ自分の席に戻った。

「どうだった？　痛くなかった？」

帰って来た中居勉に黒木麗子が優しく声をかける。

「いや、別に痛くは感じなかったんですが怖かった……」

席に着くやフラフラと頭が傾き彼女の豊かな胸元に倒れ臥した。衆目に晒され、緊張と極度の恐怖感から解放されて急に力が抜けたのであろう。別に心配する程のことはなかったが中居は気持ちが落ち着くまでそのまましばらく彼女の胸に顔を埋めていた。

続いて二名の講師がそれぞれ眠気を誘うような講演を行い、会場の義理ばかりの拍手で引き下がるといよいよ東京鍼灸大学教授小槻利夫の登場である。小槻教授は最近の鍼灸を扱うテレビ番組によく登場している有名人なので小槻教授の名前が呼ばれただけで会場に割れんばかりの拍手が起こった。栄養の行き届いた小肥り坊ちゃん刈りのスタイルでお世辞にもスマートとは言い難いが割れんばかりの拍手に得意満面、颯爽と登壇した。

小槻教授の講演が始まった。従来の経験の積み重ねによる鍼灸術を否定し、科学的鍼灸理論の研究に於て日本で氏の右に出る者は無く、知名度も他の四人の講師とは比較にならない。花島光道がいくら技術でナンバーワンと言われても、彼の実力を知る鍼灸家と自らの会の内部だけの評価であり時代の流れに逆行し、古くからの伝統を重んずる花島光道と科学派小槻教授はまさに対極的立場に立っていた。

五十代前半であろうか。五人の中で最も若い小槻教授は自信に溢れた態度で広い会場を見回した。

「医学はまさに日進月歩のスピードであります。私共の鍼灸も今までの古臭い経験だけの鍼灸から脱皮しなければなりません。経穴を科学的に解明し、科学的理論に基づいた鍼灸により治療効果をあげていかなければ鍼灸の発展は無いのであります」

教授は持ってきたスライドを助手に準備させ〝鍼の血液に及ぼす影響〟について説明を始めた。そこには刺鍼と同時に血液が活発に流れる様子が映し出されている。

教授の講演が終わると会場から惜しみない拍手が送られた。脈診による経絡治療など妄信にすぎず科学的に立証出来なければ例え治療効果が見られたとしても偶然にすぎない。まさに科学派の旗手として揺らぐことのない地位に君臨する小槻教授の自信が感じられた。

最後はいよいよ花島光道の出番である。正直なところ梶やクラスの者達は小槻教授の講演内容については多くの参加者が絶大なる拍手で讃える程、評価するものではなかった。

教授の講演内容は授業の鍼理論の内容とほとんど同じであったため、どちらかというとうんざりしていた。科学派云々についても理論の先走りにしか思えず、やがて鍼灸院を開業しても治療効果を上げるうえでどういう風に技術に生かしていけばいいのか疑問であった。その方面のことは学者の研究することで治療家の技術には結びつかないのではないかと以前から考えていたからである。

梶拓郎には、かつての経絡治療講習会の時の講師桑畑周栄が〝鍼灸は術者自身がセンサーになって患者の病気を治していかなければならない。四診法はそのために気の遠くなるような歳月を費やして考え出された古人の遺産だ〟と教示してくれた言葉が強烈に残っていた。

司会の古沢耕平によって花島光道の名が呼ばれ、小槻教授の十分の一程度の拍手に迎えられて椅子から立ち上がると、いきなり斜め前方の梶等の方へ向かって歩き出した。驚いた梶拓郎が咄嗟に壇上に飛び上がり花島光道の腕を捉え、ゆっくりとステージ中央に導いてやった。場内は何事が起こったかと一瞬どよめいたが、花島光道の目が不自由なことがわかるとすぐに元の静けさに戻った。同時に何か珍しい物でも眺めるような好奇の目に変わった。

数十人の一般参加者を除いては全員が鍼灸に携わる者であり、生徒達を除けば皆、第一線で活躍しているその道のプロである。それぞれが独自の個性的な鍼灸治療を行っている鍼灸業界は己の権益を守るために閉鎖的保守的であり自己主張が強い。わかり易く言えば〝目の不自由な者が我々に向かって何の指導か〟といった蔑んだような好奇の目である。

無論、この会場に出席している鍼灸関係者の多くは花島光道の名前さえ知らず、ましてや全盲である事など知る由も無かった。ステージの中央には立ったものの、どの方角が正面なのか、このように広い大勢の人数が入っている会場ではいかに勘のいい視覚障害者でも判断に迷うことがある。斜め前方を向いてスピーチを始めようとした花島光道に会場から失笑が洩れ、ステージの真下にいた梶拓郎が咄嗟にステージに飛び上がり、体の向きを正面に向き直させた。

会場の失笑など意にも介さず司会の古沢耕平からスピーチ用マイクを受け取った花島光道は不敵にも会場正面を見下ろしてニヤリと笑った。梶をはじめ内村、黒木それに業界の将来に大きな不安を感じかつ経絡治療に疑問を抱いている野口等が大きな関心をもって花島光道のスピーチに注目した。

彼はいきなり「古典に還れ！」と一喝した。会場を引き裂くような甲高い声に会場は一瞬雷に打たれたかのように緊張が走りシーンと静まり返った。

「昭和二十二年九月二十三日、占領軍司令官マッカーサーより〝鍼灸は野蛮な医療である〟として禁止令が出されたことは御年配の皆様方には記憶されていることであります。それには数々の理由があげられるが米軍の捕虜に対し、おしおきとして残酷な程の灸を行ったという事実がありました。間もなくこの禁止令は関係者の医学的解説による努力の結果、撤回せしめたのでありますが、かかる占領軍命令に業界が震え上がっている時〝古典に還れ〟の名言をもって知られる柳谷素霊《やなぎやそれい》は当時、自分の故郷北海道に疎開していました。彼曰く〝いかにマッカーサーといえどもその命令により鍼灸を一時的に抑圧することは出来ても鍼灸術を抹殺することなどは到底できるものではない。鍼灸術がもし滅びるとしたら、鍼灸術そのものが病苦除去の実力を失った時である。即ち、鍼灸術から『経絡・脈診・証《あかし》・補瀉《ほしゃ》』が失われるならばマッカーサーの命令によらずとも自滅するであろう〟と言ったということであります。まさに鍼灸術は病苦除去の実力を備えてこそ存在価値があるのであります。陰陽応象大論によれば〝まず、病を治せんとせば必ず本《もと》を求むるなり〟と言明していますがその本とは陰陽であります。即ち〝陰陽は天地の道、万物の綱紀《こうき》、変化の父母、生殺の本始、神明の府なり〟と明記されております。従って神気の動き、陰陽を確実に理解し体得するならば、その鍼灸術は臨床の現場にて大きな迷いを生ずることは無いのであります。三千年の伝統を誇る鍼灸術とは経絡、脈診、証、補瀉による治療術でなければなりません。今更、申すまでもなく経絡と称し、経穴というためには、その正しい臨床実践は脈診によって正確な証《あかし》を把握しその虚実《きょじつ》に対して確実な補瀉を加えるのでなければ三千年の伝統に輝く鍼灸術とは言えないのであります」

花島光道がよく響き渡る独特の口調でこう力説したとき会場から「三千年の伝統など関係ない！」「経絡治療ばかりが鍼灸じゃないぞ！」という激しい野次が飛んだ。更に「気を実証できるのか？」といった野次が立て続けに飛ぶ。

会場は騒然となった。小槻教授は迷惑千万、不快極まりないといった表情で花島光道をみつめている。

「皆様、静粛に！　静粛に願います」

司会の古沢耕平が必死で会場の野次を静止する。花島光道は見えぬ目で正面を見据えたまま平然としている。会場が静けさを取り戻すと、再び何事もなかったかのようにスピーチを続けた。

「霊枢九鍼十二原篇《れいすうきゅうしんじゅうにげんへん》には〝凡そ将に鍼を用ひんとせば必ず先ず脈を診し気の劇易《げきえき》を観て、乃《の》ち以て治す可《べ》し〟とあります。伝統的な鍼灸術に於てはその発祥の初めより脈診によって正しい証を確実に把握してその治療方針を立てるのでなければ決して好成績を上げることは出来ないと断言しているのであります。経絡治療の理念は〝脈診・証・補瀉〟を的確に駆使して十二経絡の大過不及《たいかふきゅう》を調整する。即ち〝気を目標に生命力の強化を図る〟随証療法であります。気はその働きを認識することはできるがその実体をとらえることはできません。従って、気を調整する鍼灸術の精華は絶対に実験実証には当たらないのであります。正しい経絡治療は決して我が国一億二千万だけのものではなく全世界六十億の健康と幸福を守る共有遺産でなければならないことを声を大にして強調する次第であります」

まさに声を大にして断言し、司会に導かれて席に戻った。

経絡治療に無縁の鍼灸師の間からは「何を偉そうに！」とか「時代遅れの屁理屈ばかり並べやがって！」等の野次が飛び交ったが梶等の鍼灸学校の生徒の席を中心に大きな拍手が湧き起こり、それらの野次をかき消した。


昼からの実技講習のために五台のベッドが運び込まれた。患者は参加者が誰でも自由に治療を受けることが出来る。セットされた五台のベッドに中医の李文民、小槻教授、花島光道他二名の講師が着く。参加した患者の多くは本場中国からやってきた中医李文民か東京鍼灸大学教授小槻利夫の治療を期待していたが、午前の部で李文民による長い中国鍼でのデモンストレーションを見せつけられ恐怖心にとらわれたのか彼の方には誰も近づこうとはしない。

梶等生徒達以外の参加者にとっては知名度が低く盛んに野次を飛ばされた花島光道のベッドにも近づく者は無く、残り二名の講師に数名ずつの患者がついただけである。一方著名な小槻教授の周囲には希望者が多くつめかけ黒山の人だかりだ。

間もなく司会の古沢耕平が気を利かせて数人の患者を李文民に宛がったのでこちらの方は一応体裁が

整ったが花島光道の方には、いくら勧誘しても尻ごみして誰も寄りつかない。四人の講師は一斉に治療を開始したが花島光道は患者のいないベッドの横に立ったまま周囲の状況を窺っていた。

中医の李文民は通訳を従えて観念したかのように大人しくベッドに横たわった屈強な男の臀部に長い中国鍼を突き刺している。ツボの位置関係から坐骨神経痛の治療ではないかと推測されるが屈強な男は突き刺される度に顔がのけぞり恐怖におののいているのだけは見てとれる。

小槻教授は流石に科学派のトップと言われるだけあって自分の周囲にさまざまな機械を配置しそれらを駆使しての治療である。梶が勤務する病院に置いてある機械の小型版もあれば初めて目にする電気治療器もあり、それらの機器に対する助手の説明も功を奏し、患者にとっては最新の鍼灸器材の活躍で満足度百パーセントといったところである。

良く見ると痩せ気味で六十がらみの男がうつ伏せで治療を受けているようだ。二十分程で腰の治療を終え、ベッドから降りようとして、

「アイタタタ」

と苦しそうに呻く患者の顔を見て梶はびっくり仰天した。何とあの時の甑島《こしきじま》の村長ではないか。もともと黒い顔が更に日焼けして別人のようでもあるが紛れもなく村長だ。傍らの内村も野口も確かに村長に間違いないと言う。

近くに寄ってみると苦痛に顔を歪める村長のそばで夫人であろうか、寄り添うようにベッドから降りて靴を履くのを手伝っている。仕度を済ませるのを見届けて梶が村長に近づき声を掛けた。

「甑島の村長さんじゃありませんか」

村長は声のする方にゆっくりと振り向く。

「やあ、貴方はあの時の……」

すぐに思い出したらしい。

「鍼灸学校の梶です。甑島ではお世話になりました」

「ああ、梶さん、こちらこそ、あの時は助けて戴いて……」

挨拶を交わしながら辛そうに腰に手を当てている。

「今日はどうされたんですか？　腰が悪いようですが、又、坐骨神経痛ですか？」

「いや、お陰様で坐骨神経痛の方はあれっきりですっかり良くなったんだが、今度はギックリ腰をおこしてね。痛み止めの注射をしてもらっているが少しも良くならないのでテレビで有名な先生がお見えになるというのを知ってこの機会に治してもらおうと思い、はるばるやって来たんですよ。ああ、これは家内です。こちら梶さん」

腰に手を当てたまま、心配そうな顔で寄り添っている夫人を紹介する。

村長の色黒とは対照的で丸顔ポッチャリ型の女性である。素朴な感じで熊本県出身でトラック野郎に人気の艶歌歌手の誰かに似ているなと思ったがそんなことどころではない。

「それで、今治療してもらってどうだったんですか？　少しは痛みがとれましたか？」

心配して尋ねる。村長は周囲に聞こえないように気を使いながら梶の耳許に小さな声で、

「いや全然変わらない。あちこちいじられて前より余計悪くなった気がする。ああ痛い……」

と嘆息をつく始末だ。

梶は折角、甑島《こしきじま》くんだりから出て来たのにこのままでは可哀相だと思い、

「花島先生の治療も受けてみてはどうですか？」

と勧めてみた。

「話は難しそうで良く勉強されているようだが、あの先生は目が不自由ですな」

痛みをこらえながら呟く。花島光道の視覚障害が心配なようである。

「それに今治療して貰ったばかりだからやってはもらえんでしょう」

「お父さん、そんなことを言わないで頼んでもらいましょうよ」

夫人の方が積極的である。

「じゃあ、とにかく聞いてみますから」

梶拓郎は村長夫妻に言い残してその場を立ち去ると、小槻教授の治療を希望する大勢の患者を整理している古沢耕平に事情を告げた。

「駄目だよ。今治療を受けたばかりなのに。それに、あの患者さんは相当ひどいギックリ腰だから安静にしていれば良くなると教授がおっしゃっていたじゃないか」

古沢が声を荒らげた。

「しかし、遠くから出て来て、あのままじゃ痛くて帰れませんよ」

梶も必死に食い下がる。

「それに教授だって気分を悪くされるだろうし花島先生だって引き受けては下さらないだろう」

古沢も困惑気味である。

未だ花島光道には一人の患者もつかず進行役の古沢としても黙ったまま何をするでもなくポツンと立っている花島光道をどうしたものかと弱り果てていた。とその時、二人の会話が聞こえたのか「来る者拒まず」花島光道の甲高い声が鳴り響いた。

更に、

「彼《か》の人曰く、自分の前の人は自分の鏡その人に不満を感じる事は自分の至らなさによるもの」

大声で言い放った。一瞬、会場がざわめき、すぐに静まり返った。皆、何事が起こったかとこちらに注目している。慌てた古沢が小槻教授に駆けより事情を告げた。

小槻教授はフンフンと頷き、大勢の患者と見学者を見回してから花島光道にも聞こえるように古沢に向かい冷やかに答えた。

「別に構わないよ。治療をするのは勝手だがドーゼ過多にならないように気をつけてね」

村長は目の不自由な花島光道の治療に不安の色を隠せなかったが、そんな事より痛みが先に立ち、夫人の手を借りてようやく花島光道の治療を受けるべく観念してベッドに這い上がった。周囲の者は全盲の鍼灸師が一体どうやって治療をするのか興味にかられじっと見守っている。

「梶君、貴山さんと一緒に花島先生の助手を頼む」

いきなりポンと肩を叩かれて振り向くと何と桑畑周栄である。例の古ぼけた着物に足袋、下駄の戦前の出立ちだ。予期せぬ桑畑周栄の登場に驚いて挨拶も忘れて、

「はあ、何をすればいいんですか？」

と尋ねる。

「私が花島先生への鍼の受け渡し、貴山さんが検脈をして君には奇経灸《きけいきゅう》をやってもらいたいんだ。梶君は灸が得意だったよね」

相変わらずの無表情である。特別、得意という訳でもなかったが、鍼でうまくいかない場合は仕方無

く灸でという具合に治療してきたため灸には多少の自信はあった。しかし何よりも生徒の自分が一級品の腕を持つ貴山崇、桑畑周栄と一緒に助手を務めるという事実に胸が高鳴った。しかも相手は花島光道である。

「十日程前の朝、急に起き上がろうとした瞬間、腰に激痛が走り、痛み止めの注射やら電気やら湿布やらいろいろやってみましたが少しも痛みがとれなくて」

すっかり俎板の上の鯉と化して観念している村長は花島光道の問診に不安そうに答えた。

「腹診、脈診で病を知る」

花島光道は仰向けに寝ている村長の痩せたおなかを軽く撫で回した。

「肺虚肝実」

素早く脈状を診断し傍らに控えて立つ桑畑周栄に左手を伸ばした。同時に要求された銀鍼が手渡される。耳前動脈《じぜんどうみゃく》を診た貴山から「左適応側《ひだりてきおうそく》」の報告を受けた花島光道は鍼を手にして患者の左側に回り込む。

「何か気を苛立たせるような精神的ストレスがありませんでしたか?」

甲高い声で質問した。

村長はそんなことがギックリ腰と何の関係があるのかと怪訝に思ったが、素直に仕事の事で苛々した日々が続いた旨返事をした。

「怒りの内傷《ないしょう》が病実《びょうじつ》を起こしている」

素早く肺虚を補い、肝木《かんもく》の経金穴《けいきんけつ》にステンレス三号鍼を経に逆らって五ミリ程度刺入し徐《おもむ》ろに抜き刺しした。

村長は「ふーっ」と深呼吸をし今までの苦しそうな声とはうって変わった明るい声で、

「何とも言えない良い気持ちです」

と笑顔を浮かべている。花島光道は鍼先の緩んだのを確認しつつ、やや下圧《かあつ》をかけながら補中《ほちゅう》の瀉《しゃ》の技法で静かに抜き去る。

「脉の状態はどうかな?」

経金穴への刺鍼を終えると同時に傍らの貴山に尋ねる。

「全脉平《ひら》に整って艶と締まりのある良い脉状になりました」

貴山が直ちに検脉し報告する。花島光道も検脉をして頷き、陽経に軽い枯《こ》の処置をしつつ「奇経灸《きけいきゅう》」を命じた。

「わかりました」

梶が張り切って返事をする。

「誰かな？」

「鍼灸学校生の梶拓郎です」

「梶さんが手伝ってくれますか。先程はありがとう」

見えない目を細め、花島光道の顔がほころんだ。スピーチの時、梶に誘導してもらった時の声を覚えていたものとみえる。

梶は命じられた通りに奇経灸を終え、その旨報告すると満足げな表情で村長の肩に手を置いた。

「さあ、起きてみて下さい」

あんなに痛かったのに、そんなに急に起き上がれるものかと誰もが思ってじっと様子を見守る。村長がひっくり返った亀のように首をもたげ恐る恐る体を起こした。

「不思議だ、すっかり楽になっている。奇跡としか言いようがない」

思わず叫んだ村長の声に場内の者が驚いて一斉にこちらを振り向く。夫人は白い丸顔を嬉し涙でグチャグチャにして花柄のハンカチで拭いている。

小槻教授も〝チラッ〟とこちらに視線を向けたが別に驚く素振りも見せず、助手と共に黙々と科学の最先端機器を駆使している。その時、場内に異変が起った。

今まで小槻教授の治療を期待して教授の周囲に集中していた患者達が花島光道の方に移動し始めたの

だ。他の講師達からも患者の流出が始まり、とうとう今まで誰一人として寄りつかなかった花島光道の周囲は押し寄せた患者達で黒山の人だかりができてしまった。

教授の助手と古沢耕平が大慌てで押しとどめようとするが制止が効かない。

「学より術、議論にあらず実行あるのみ。いくら医学の理屈を言っても患者さんは治らない」

花島光道は我先にと争ってベッドに上がろうとする患者を平然と捌きながら鼻歌まじりに歌い出した。

これは明らかに小槻教授に対する挑戦状であることは誰の目にも明らかであった。小槻教授は不快な表情をしたが周囲の状況を無視して治療を続けた。

教授がめまいを強く訴える四十歳代の女性の治療をし終えても、その女性がベッドから降りようとせず相変わらず強いめまいを訴え続ける。

「そんなに急にめまいが治るものではありません。どんな名医でもギックリ腰などの単純な痛みならともかく、めまいなどの症状には時間がかかります。詳しい検査が必要な場合もありますよ」

もう少し治療して欲しいと懇願する患者に苛々しながらも平静を装って説明する。

古沢耕平が見るからに病弱甚だしく血色悪く痩せ衰えたこの女性患者に手を貸しながらベッドから降ろそうとする。

「花島先生に診てもらってもいいですか？」

女性患者は何とかして少しでも苦痛を取り除いてもらいたいと粘る。古沢耕平は今度こそ本当に小槻教授を怒らせることになるのではと心配して教授の顔色を窺った。

「どうぞ、どうぞ、そんなに急にめまいが治るものならどなたにでもやってもらって下さい」

小槻教授は不快感をあらわにしてそれでも余裕たっぷりに冷やかに返事をした。

花島光道はと見ると丁度今、患者が終わったところだ。桑畑、貴山、梶の三人を助手に従えて驚くべきスピードで群がる患者を捌いている。次の患者がベッドに上がる前に古沢が花島光道のところへ行きかくかくしかじかと相談する。花島光道は次の患者に待ってもらって例の甲高い声で言い放った。

「鍼灸はペインクリニックのみではありません。むしろ現代医学では不可能とされる難病痼疾《こしつ》にこそ効果を発揮するのです。六部定位脈診《ろくぶじょういみゃくしん》は気を診るのです。気というものは目方も長さも味も匂いも無い。これがどうしてデジタルやアナログで可視的に認識できますか？　背広に袴のような理論は通用しないのが当たり前。刺身はフォークで食べても本当の味は判らない。私が脈診、証、補瀉によって治してあげましょう」

こうなると会場は完全に花島光道の独壇場である。彼の毒舌で二回目の挑戦状を叩きつけられた小槻教授初め他の講師達も出席者全員が彼の一挙手一投足に注目した。

今にも倒れんばかりに強いめまいを訴え、他にも耳鳴り、動悸、頭痛、肩こり、腰痛、視力減退などの不定愁訴をかかえ、血色悪く痩せ衰えたこの女性患者をどのようにして治すというのか。

貴山、桑畑、梶の三人の助手がそれぞれの配置につき花島光道の治療が開始された。

「肺肝相剋」

腹診、脉診を終え、自信と余裕をもって証決定の甲高い声を発した。耳前動脉《じぜんどうみゃく》を診た貴山からの「右適応側」の報告を受け、患者の右側から素早く鍼を進めていく。

桑畑から受け取った銀一号鍼《しん》にて右太渕太白《みぎだいえんたいはく》を入念に補い、更に左曲泉に同じように入念な補法《ほほう》を行う。貴山の検脉を自ら確認し、陽経の邪を軽く処理して梶に奇経灸を命じ治療を終わる。所要時間わずかに十五分。

その手際の良さと治療のスピードに会場が驚きの声をあげる中、女性患者はゆっくりと起き上がりベッドの上に正座した。一回、二回と深呼吸をする。

「ああ、めまいがおさまりました、先生ありがとうございました」

ベッドに額をつけ感激の余り嬉し涙を流している。自然発生的に拍手が湧き起こりその音が会場いっぱいに鳴り響いた。

拍手が鳴り止んだ頃、ふと小槻教授はと見ると教授の姿が忽然と消えている。付き従っていた助手の姿も見当たらない。ベッドの周囲に配置されていた最新科学機材もなくなっている。

「小槻教授はどうされたんですか？」

黒木麗子が会場の出入口付近にしょんぼり佇んでいた古沢耕平に尋ねると、古沢は困惑しきった表情で嘆息まじりに呟いた。

「大学から急な連絡が入ったといって帰られたよ。ああ、こんなことになるとは……」

可哀相な位に肩を落として項垂《うなだ》れている。

「いいんじゃありませんの？　今までの講習会よりも参加者にとってははるかに勉強になったと思いますわ」

黒木麗子は生徒達の中で誰よりも経絡治療に興味を持ち、教師の貴山にクラスの要望として、鍼灸業界では異端児扱いされる花島光道の招聘《しょうへい》を働きかけ、実現の発端となる役割を果たした。学校では貴山の推薦を採用し、経絡治療の大家ということで招聘したのである。

今回の小槻教授の退席が司会の古沢耕平に何ら責任のあるものではなく、あくまで小槻教授の個人的理由によるものであること、目の前で繰り広げられた教授と花島光道の対決はこれから鍼灸を勉強していく生徒にとっても大きな成果につながるであろうことを豊かな胸を突き出して断言した。

古沢も彼女のはちきれそうな胸の迫力に元気づけられ、勇気が湧き起こり、今までの心配も吹き飛び、笑顔を取り戻して足取りも軽く会場の中に引き返して行った。その後の治療が花島光道を中心とした実技講習になったのは言うまでもない。生まれて初めて経絡治療の威力を目の当たりにして花島光道の治療を希望する患者は引きも切らず、梶も命ぜられるままに奇経灸に精を出したのであった。

「梶君、花島会長が呼んでいますよ」

講習会終了後の懇親会でクラスの仲間同士で騒いでいるところに桑畑周栄が捜しにやって来た。

「えっ、花島会長が私を？」

「会長が〝梶君を呼んで来てくれ〟とおっしゃるんだよ」

桑畑周栄が指差す方角に目を凝らすと彼等の末席から遥か遠くの最上席の中央で花島光道が本日出席の来賓達と談笑しているのが見てとれた。貴山崇の他、花島光道率いる日本鍼灸医学会鹿児島支部の会員達も近くに席を占めている。

「会長、梶君を連れて来ました」

桑畑周栄が花島光道に梶拓郎を引き合わせる。

「梶さんですか。講習会では助手を務めてくれてありがとう。あなたのお陰で大勢の患者が救われました」

ホテルの温泉につかり浴衣に着替えた花島光道は浴衣の襟を正して梶の手を握り、昼間のお礼を言った。花島光道の手は肉厚で野球のグローブのようであるのに、どうしてあのような細い鍼を用いて繊細な治療が出来るのか不思議なくらいである。間近で向かい合って顔をよく眺めると、いかにもどっしりとしていてまるで戦国武将のような風格を漂わせている。人生の酸いも甘いも充分に噛みしめて何とも味わいの深い風貌だ。

梶が近くにあったビールを手に取って注ごうとすると、

「会長はアルコールは召し上がりません」

といつもは静かで学究肌の貴山崇が珍しく酒で赤く上気した顔をほころばせて教えてくれた。こういう場での貴山は経穴学の授業の時の一分たりとも無駄にしない厳格極まりない貴山とは別人のような人なつこさがある。

「アルコールは戴きませんが、その分食べますよ。私は口も八丁、手も八丁、力は三人力、馬鹿の三杯汁といいますが私は四杯吸って利口になる。ワッハッハ」

花島光道独特の甲高い声で笑う。

「それにしても鹿児島の人は幸せですね。市内いたる所に温泉が湧き出て、その上、魚の刺身が実においしい。新鮮そのものだ」

手探りで刺身を器用に箸ではさんで口にほうり込みガツガツ食べる。次から次に食べる。実に豪快な食べっぷりだ。あまりに豪快な食べっぷりに梶が呆れ果てて黙って見ていると吸物の汁をググッと飲み干してから話し掛けてきた。

「周栄に伺ったんですが経絡治療に熱心だそうですね。これからも続けていきますか？」

梶は愛弟子なればこそ〝周栄〟と名前を呼び捨てにされる桑畑周栄をうらやましく思った。

「はい、難しくてまだ良くわかりませんが勉強していきたいと思っています」

神妙に答えた。花島光道は梶の返事に軽く頷いた。軽く頷いてから梶を諭すように言葉を続けた。

「脈診、証、補瀉これを学ばずして何たる鍼師や。昔は医は仁術と言っていたが此の頃では仁術ではなくて算術になって算術の出来る医者が多くて近代医学は算術に長けて困った世の中です。鍼医学が世に認められて保険が容易に扱える様になると世の中の大勢の人が助かるのですがね」

梶は今まで目の不自由な人と会話をした経験が無かったのと目の前の相手が途方もない人物ということもあってただ黙って聞いているばかりだった。

「経絡治療と聞いただけで難解だと思われがちですが身につけることは決して難しいことではありません。ましてや〝名人芸〟などでもない。何時でも何処でも再現出来る治療法でなければならない。彼も人なり、彼に出来て我に出来ざることは無い。どうですか、梶さん、学校を卒業したら東京に出て行って勉強しませんか？」

梶のことが相当気に入ったらしく上京を勧めてきた。

その時、余興が始まり、中医の李文民《りぶんみん》が中国の歌を披露してヤンヤの喝采を浴びたのでそちらの方に気を取られ、ただ「はい、はい」と返事をしていたが、花島光道は梶の返事を了解と受け取ったらしい。

「必ず読まなければならないのは〝素問《そもん》、霊枢《れいすう》、難経《なんぎょう》〟です。何故なら宇宙の現象は陰陽虚実の調和に基づいているからです」

必読本まで教え、二杯目のお椀の汁を〝グイッ〟と飲み干した。更に給仕に頼んで三杯目を飲み干すや李文民に負けじと凄まじい声で〝人生劇場〟を歌い出した。

「やーると思えーばーどこまでぇーやるさー」

歌うというよりはわめきちらすという方があたっている。メロディーも何もあったものではない。歌手の村田英雄も顔負けの大迫力だ。細かいことなどは気にせず全くの自己流で甲高い声を張り上げて歌うので御馳走を喉に詰まらせ目を白黒させる者まで出る始末だ。

しかも臆することなく、これが自分流の歌い方だと言わんばかりに平然と歌うので今まで適当に賑やかな会話で弾んでいた会場はあまりの驚きに通夜の如くシーンと静まり返ってしまった。花島光道が歌い終わるのを見届けた梶拓郎は桑畑周栄と貴山崇に会釈をしてクラスメートのいる末席に戻った。

小槻教授の抜けた翌日の講習会場は噂を聞きつけて花島光道の治療を希望する患者が殺到した。前日同様、助手を依頼された梶拓郎は細心の注意を払いながら奇経灸に励んだ。花島光道の見事な手捌きで治療を終えた患者は皆、喜んでお礼を言って帰って行く。今更ながら、その実力に目を見張らされる思いだ。

梶等これからの業界で生き抜いていく者達にとっては東京鍼灸大学小槻教授の途中退席などの波瀾はあったが内容的には刺激的で過去四年余りの勉強を一気に凝縮させる位の濃度を感じさせる講習会になった。更に進むべき方向性についての指針を与えてくれる上で大いに役立ったと言えよう。

花島光道の力が遺憾なく発揮され、さながら台風上陸を思わせるような彼の振舞いに参加者の誰もが度肝を抜かれる思いをしたのであった。最後に本会の感想を求められた彼の毒舌は、この時点でまさに最高潮を迎えた。

他の講師達の型通りの平凡な感想が次々と述べられ、会場のあちこちで欠伸がみられる中、司会の古沢耕平が花島光道にマイクを手渡した。彼は手渡されたマイクをしっかりと握りしめ、その場に仁王立ちになった。

会場は誰一人欠伸をする者は無く水を打ったように静まり返った。講習会の主役の座から有名教授を追い落とし実力で患者の支持を集めた花島光道に一斉に注目した。

「医は愛なり」

開口一番、例の甲高い声で叫んだ。

「古代中国より我が国に伝承された三千年の伝統に輝く鍼灸術は気の遠くなるような経験の積み重ねによって為し得た貴重な日本の遺産であります。従って、そこには現在の科学水準では未だ解明することの不可能な経験的事実が素晴らしい治療術として完成され山積しているのであります。故にこの優れた経験的事実を未完成な現在の科学で総て解明しようとすることは到底為し得ないのであります。最近は何でも科学的に解明できるとしてテレビ番組などで誇らしげに説明する科学者をみかけますがこのような科学者の驕りは誠に遺憾の極みであります。私は経絡治療家ですから経絡治療の視点から述べさせていただきますが六部定位脈診は気を診るのです。気というものは皆様も御存じの通り目方も無ければ長さも無い。勿論、味も匂いもありません。これがどうしてデジタルやアナログで可視的に認識できるのでしょうか？　更に鍼灸は手の芸術であり学は術の担い手であります。いくら医学の理屈を患者さんに説明しても適切な治療を行わない限り患者さんは治らない。特にこれからは悪しき環境の進む地球上で悪性新生物、血圧異常症候群、代謝障害症候群、ウイルス性免疫不全症などの現代医学では手のつけられない病気が蔓延することが予測されます。学より術、議論にあらず実行です。とにかく世間には実力の伴わない誌上大家が多い。経絡治療こそ鍼灸の本道であります」

手にしたマイクのスピーカーから溢れる程の大声を張り上げコップの水を一気に飲み干した。

「途中、都合とやらで退席された講師の先生もおられたようですが実力向上のために鍼灸の技術・学問はこのような場を多く設け、公開して社会的財産として社会に貢献すべきものとしなければならないと考えます」

花島光道の言葉に前日のような激しい野次は聞こえず盛大な拍手が送られると司会を務めた古沢耕平が講師退場を告げた。

目が不自由なため、すっかり花島光道の世話係を務めることになった梶拓郎の真後ろに並立しその左肩に己の右手を置いてゆっくりと退場する花島光道の後ろ姿に惜しみない拍手がいつまでも鳴りやまなかった。

「それにしても大変な毒舌家だね」

講習会の帰り道、天文館の喫茶店「清冷渕《せいれいえん》」に立ち寄った梶拓郎、内村秀雄、野口浩之の三人はコーヒーを飲みながら興奮さめやらぬといったところである。この喫茶店は電車通りに面した天文館の地下にあり通勤・通学に便利なためサラリーマンや学生の利用客が多い。

生クリームをたっぷり浮かべたコーヒーがおいしいとの定評があり、音楽も昔のロマンティシズム溢れるスクリーンミュージックを流していて気分も安らいでくる。

007の名曲〝ロシアより愛をこめて〟をうっとりと聞きながら内村が口を開いた。

「まさに畏れを知らない毒舌だね。しかし、あの毒舌はそれこそ彼が命懸けで勉強して身につけた経絡治療に対する自信の表れだと思うよ。それと我々のような健常者に対する負けず嫌いの性格と真理に対する異常なまでのこだわりかな。何しろ自分が間違っていたと思えば、驚く程素直に撤回する反面、正しいと思うことは絶対に妥協しない信念の持ち主だということだし、日本鍼灸医学会の中には花島語録というものがあるらしいからね」

「へぇー、花島語録ねぇ。それってどんな語録なのかな?」

興味をそそられた梶が内村に質問する。

「まず〝学ぶは真似ぶ、習うは慣れろ〟だろう。それから〝議論にあらず実行〟〝治せば流行《はや》る〟〝腹のすかない猿は芸を覚えない〟こういうところかな。〝学ぶは真似ぶ〟というのは経絡治療のような膨大な歴史の積み重ねから見出された経験医学はとにかく理屈抜きで達人の技術を真似るのが第一だということ。〝議論にあらず実行〟は、いくら医学の知識を患者さんに披露しても患者さんは治らないのであってとにかく治せということ。〝治せば流行る〟は非常にわかり易い言葉でかなり耳が痛く感じられるけど彼の自信の表れと言えるだろう。〝腹のすかない猿云々〟というのは、腹の減った猿は周囲の動きに敏感に反応して積極的に行動するためどんどん向上していく。即ちハングリー精神のことであって戦争で途中失明した花島光道が絶望の淵から経絡治療に光明を見出し必死の努力をして現在に至ったという己の人生そのものだろうと思うし、ハングリー精神に欠ける今の若者達へのエールではないだろうか」

流石に黒木麗子に負けず劣らず経絡治療に熱心な内村は花島光道についての情報通でもある。

梶と野口の二人が感心していると内村は更に続けた。

「花島光道の凄いところは、その技術もさることながら己の技術を誰彼惜しみなく伝授することにあると思う。この閉鎖的な業界で〝教えることが最高の教わること〟と断言しわかり易い方法を考案して伝授している。独裁的ではあるが並みはずれた高い見識と指導力に富んだ人物じゃないかな。東京の自分の治療院では十人以上の鍼灸師を抱えて連日大盛況ということだよ」

「ほう、全盲の鍼灸師が十人以上の鍼灸師とは凄いもんだね」

さっきまで黙って内村の話を聞いていた野口が口を開いた。

経絡治療についてはクラス全員が身につけることが可能であれば身につけたいという願望を持っている。希望して前回の講習会にも参加しその優秀性を熟知している筈の野口浩之は今回の講習会に参加したあとの今でも自分の進むべき方向性について経絡治療をとるべきか否か迷っていた。

先程の花島語録の一つ〝治せば流行る〟は全くその通りであるが経絡治療を身につけて病気を治せるようになるまで更に何年の歳月がかかるかわからない。もしかしたら十年経っても思うような成果が得られず徒労に終わってしまうことになりはしないか。短い人生にそのような悠長なことはしていられない。最も経営者的で既に薬剤師の資格を持つ野口は確実に計算できないような努力を嫌っていた。

「ところで卒業したらどうする？」

野口が二人に問い掛けて来た。

通常、鍼灸学校を卒業と同時に資格を取得した後は当分の間、今までの勤務先の病院か新たに見つけ出した病院等で経験を積む。そのまま病院に残る者も多いが開業を望む者は、その後に独立して鍼灸院を開業する。卒業と同時に開業する者は極く少数である。

中には資格は取っても鍼灸業の収入の少なさと安定感の無さ、及びその前途に失望し、やがて全く別の職業に就く者もいる。資格試験を間近に控え、三人共、試験に対する心配は無かったが卒業後についてはさまざまな考えが交錯していた。

「内村君はどうするの？　即開業かな」

努力家の内村なら即開業しても少しもおかしくない。野口が思い詰めた表情で質問する。

「いや、もう少し今の病院で経験を積んでから出来るだけ早い時期に開業できればと思ってるよ。一年位先かな」

市内の住宅街に住居を構える内村の実家は敷地面積・建物共に相当広く、ちょっと手を加えればいつでも開業できる条件を備えていた。

「野口君は薬局の方は従業員にまかせて自分は鍼灸にまわるということかな?」

薬剤師の資格を持つ野口浩之はクラスでは羨望の的でいかにも重厚で合理性に富んだ思考態度は秀才型の内村秀雄とは異なった意味での信頼を集めていた。逆に内村から尋ねられてしばらく沈黙したあと、ゆっくり口を開いた。

「僕はどうもこれから先の鍼灸業界には不安を感じてならないんだよ。このあいだも話したように、やはり保険制度を自由に扱えないという事は極く少数の鍼灸師を除いては致命的であるように思えてならない」

「極く少数の鍼灸師になれるよう経絡治療を勉強したらいいんじゃないかな。全盲の花島光道だってあれだけやれるんだし。〝彼も人なり、我も人なり。彼に出来て我に出来ざる事は無い〟と言っていたじゃないか」

弱気とも思える野口の発言に対して、内村が自分にも言い聞かせるように野口を励ます。

「いや、盲人の勘というものは我々晴眼者とは比べものにならない位凄いらしいよ。目が見えない分、勘の鋭さについては特に脈診は絶対にかないっこないと思うよ」

野口は小さく手を握り嘆息をついた。

「とりあえず卒業したら福岡に帰って家業の薬局を手伝うことから始めるとして鍼灸については未定だね」

明言を避けた。

「ところで梶君はどうするの？」

野口が二人の話を黙って聞いているだけの梶の方へ向き直った。実は、彼は二日間の講習会で助手を務めた疲れと緊張感から今ようやく解き放されＢＧＭの〝マドンナの宝石〟に心を奪われうっとりと聞き惚れている最中であった。

「親睦会の席で花島光道に呼ばれて上京するように勧められたって事だけど、どうするつもりかな？」

「それは昨夜の話だからまだ決めた訳ではないし、しかしどうせ鍼灸をやるからには東京まで行ってトコトン経絡治療を勉強してみたいという気持ちはあるけどね」

おかわり自由な二杯目のコーヒーをグーッと飲み干しながら答えた。

「君の経絡治療への情熱に水をさすつもりは無いし、科学派の肩を持つものでもないことを先に断ってから尋ねるけど、どうしてそこまで経絡治療をやってみたいと考えられるのかなぁ。単に優れているというだけで我々の想像以上に社会的知名度は低い上に科学的実証もなされていないことへの不安について はどういうふうに考えているの?」

どうにも経絡治療への不安、不信感を拭い去れない野口が追及する。

「知名度の低さは今までの鍼灸の置かれてきた状況からすれば仕方の無いことだろう。科学的に実証されていなくても、内村君が言う通り、現在の科学が未だそこまで進歩していないために実証されるに至っていないだけのことだと思うんだ。経験の積み重ねは安心感を与えてくれる上で医療行為として最も重要な要素だし、優れた治療効果があれば充分なんじゃないかな」

長男の内村と野口に比べ、しっかり者の兄がいて自由に動くことの許される二男坊の梶拓郎はまだ母親に相談せぬうちから出来ることなら花島光道に弟子入りしてみたいと真剣に考えていた。

可愛がってきた飼猫の小鉄とは別れ辛いが男に別れはつきものだ。きっと小鉄とてわかってくれよう。そう思うと、単純な梶は考えたことが素直に顔に出る男だ。目を輝かせながら言い終わるのを黙って聞いていた内村は梶に上京の意志が充分に有りと感じ取った。

「もしかして腹の減った猿になるつもりかな?」

「腹の減った猿になって東京に行くか。キッキッキ」

梶も冗談まじりに頭の上に両手を載せて歯を剝き出しにして猿の真似をしておどけてみせる。

あまりの騒々しさに折角のＢＧＭが聞こえないというふうに周囲の若い女性達の冷たい視線を浴びせられ三人はそそくさと喫茶店を出た。

梶拓郎は入学時、これからの五年間を気が遠くなる程に感じたものだった。しかし、今振り返ってみると五年間の歳月は思ったより短かったように思える。それは最初から独立開業というはっきりとした目標を設定していたこと。学業と仕事の両立で時間に追われ、適度の緊張と刺激的生活の連続だったからであろうか。充実した五年間であったと言えよう。

資格試験の結果は卒業式後に判明することになるが、全員無事に試験を終え、あとは明日の卒業式を迎えるばかりになった。

「いよいよ明日でお別れだな」

強面で猛々しかった川添亮太も五年の間に随分、人間が丸くなったように思われる。見かけによらずロマンチストの彼は卒業したら治療をしながら日本各地を放浪するつもりだと言う。

「勉はどうする？」

おとなしくていつも川添のいいなりにされてきた純情青年の中居勉は彼の束縛からようやく解放される喜びを抑えながら、やや緊張した表情で答えた。

「今、勤めている病院にそのまま残って働きたいと思っています」

真面目な彼の勤務態度を院長が気に入り正職員として就職することを勧められたという。

「病院勤務の鍼灸師か。これからは開業よりそっちの方がいいのかも知れないね」

野口が呟いた。

羽島泰三と飯田スマ子は生活面での心配が無いため卒業と同時に開業してマイペースで仕事を始めるという。黒木麗子は貴山のもとで経絡治療を勉強することに決めている。

「梶君は花島先生、私は貴山先生のところで経絡治療を勉強するということになると二人共、日本鍼灸医学会の会員という訳ね。今後共よろしく」

黒木麗子が梶拓郎に握手を求めた。梶が握手に応じるとニッコリとほほ笑んで強く握り返して来た。女にしてはなかなかの握力である。色っぽい彼女のほほ笑みは一瞬その一帯に花が咲いたように華やかになる。

「黒木さん、私も経絡治療を勉強するんですよ」

いつもは冷静で物静かな内村秀雄がさも不満げにおどけた調子で言う。

「あら、私も経絡治療よ。羽島さんもよね」

横から飯田スマ子が並んで立っている羽島泰三と無理やり腕を組んでポーズを取る。黒木麗子は申し訳なさそうに三人とかわるがわる握手をした。

「そうだ、皆さん。折角ここまで経絡を勉強してきたんだから卒業後はみんなで日本鍼灸医学会に加入して又一緒に勉強しましょうよ」

内村の提案に皆頷いたが野口浩之は固い表情を崩さなかった。


卒業式――。

梶達卒業生は在校生の拍手に迎えられ式場に入った。五年前の入学時の不安と期待の入り混じった緊張感は無く、それなりに基礎を身につけ、これから試練の場に羽ばたこうとする意欲と自信に満ち溢れている。

校長以下来賓の祝辞と在校生の送辞を受け野口浩之が卒業生代表として答辞を行った。相変わらず固い表情で登場した野口はいつもの落ち着いた態度で会場に向かって丁寧にお辞儀をする。

「五年間、素晴らしい先生方と在校生の皆様に恵まれ意義ある学校生活を送れたことに感謝申し上げます。この学舎を卒業し、更に鍼灸の資格を取得してこれから真の試練の場にと旅立って行く訳でございますが、この業界の問題点の第一は保険を自由に取り扱えないこと、それゆえ鍼灸を必要とする患者の治療がままならないこと、第二は業界の閉鎖的な体質であることを実感して参りました。東洋医学は日本民族の誇りとも言える伝統医学であるにもかかわらず単に政治力の無さに於て保険取扱いが困難な状況にあるということは何と悲しいことでありましょうか。又、一つには閉鎖的体質ゆえに新規開業者に対し冷淡な面もあるように聞いております。事実、私のアルバイト先の先輩が新規開業にあたり不当な扱いを受けました。これらはいずれも鍼灸の健全なる育成の妨げになるものであります。業界の未来に不安を感じてなりません。私共卒業生に続く在校生の皆様が又これから鍼灸の道を選択する方々が希望をもって鍼灸に邁進できますように、本日御列席の皆様の御力添えにより、私共卒業生一人一人の努力により鍼灸業界の現実がより良い方向へ改善されることを祈念致しまして答辞としてはいささか異例になったかも知れませんが、最後に在校生の皆様のより一層の努力精進を期待し、卒業生を代表しまして答辞とさせていただきます」

常に内村秀雄、黒木麗子と成績でトップの座を争い、彼等よりわずか一回だけ多くトップの座を獲得した野口浩之が本人の意に反して卒業生代表に選ばれ、ようやくその任を終えて席に戻ろうとした時、暫くシーンと静まり返っていた会場に在校生の席から大きな拍手が湧き起こった。

式が終わりに近づき〝仰げば尊し〟が歌われると突然、飯田スマ子が感極まって「ウワーッ」と泣き出し、厚化粧のメイクが流れて狸のような顔になった。心優しい純情青年中居勉も泣きじゃくっている。ことあろうに強面の川添亮太も必死に涙をこらえ、どういう訳か嫌われ者の生徒指導の古沢耕平までもが赤い柄物のハンカチを取り出してそっと目頭を押さえている。意外に単純で感激屋なのかも知れないと梶は思った。

卒業会場から近くの中華料理店に移動しての謝恩会は先程の涙が嘘のように賑やかな笑顔に変わった。強酒では学校中で彼の右に出る者はいない川添亮太が教師達の間を焼酎をついで回っている。既に酔っぱらい、目付きが一層険しくなった強面の川添に勧められては断ることなどもっての外で校長初め下戸の教師達も愛想笑いを浮かべながら無理やり飲まされている。

本人にしてみれば長年お世話になった挨拶のつもりだろうが飲めない者にとって、これ程の苦痛は無い。一回りつぎ終わったところでやおら会場の中央に出て直立し、手にしたドンブリになみなみと焼酎をついだ。

「五年間お世話になったお礼に只今から私が焼酎の一気呑みをします」

声高らかに宣言し皆が呆気にとられている間に豪快に飲み干した。そして畳の上にわずかばかりこぼれたのを人差指と中指で瞬時にすくい上げて口の中に入れるや、一礼して平然と立ち去った。お世話になったお礼に何故一気呑みなのかわからないがこれが川添流の挨拶の仕方なのであろう。会場からはヤンヤの喝采が起こった。

黒木麗子と飯田スマ子は、連れ立って教師達にビールをついで飛び回っている。その様子はあたかも蝶と蛾の如しである。羽島泰三は周囲からつがれる焼酎をテンポ良く〝グイッ〟と飲み干していく。いつもの穏やかな親父ぶりとはうってかわって敗戦で全てを失った退役軍人のように目が据っている。

「長かった」

ポツリと呟いた。五年間の学業を終えての実感なのであろう。停年を間近にして退職しこの道を選んだ彼は懸命な努力の挙げ句、体調を崩して入院を余儀無くされたこともあった。

中居勉は飲めない酒を無理やり飲まされて顔を真っ赤に染めてだらしなく酔いつぶれている。川添亮太の束縛から解放される喜びで緊張の糸が切れたのであろう。

下戸の梶拓郎、内村秀雄、野口浩之の三人は最後に出てきたチャーハンに箸をつけながら最後の別れを惜しんでいた。

「内村君、野口君、世話になったな。明日の便で東京に発つよ」

「そうか、梶君はいよいよ花島光道門下生という訳か。頑張って来いよ」

内村が名残惜しそうに梶の肩を叩く。

「僕も明日、福岡に帰ることにした。あちらに来ることがあったらぜひ連絡してくれよ」

野口も荷物をまとめ次第、鹿児島を発つという。

「それでは三人の新しい門出を祝って乾杯といこう」

元気よく声をかけ飲めない焼酎を鼻をつまんで一息に飲み干した。


大学時代を東京で過ごした梶拓郎は久し振りに羽田空港に降り立った。卒業してから八年になるが東京の空気も人の波も少しも変わっていない。今までの故郷での生活がまるで嘘のようであり当時にタイムスリップした感がある。

東京での生活を思い出したように何かに追い掛けられるように訳も無く早足になり、モノレールで浜松町まで行き、国電山の手線で新宿駅まで来た時は田舎暮らしで緩んでいた頬の筋肉も引き締まって表情も無表情になり、すっかり東京の人になりきっていた。順応性の早い男だ。

国電新宿駅に着いた梶拓郎は準備して持って来た地図を見て地下鉄東新宿の方が近いことを悟ったがそこから目指す歌舞伎町に向けて歩き出した。

花島光道の鍼灸治療院は医大病院の近くの住宅地の中にあり、大きな看板のお陰で比較的簡単に捜し出すことが出来た。道路脇の木立の奥に治療院とは思えない位大きくて立派な和風の建物があり、〝日本はり医センター〟の看板が立っている。

中に入ると正面玄関には自動ドアが取りつけてあり、広い待合室には多くの患者が椅子に腰掛けて順番を待っていた。大きな荷物を提げ、明らかに患者とは違うと判る恰好の男に皆〝チラッ〟と振り向いたが、すぐに視線を元に戻した。梶に気づいて受付の窓口から顔を出した若い女性に、お土産に持って来た串木野名産たからやのさつまあげを手渡す。

「おいどんは鹿児島《かごっま》からはるばるやってきた梶拓郎でございます。花島光道先生に取り次いでくいやったもんせ」

大声で用件を伝えると、聞き慣れない言葉に再び患者達が振り向いた。受付の女性は、前もって知らされていたらしく笑顔で頷くと梶をそこに待たせたまま奥の治療室に入って行った。二十歳前後か色白で見るからに清潔感が漂い、飾りけの無い女性だ。郷里ではほとんど標準語に近い状態でこのような鹿児島弁を使う人は見かけないが東京に来ると何となく使ってみたくなる。ほどなく先程の女性が姿を現した。

「院長は只今治療中のため手が離せないので家の方でお待ち下さいとのことですので今から御案内致します」

自ら先に立ち、玄関を出て棟続きの本宅の応接間に通された。十畳程の広さの和室に立派な応接台が置いてあり太い字で〝抜山蓋世〟と書かれた額がかかっている。

黒いレザー張りのソファーにゆったりと体を埋めていると先程の受付の女性がお茶を運んで来てくれ

た。応接台の脇に膝をつき「どうぞ」と言葉少なにお茶を勧めると忙しいのかすぐに立ち去った。初々しいなかに立居振舞いが洗練されている。お茶もなかなかおいしい。

お茶を飲み終わると、朝が早かったのと旅の疲れが重なったのとポカポカ暖房の心地良さでいつの間にかソファーの上に横になりグウグウ寝入ってしまった。どの位眠ったのか、人の気配に慌てて目を醒ますのと先程の女性に案内されて花島光道があたふたと部屋に入ってくるのが同時だった。

全盲であっても勘の良い花島光道は、ほんの今まで梶拓郎が寝入っていたのを察知したと見えてニヤリと笑った。見るからに頑固そうで厳《いか》めしい顔だが笑えばどことなく愛嬌がある。

「やあ、やあ、すっかりお待たせしてしまってごめんなさい。良く来てくれましたね。今丁度、治療が終わったばかりで。すぐにここがわかりましたか？　治療室はのぞいてみましたか」

例の甲高い声でまくしたてる。のぞいてみるも何もすぐにこの部屋に案内されたのでのぞける筈がない。

「いや、まだです」

寝惚け眼をこすりながら答える。

「それでは早速行きましょう。紫《ゆかり》、梶君を御案内しなさい。ああ、御紹介が遅れましたがこれは孫娘の紫です。私に似ず器量が良いでしょう」

「まあ、梶さんは長旅で疲れていらっしゃるのよ。本当にせっかちなんだから」

紫と紹介された女性は色白の頬をポッと赤く染め小言を言っている。

「何を言ってるんだ。人生に疲れなどあるものか。それに梶君は若いんだから。なあ、梶君、ワッハッハ」

豪快に笑い飛ばす。

案内されて治療室に行くとスタッフ全員がちょうど掃除を終えたところであった。かなり広くて豪華なシャンデリアのついた治療室にベッドが八台、整然と並んでいる。消毒用オートクレーブの他、鍼灸器材の入った棚が置いてあり電気治療器などは見当たらない。清潔感が漂い、すっきりしていて、いかにも技術のみで勝負をする経絡治療家の仕事場といった風情だ。

「みんな集まってくれ。今日、鹿児島から来た梶拓郎君だ。以前、君等の主任をしていた桑畑周栄君とは同郷で君等も良く知っている貴山さんの学校で彼から経穴学を学んだということだ。従って経穴についての基礎は心配ないだろう。スタッフ全員、気のいい連中ばかりだから何でもわからないことは相談して下さい。当センターの内容など詳細については主任の比企《ひき》君の方から説明してやって下さい。それでは梶君、自己紹介して」

「梶拓郎ごわんど。いっしょけんめ、きばいもんで、よろしゅたのんみゃげもんで」

今まで聞いたこともない方言に皆、面くらって言葉も出ない。しかし主任の比企優《まさる》が口を開いた。

「おみやげを持ってきてくれたということでしょう」

自信ありげだ。

「はい、皆さん、梶さんに串木野名産のさつまあげをいただきました。あとでみんなでいただきましょう」

紫《ゆかり》が嬉しそうに梶を見てピョコンと頭を下げた。とんでもない方言の解釈に梶が慌てて訂正する。

「確かにたからやのさつまあげは持ってきましたが、そのような意味ではありません。〝一生懸命頑張りますから、よろしくお願いします〟という意味です」

「ええっ？　鹿児島弁ってむずかしいんだね。丸っきり日本語になってないみたいだなぁ。ところで私は比企優です。当センターの主任をやってます。よろしく」

主任の比企に続いて全員がそれぞれ自己紹介をする。大体が都内か近辺の出身で年齢も似通っている。

最後に花島光道の孫娘紫が、

「花島紫です。受付と事務をやっています。よろしくお願いします」

と梶拓郎に向かって愛くるしく微笑んでお辞儀をした。

「皆、自己紹介は終わったかな？　副院長はどうした」

副院長の不在に気づいた花島光道が紫に尋ねた。

「副院長は会の機関誌の編集のため打ち合わせ中だと思いますが、呼んできましょうか？」

「うむ、新しいスタッフに引き合わせたいといって呼んで来てくれ」

紫は花島光道の言葉が終わると同時に小走りで副院長を呼びに駆け出した。気取りがなくて明るく活発な娘だと梶は思った。

ほどなくして治療室のドアが開いて副院長が急いで入ってきた。入って来るなり、目敏く新人スタッフの梶を見つけてニッコリ笑い、手を取って握手をした。

「やあ、良く来てくれましたね。花島剛《つよし》です。噂は以前から院長に聞いていていました」

これからお世話になる相手に先に自己紹介をされ、慌てて梶も自分の名前を告げて、お辞儀をする。年齢は梶より一回り位上であろうか。鼻下に短く口髭をたくわえているところは花島光道そっくりである。しかも、花島と名乗るからには息子に違いあるまいと思った。

「もう、みんな自己紹介は済んだのかな？」

花島剛がスタッフを眺め回す。

「うちのスタッフは全員一生懸命、鍼専門を目指して頑張っている者だけです。梶君も立派な鍼専門を目指して頑張って下さい。何でもわからないことがあったら質問して下さい。細かい件については主任の比企君から教えてもらうとして、院長がおっかない時は私が相談に乗りましょう。それではみんな、梶君をよろしく頼むよ」

旧知の仲のごとく梶拓郎の肩をポンと叩いて足早に立ち去って行った。

「やれやれ、我が子ながら私に似て全く忙しい奴だ」

流石の花島光道も呆れたと言わんばかりに短く刈り込んだ口髭を指先で撫でながら満足げな表情である。子供が自分の仕事を継ぐということは親としてこれほど喜ばしいことはない。それは子供が親の仕事に誇りを感じ、親を親として尊敬することに他ならないからである。特に花島光道の場合は創始者であるからその喜びも一入《ひとしお》であろうと推察する。

「副院長は治療院の仕事の他に会の機関誌の仕事もやらねばならず大忙しの毎日です。会では会員や経絡治療を学ぶ者の技術向上のために機関誌部の他、学術部、教育部を設置して全力を上げて取り組んでいるのですよ。それでは優《まさる》、後は君からよろしく説明してやって下さい」

言い残して花島光道が立ち去ると、主任の比企優が同じ敷地内の寮に案内してくれた。今夜からこの寮で食事をし寝泊まりすることになるのだ。この日はささやかながら夕食を囲んでの歓迎会をしてもらい明日からの仕事を期して早々と床に就いた。

日本はり医センターの仕事は多忙を極めた。朝九時からの診療なのだが八時には広い待合室が患者でいっぱいになる。診療開始と同時にスタッフが八台のベッドに患者を迎え入れ院長花島光道のスピード感溢れる鍼捌きで治療がどんどん捗《はかど》っていく。

院長の命ずる鍼を手渡す行為以外は、彼が全盲であることなど微塵も感じさせない手際の良さだ。副院長を初め、ほとんどのスタッフも軽快に患者を捌いていくが梶拓郎のように成り立ての見習いの場合は目の不自由な院長への鍼渡しか、補助療法位しかやらせてもらえない。

院長への鍼渡しは簡単なようで気を使う仕事だ。整脈及び補的接触鍼には銀鍼二号を用い、瀉的接触鍼《しゃてきせっしょくしん》及び標治法にはステンレス鍼三号又は七号をという具合に目的によって細かく用鍼《ようしん》が異なる。しかも気短な院長のスピードに遅れることなく確実に手渡さなければならず万一、遅れたり間違えようものなら途端に雷が落ちることは必定《ひつじょう》である。

広い治療室に院長の甲高い声が響き渡り、時折ジョークを交え、時折怒声に変わり、スタッフも患者も爆笑するかと思えば、恐れおののき緊張感のうちに一日が終わる。

院長は患者の扱いにも細かい心くばりをし順番も正確に把握しており、老人とは思えぬ程の凄まじいエネルギーだ。終日、立ちっ放しで若いスタッフを弾き飛ばさんばかりの勢いで治療にあたっている。

標治法が終わり最後に院長の見事な整脈力により病苦から解放された患者は安堵の顔色を浮かべて治療

センターをあとにする。

治療を終えた院長にスタッフの一人が「お疲れ様でした」とねぎらいの言葉をかけたところ、見えない目でそのスタッフをジロリと睨みつけ、

「疲れてなどいないよ。仕事に疲れてしまってはおしまいだ。花島光道の辞書に〝お疲れ様〟という文字はありません。どんなことがあっても〝お疲れ様〟という言葉は言ってくれるな」

と言う始末だ。

院長に叱られてしょぼくれるスタッフの慰め役は副院長の花島剛の仕事だ。副院長に、

「気にするな。次から頑張れよ」

と励まされ〝ポン〟と肩を叩かれると、しょぼくれた顔に途端に笑顔が戻る。

受付事務を担当する孫娘の紫《ゆかり》は二十二歳だと言うのにおっかない祖父のせいでボーイフレンドも長続きせず、そのため結婚も出来ないという話だ。尤も若いスタッフ達にとって器量も良く明るくて可愛らしい紫はセンターのマスコット的存在であり、全員その方が好ましいと考えている。

患者にしても歯に衣《きぬ》着せぬ院長の怒声にちぢみ上がったあと、帰りしなの紫の笑顔に見送られてホッと安心し又来ようという気になる。若い男性患者の中には治癒したあとも紫目当てで治療に訪れ、痛くもない腹をさぐられている者もいるという話だ。

並みの鍼灸院に比べると門構えといい、建物の立派さといい、広さにしても、スタッフの数の多さも桁外れの日本はり医センターだが、すぐ近くに聳え立つ巨大な医大病院の建物とは比ぶべくもない。実に白長須鯨と小判鮫の比だ。しかし驚くべきことに時として小さな小判鮫が巨大な白長須鯨を食う。

近代設備と最新鋭医療機器を備えた医大病院に絶大なる信頼を寄せて連日、多くの患者が訪れる。しかし、難病ゆえにいかなる最新鋭機器をもってしても思うような結果を得られなかった患者が花島光道の名声を聞きつけ半信半疑、駄目でもともと、最後の神頼みと日本はり医センターの門をくぐる。

生まれて初めての鍼灸に恐怖心を抑えて指図されるままにベッドに上がって順番を待っていると助手に導かれて院長の花島光道が登場する。患者は頑強な体つきの全盲の花島光道を見て不安を覚えるが名声を聞き及んで藁をもつかむ思いでやって来たことを再認識し、もう、どうにでもしてくれと観念する。

そのうち彼の自信に満ちた言葉と東洋医学を駆使して苦痛を感じることなく短い時間で症状が改善されているのに気付かされると、今までの不安は嘘のようにかき消され、経絡治療の信じられないような威力を実感させられることになる。

花島光道の日本はり医センターは都内は疎《おろ》か国内でも知る人ぞ知る存在になって久しい。そのため、さまざまな分野で活躍している著名人が治療に訪れる。

「次の方、どうぞ中にお入り下さい」

待合室も治療室も満員で大混雑の中、受付の紫が患者の名前を読み上げる。付き添いに支えられて中年の女性が入って来た。

「ああ痛い」

苦痛に顔を歪めている。梶拓郎は治療に熱中していたため気付かなかったが確かに女優の三朱幸江《みあけゆきえ》だ。梶とは多少年の差があるが若い男性にも人気のある魅力的な女優の一人であり彼にとってもあこがれの女優である。

「美しい人は苦痛に顔を歪めても美しいなあ」

手を止めて思わず見とれてしまった。

「梶君、患者さんをベッドに上げるのを手伝って」

主任の比企優が梶の肩をポンと叩き、自らは院長を呼びに走った。

「僕が抱えて上げますがいいですか」

我に返りワクワクする気持ちを抑えて付き添いの人に断り三朱幸江の身体を軽々と抱き上げベッドの上に載せた。激しい動悸に打ち震えながら彼女の顔を見ると苦痛をこらえながら「ありがとう」とニッコリ笑って梶に微笑んだので、ついボーッとなり頭がクラクラした。

「どうしましたか」

甲高い声と同時に比企に案内されて院長がやって来た。

付き添いの説明によると先日の舞台で右足首を捻挫したという。湿布等の応急処置のみで無理を重ねたため、今朝はとうとうあまりの激痛で動けなくなり担ぎ込まれて来たとのことである。

院長が早速、触診すると腎経に沿う要穴に疼痛著明、然谷穴《ねんこくけつ》が最も過敏な反応を呈している。

「今、何時だ？」

比企に尋ねる。

「ちょうど十時です」

「ふむ十時か。子午治療《しごちりょう》に適した時間帯だな」

院長が三朱幸江の左手偏歴穴《へんれきけつ》を触圧する。

「痛い！」

彼女が苦痛に顔を歪めた。その声が又色っぽいなあと梶がうっとりしていると手渡された金鍼三十番で院長が素早く施術する。

「あら、不思議、痛みが急になくなったみたい。足も動くし、今日の舞台も出来そうだわ」

容易にベッドから降りることが出来た。

激痛のため付き添いに支えられて、やっとの思いで治療室に入って来た患者が、数分の治療で歩けるようになっているではないか。それも今までの梶の知識の範囲には存在すら知らなかった〝子午治療〟という特殊な治療法を使ってである。

感謝の気持ちをいっぱいに表して会釈をし、自分一人の力で治療室を出て行くのを目の当たりにして梶は今更ながら経絡治療の威力と花島光道の凄腕に驚愕した。

「〝胆心《たんしん》が肝小《かんしょう》（干渉）して肺膀大腎《はいぼうだいじん》（大臣）の胃心包《いしんぽう》（医心方）が脾三《ひさん》（飛散）した〟と言うんだよ」

すぐ隣のベッドで治療にあたっていた副院長の花島剛が笑いながら教えてくれた。

「自然界の影響によって受ける人体の生理現象に基づいて考案された治療法で、今言ったのは臨床で応用するための記憶術だよ。仕事が終わってから子午治療《しごちりょう》の治験例に目を通してみたらいい。解り易く書いてある筈だ」

その日の仕事が終わって皆で掃除をしていると、いつもは梶の近くに来て何かと協力してあとかたづけをする紫の態度が今日はやけによそよそしい。今まで使用していた電気カミソリの調子が悪くなったので、もうそろそろ買い替え時だと思い夕食の直後、近くの電気店の場所を尋ねてみた。

「前の公園を出て信号の近くの小道を右に折れ、左の家の手前を右に曲がってそのまま歩いて五分くらいかしら」

相変わらず澄まし顔でそっ気なく答える。訳がわからないが相当に機嫌が悪そうだ。普通だったら地図を書いて丁寧に説明してくれる。しかし友人の竹之内次夫《たけのうちつぎお》から学生時代に機嫌の悪い女には近づかない方がいいという人生上の教訓を聞いていたことを思い出して、仕方なく言われた通りに出かけた。注意して出かけたが、気がつくと元の場所に帰ってきてしまっている。どうやら家の近辺をぐるりと回ってきただけのようだ。騙されたと気付いて辺りを見回すと、近くで紫が可笑しそうに下を向いてクスクス笑っている。

「紫さん、騙したんですね」

梶が口を尖らせて抗議する。

「仕方ないわね。すぐ迷子になるんだから。さあ、一緒に行ってあげるから行きましょう」

梶の腕を強引に擱んで歩き出した。ほどなく目指す電気店が見つかり、比較的安価で切れ味の良さそうなのを選んで買う。外はすっかり暗くなってしまっている。

「紫さん、今日は何だか変ですね。掃除の時から妙に冷たい感じがするし」

先程から引っ掛かっていたことを口にする。

「三朱幸江って美人よね。梶さんは美人が好き?」

逆に妙な質問が返ってきた。

「はい、そりゃ男ですから。男なら誰だって美人は好きだと思いますよ」

「ふうん、じゃあ美人なら誰だっていいんだ」

「美人なら誰だっていいってことはないですよ。男でもハンサムなら誰でもいいってことはないでしょう?」

梶もつい、むきになって言い返す。

「あら、男と女は別よ」

「別なことはありませんよ。そんなことより三朱幸江がどうかしたんですか? さっきから美人がどうの、三朱幸江がどうのってばかりで何が言いたいのかさっぱりわからない」

梶に反撃され、紫が急に思い詰めたような表情になる。

「梶さんは三朱幸江が好き? あの女優さんのどんな所が好きなの?」

可憐な瞳にいつもと違う真剣な輝きがある。

「どんな所って女らしい所かな。今時の若い女優さんと違って何かこう芯が強いんだけど支えてあげたいって気になるんじゃないかな」

「ふーん、梶さんは女らしくて芯が強くて支えてあげたいような女性が好きなんだ」

「いや、僕だけじゃなくて男は大体そんなものだと思いますけど」

今度は梶がしどろもどろになって言い訳をする。

「じゃあ、私を支えてみて」

そう言うなり急に梶の左肩に両手を掛けてぶら下がってみせた。驚いて梶が立ち止まると手を離して梶から離れる。

「どう？　三朱幸江と私とどちらが重たかった？」

笑いながら小走りで目の前に見えた我が家の門の中に入って行った。

日本はり医センターを訪れる患者の中には実にさまざまなタイプの人間がいる。看板を見ていきなり飛び込みで来る患者もいるが、やはり名声を聞き及んでの来訪者が多い。しかし、鍼灸の効果を伝え聞いて治療を受けに来るにもかかわらず、どちらが治療家か患者なのかわからなくなってしまう場合がある。梶も見習いでありながら、それなりに多くの患者に接してくると時々、腹を立ててしまうことがあった。

「そこに鍼をして下さい」とか「そこに灸を三つ位してもらおうか」等と患者の方で指示してきたり「鍼灸が終わったら軽くマッサージをして下さい」と注文を出す患者もいる。

「当院は経絡治療専門の治療院ですのでマッサージは行いません」と言うと「どこの鍼灸院でも軽く

マッサージをしてくれるのに」と不満顔だ。そういう患者には、六部定位脈診の重要性を説明し必要以上のことをすると整脈の効果が損なわれかねない旨をわかり易く説明する。

治療の最中に「鍼は何故効くのですか？」と質問されることがある。この質問は梶が鍼灸の道を選ぶ時に最初に浮かんだ疑問であった。当然、患者にとっても起こり得る疑問である。学校では専門用語を使った解答を学んだが自分でも難解な問題であるからどうにもこの手の質問は苦手であった。それでは病院に行って注射をしてもらう時に〝この注射は何故効くのですか？〟とは聞くまいにと思いつつも学校で習った通りのことを型通りに説明せざるを得ない。

中には刺鍼によって痛みが消えたことを不審に思い、鍼の先に麻酔薬か何か薬を塗ってあるのかと尋ねる患者もいる。花島光道も自分が一生懸命勉強して身につけてきた鍼灸術に対して失礼なことを言う者には持ち前の毒舌でかなり手厳しい説教をすることがあった。

いつものようにその日の治療を終了して掃除に取り掛かろうとしていると、待合室の方から花島光道の激しい怒声が聞こえて来た。何事かと扉の隙間から覗いてみると盲学校の理療科の教師の顔が見える。花島光道が会長を務める日本鍼灸医学会の支部主催の講習会への参加を会長である彼に直接申し込んできたのである。普通、このような申込みは主催支部の支部長に申し込む。

梶と同じ位の年齢であろうか、三十歳前後のスラリとした長身に細い眼鏡の好青年風である。別に直接申し込まれても差支えはないが、盲学校の理療科と聞いただけで花島光道の太い眉がピクリと動き、不快感を露にした。次に青年の口から〝民間療法としての鍼灸〟という言葉が飛び出すに至って彼の怒りは頂点に達した。

待合室の長椅子に腰掛けて講習会参加を申し出ている青年の正面に椅子を持って来させてドッカと座った。

「全く理療科の教師にろくな者はいないよ。盲学校の理療科教師は鍼が嫌いな上、臨床の実績もないくせに知ったような顔をして生徒達に教えてるんだから困ったもんだ。生徒達は大迷惑だよ。それに鍼灸が民間療法として苦難の道を歩んで来たのは明治新政府の政策によるもので鍼灸医学のせいではないよ。そもそも医療に官と民の区別があるものか！」

額に青筋を立て甲高い怒鳴り口調で言い放った。

大声で怒鳴ったせいで喉が渇いたのであろう。孫娘の紫が青年との間の小さなテーブルの上に置いたお茶を飲もうとした。その時、茶碗を取ろうとしたはずみで興奮していたため茶碗をひっくり返してしまい、熱いお茶が青年のズボンにかかってしまった。

「アッチッチ！」

青年は熱さで飛び上がる。紫が素早くタオルを持ってきて青年のズボンに宛がった。我に返った花島光道は自分の失態にすっかり取り乱してしまった。

「いや、これは失敬、大丈夫ですか？　火傷しなかったですか？　それにしてもこんな所にお茶を置くのが悪い」

自分の失態を棚に上げて怒り出す始末だ。

「いえ、大丈夫です。御心配いりません。それより経絡治療を勉強したいのです。高名な会長先生の著書を読ませていただき、どうしても花島光道先生にお目にかかりたくて直接お伺いしてしまいました。民間療法という言葉でお怒りになられたようですが私が間違っておりました。鍼灸は国も認めている立派な医療です。鍼灸医学に命を懸けてこられた先生の神経を逆撫でするような言葉を使い申し訳ございませんでした」

深く陳謝した。

青年が心から経絡治療を勉強したいと願い出ているのに心を動かされた花島光道の態度は一変した。人一倍、頑固ではあるが情の深い花島光道は相手の出方によっては、その態度がコロッと変わることがある。それが又憎めない。

「いや、貴方に昔、私が不快な経験をした理療科の教師の悪口を言っても仕方がない。わかりました。あなたの経絡治療を学びたいという熱意は充分にわかりました。当該地区の支部長には私からお願いしておきますからぜひ講習会に参加なさって下さい。これ、紫、講習会の申込み用紙を持って来なさい」

講習会は申込み者の中から受講者を選定して後日、決定通知となるが、この青年は会長権限によりこの場で参加が許可された。異例の扱いである。

恐ろしい程の直情型で周囲構わず手厳しいことを言う反面、勉強家で経絡治療に情熱を燃やす者には徹底して援護してやるという一面を持っていた。

花島光道直々の厳しい指導と副院長、主任の比企を初めとする面倒見の良い先輩スタッフに囲まれ梶拓郎の技術はメキメキと上達していった。常に花島光道に影のように密着しその手法を学び休日といえども素問・霊枢・難経を読み耽った。必要以上の外出を控え、先輩スタッフ達の技量に出来るだけ近づこうと懸命に努力を重ねた。

夜遅くまで勉強し、寮生の中で梶の部屋だけがいつも最後まで灯りがついていた。時には机にうつぶせたまま寝てしまい、電気を消し忘れ、朝まで灯りがついていることも珍しくない。

「又、徹夜してたのね。勉強熱心はいいけど身体をこわさないようにしてね」

紫が梶の身を案じて忠告してくれるが、梶は笑って意に介さない。そのことを院長に報告するが彼も、

「拓郎、今のうちにしっかり勉強しておけよ。ちょうど今、少し時間が空いてるから治療室に来なさい。技術を見てあげよう」

といい梶の鍼を受けてくれる。そして未熟な点を厳しく指摘する。

「まだまだ努力が足りない。いつ、いかなる時でも自分の脈を診ることを心がけなさい」

桑畑周栄と同じことを言い逆に梶を激励する始末だ。

鹿児島での出会い以来、朴訥《ぼくとつ》で律義な梶拓郎の人柄を花島光道は大いに気に入り、愛弟子桑畑周栄の推薦もあって自分の経営するセンターのスタッフに加えたが、梶の方でもこの直情的で〝鍼灸界の異端児〟の異名をとる花島光道に、幼い時に離ればなれになった父親の本当の頑固さと優しさを感じ取っていた。

往診の付き添いの帰り道、車を運転しながら腕時計をなくしてしまったことを話したら「いくら要るのか」と聞いてから「次からはなくさないように気をつけなさい」と言って財布から一万円札を出してくれた。

幼い時から母親の手一つで育てられてきた梶拓郎は、周囲の子供達が両親に手を引かれたり、父親とキャッチボールをしている光景を見て子供心に父親のいない寂しさをバネに人一倍の負けじ魂で今日まで生きてきたが、この時だけは不覚にも涙がこぼれ落ちた。

咄嗟にハンカチを出して涙を拭こうとした瞬間、ハンドルが揺れ、後部座席に座っていた花島光道は体のバランスを失い、額を思いきり窓ガラスにぶつけた。すかさず花島光道の怒声が飛んだ。

「危ないな！　額で窓ガラスがこわれたらどうするんだ。ちゃんと目をあけて運転しろよ」

日本鍼灸医学会三十周年記念大会――。

すっかり秋の気配で周囲の木立も黄色く色づきはじめた熱海の老舗旅館百会《ひゃくえ》は国内各地から参加した関係者でほぼ貸し切り状態になった。広い祝賀会場が満杯になり北海道から沖縄までの各支部員が出席、文化人等、多数の著名な来賓が次々に祝辞を述べた。

世界的に有名な物理学者アメリカ・コスモス大学フィリップ・スミス教授の記念講演、会功労者の表彰、数え切れない程の祝電に会場は興奮で熱気が漲った。御馳走もテーブル一杯に並べられ、参列者全員が三十周年を祝う喜びに酔いしれていた。

会長花島光道は記念式典のあと参列者一人一人の挨拶、応対に息つく暇もない程だ。この日も梶拓郎は花島光道に付き添って行動した。

この頃では孫娘紫に代わって梶が付き添うことが多くなった。紫はその分、梶と親しく話す機会の少なくなったことに不満を抱いていたが、勉強熱心な梶が自分の祖父から出来るだけ多くのことを学び取り、又、花島光道も梶を実の息子のように扱い、期待をかけているのを見て、むしろ嬉しく感じていた。

会長花島光道の前には、まだ多くの参列者が並んで賀詞を述べる順番を待っていた。その横で梶が参列者の胸の名札を見て大きな声で「函館支部の細谷紘男《ほそやひろし》さんです」と告げる。全盲に加え、最近では聴覚も悪化して補聴器をつけても大声で言わなければ良く聞きとれない。

元々、短気で癇癪持ちの性分が、難聴が加わったことで余計激しくなってきたように感じられる。それでも、はるばる函館からの面会人を告げられると喜びに溢れんばかりの表情で見えない目を真っ直ぐ相手に向ける。

「ああ細谷さん、函館はまだ雪は降りませんか？」

嬉しそうに応対する。尊敬する会長から話しかけられた細谷が、

「函館の方はまだですが北見では先日から雪だと北見支部の方が言っていました。会長もますますお元気のご様子で何よりです」

と言うと急に声を荒らげて、

「当たり前だよ。私は百六十八歳まで生きるつもりだ。年寄り扱いしてはいかんよ」

と癇癪を出す始末だ。

別に悪いことをした訳ではないが細谷は冷や汗を拭き拭き退散した。目と耳は不自由でも全身から迸《ほとばし》る魄力を目のあたりにして、この会長なら本当に百六十八歳までは生きるかも知れないぞと梶は思った。

次に「水戸支部の石神《いしがみ》サヨ子さんです」と告げると同じように満面に笑みを浮かべて大きく頷いた。石神サヨ子と呼ばれた白髪まじりの六十歳位の女性が思わず花島光道に駆け寄り、グローブのような手を握る。

「会長先生の温かいご指導のお陰でこの齢になって鍼灸で生計を立てていくことが叶うようになりました。全て経絡治療のお陰、会長先生のお陰でございます」

感激に打ち震えている。一人一人に温かい激励の言葉を投げかけながら応対が一段落したところで花島光道は賑やかな会場を抜け出し、旅館百会の離れの籐椅子に腰を降ろしていた。主任の比企優、梶拓郎も一緒である。

花島光道は離れの大きなガラス戸越しに秋の気配を感じながら静かに口を開いた。

「国内外から、これ程の人が集まってくれるとはね。中には義理で来てくれた人もいたかも知れないが参加者のほとんどが本会の会員であるのを見ても本会がいかに結束力の固い一枚岩であるかが証明された訳だな。これも本会が推し進めてきた〝気の調整を真髄とする経絡治療〟が多くの患者を救い、そのことが多くの会員の支持を得たればこそのことだと思うがどうかね」

「はい、こと鍼に関しては周りがどんなにワイワイ騒ごうが、目新しいものが出てきて右往左往しようが、常に泰然自若、細鍼《さいしん》、浅鍼《せんしん》による気の調整に徹し切った会長の姿勢と実績を会の全員が認めているからだと思います」

比企の言葉に満足げに頷いたが更に問い掛けた。

「こと鍼に関してはと言うが鍼だけかね？」

比企は一瞬返事に詰まった。花島光道に師事して五年余り。黒は黒、白は白と己の信念に対してはたとえ相手が誰であろうと一歩も引かない。トラブルメーカーになることも厭わない。業界に対しても喧嘩を売るような態度で相手を攻撃する強烈な毒舌ぶりを目の当たりにしてきたため鍼以外のことに対する頑固さは思い浮かばなかったが咄嗟に閃《ひらめ》いた。

「おにぎりです」

「何？　おにぎり？」

花島光道が不思議そうに聞き返す。梶も二人の会話に興味をもって耳を傾けた。

「はい、会長のうまいおにぎりのことですよ」

センターでは毎年、春の桜の季節になると職員そろって上野へ花見に出かける。その時の弁当のことだ。

皆でおにぎりを握っていると、そこに花島光道が現れた。そして出来上がったばかりのおにぎりを手に取って何やら確かめている。

「おにぎりというのは、ただ単にふわっと形だけ丸く握ったんじゃ駄目だ。こういう風にうんと飯を固めて餅みたいにとにかく握らなくては駄目だ」

グローブのような手で一生懸命丸め始めた。

「どうだ、食ってみろ」

野球ボールのようにまん丸く固めたおにぎりを比企に手渡す。今しがたトイレから出てきたばかりで手をしっかり洗ったかどうかが気にはなったが思い切ってかじってみる。

「どうだ、塩加減もちょうどいいだろう？」

「う、うまいです」

塩加減といわれて花島光道の方に目をやるとちゃんと目の前に塩を置いてある。ホッと安心して全部食べてしまった。それが本当にうまかったのを覚えている。

比企の思い出話を楽しそうに聞きながらつけ加えた。

「おにぎりばかりじゃないよ。アンコ練るにもチャプンチャプンじゃ駄目で、しっかりカプンカプンと音だけでわかるような練りのいいアンコを作らなくちゃいい羊羹は出来ないよ」

おにぎりや羊羹に対しても、こんな具合で、時には何かこの男は気違いじゃないかという程、頑固な所があった。とにかく並みの神経の持ち主ではないなあと梶も思い始めていた。年相応にセンターの誰も知らないような浪花節を好み、時折途方もない音痴ぶりで周囲を困惑させたかと思えば、何時間でもショパンのピアノに聞き入るという具合で花島光道の脳の構造は一体どうなっているのだろうかと混乱することもあった。

「しかし、ここまでやって来れたのも本会結成以来の今は亡き小関《おぜき》さん達のお陰だよ」

常に花島光道と共にあって陽の花島に対し陰の小関と称され、リーダーとしての資質に秀でた花島光道と物静かで学究肌の小関克之《おぜきかつゆき》は共に会の中心にあり、それぞれ会長、副会長を務め、車の両輪の如くお互いを支え合って来た。

会に対する小関の貢献度は到底、筆舌に尽くせるものではない。現在、講習会で用いられる三人一組による本治法の修練法を考案、又押手《おしで》の〝左右圧は補をもたらし下圧は瀉に通ずる〟を実証した。更に一円玉による押手の指づくりを考案し、指圧による指の変形（小関はこれを欠陥指として一円玉をつまむことにより矯正させた）の是正を勘案した。

経絡治療による鍼専門の鍼灸師を育てるために花島光道も「浮き袋を捨てろ！　按摩兼業の者は、ここで思い切って按摩という浮き袋を捨てないといつまでたっても立派なはり専門家にはなれない」と会員を叱咤激励し、当時、盲人中心で結成した会員の実力向上に懸命に取り組んだ。

又「腹の減った猿になれ」と言い「決して猿のラッパ吹きにはなるな。猿にラッパを教えれば吹くようになり見せ物にはなるが、決して一流のオーケストラは作れない。晴眼者に絶対に負けない脈診を中心とした経絡治療以外は盲人にとっては晴眼者の物真似にすぎない」と力説した。

時折、会内部にゴタゴタ騒ぎが起こると表舞台は会長花島光道の活躍の場となり騒ぎを力で捩じ伏せる。後の処理は副会長小関克之の役回りという具合に絶妙なコンビで他を力強く牽引する二人の存在は日本鍼灸医学会を数ある鍼灸師会の中でも独特のカラーに染め上げていった。

それだけに先年、会創立と運営に共に心血を注ぎ、励まし合って努力してきた同胞の死は、いかなる障害物にも決して屈することのない頑強な花島光道の体をなぎ倒す程の衝撃を与えた。

今までにどれ程多くの鍼灸師が彼の前に立ち塞がり、それらをことごとく撃破し、又、彼を師と仰ぎ、その熱心な手ほどきを受け、立派に独立していったことか。そこには会を結成して三十年、数え切れない程の苦難を乗り越え、今日に至った満足感と反省の日々が交錯し、いつもは滅多に見せたことのない物想いに心を奪われ、過ぎ去った昔をなつかしむ花島光道の姿があった。

長野県の片田舎の裕福な農家に誕生した花島光道は父親の事業の失敗から折角入学した中学校を中退して働かねばならなかった。この時から彼の負けん気と反骨精神が培われていったものと思われる。

やがて徴兵を受け大陸に渡る。しかし、二十二歳の時、満州事変に於て最前線で敵の砲弾を受け爆風に吹き飛ばされ負傷失明する。同じ目の障害でも中途失明は堪えられない辛さがあった。

このまま一生闇の世界に生きるより死んだ方がましだと考え、収容先の病院で今まで育ててくれた両親に感謝の言葉と先立つ不幸を詫びる遺書をしたため病室にあった消毒薬を飲んで自殺を図った。苦しさのあまりベッドから転げ落ち七転八倒しているところに看護婦が通りかかり、この時は発見が早くて胃を洗浄することにより一命を取りとめた。

次に病院の屋上にあがって下のコンクリートめがけて飛び降りたが目測を誤り、植え込みの中に落下、全身打撲で数か所骨折しただけで命に別状はなかった。

今度こそ三度目の正直と期待し松葉杖で歩けるようになるのを見計らって、近くの神社に必ず成功しますようにと願をかけた。列車の時刻表を確認し上りの列車からはカーブで急ブレーキをかけても絶対に間に合わない所を選び松葉杖を枕にレールの上に横になって目を閉じ、胸の上で手を合わせていたら下りの列車が先に来てしまい、こちらの方は直線で見通しが良かったため未然に発見されてしまった。

警察に調書を取られた上、さんざん油をしぼられてくやしさの余り病室のベッドのふとんの中で声を殺して泣いていたらアメリカ人宣教師の女性がやってきた。この宣教師が花島光道の肩に手を置いて、

「花島さん、あなたは二つの目を失った代わりに十個の目（手）を得ましたね」

と慰めてくれた。

三度の自殺に失敗して声も出ない位消耗しきっていた花島光道は、ただ黙って聞いているだけであったが、やがてこの宣教師の言葉が彼のこれからの人生を決定づけることになる。それは、まさに花島光道にとって天の声以外の何物でもなかった。

「死のうと思っても思うようには死ねないものだな。これは、人間が死ぬとか生きるとかは自分が決めるものではなく何かの力が決めるもののようだ。幸い自分には十個の目（手）があるではないか。それなら何とか生きられるだけ生きてみよう」

天の声を聞いて自殺を断念した花島光道は二十五歳で盲学校に入学するが、このことが親戚中に知れた。

「盲学校に通っているようだが按摩をやる気か？　我々の目の届く所でそんなことをしてくれては困る」

「親類にそんな者がいては縁談に差し支える。按摩だけはやめてくれ」

親戚中から面と向かって懇願された。その頃の按摩は笛を吹きながら浴衣の洗いざらしに高下駄を履いて杖をつき街中を流し歩いて客を拾うのだ。

非情な言葉を浴びせられた花島光道にたとえようもない悲しみと怒りが込み上げて来た。

「国家に捧げた両眼ではないか……」

冷たい夜空の星を見上げた彼の見えない両眼から涙が溢れた。

ここに至って花島光道は人の心の冷たさを心眼を通して見ることができた。

「よし、そこまで言うなら絶対に按摩をやるまい。鍼専門で見返してみせる」

両手の拳を握りしめ心に誓った。

盲学校在学中の花島光道は全校生徒の中でも異彩を放っていた。正義感の強い彼は特に弱い者に対するイジメに病的と思える位、無関心でいることが出来なかった。このことは成績優秀でありながら家庭の事情のため中学を断念せざるを得なくなり、以後、多くの辛酸を舐め続けてきた彼の生き様に起因していると言えるかも知れない。

入学して間もなくイジメに遭っている者達が花島光道を頼りに彼の元に集まって来た。頑健な体つきで正義感の強い花島光道は彼等にとって実に頼もしい拠《よりどころ》であった。そのような彼の存在は従来のボス達にとって面白かろう筈がなかった。

早速、放課後の校舎裏の空き地に呼び出しを受けた。三人の弱視の上級生が待ち構えていた。彼は動かず相手が動くのを待った。最初に殴りかかってきた奴を鋭い勘を頼りに殴り倒し、二人目を胸ぐらを摑んで投げ飛ばした。三人目は持ち前の怪力で首根っこを押さえつけておいて「二度とこんなことをしたら首と胴体をバラバラに引きちぎるぞ」と一喝したら「もう二度としませんから首と胴体をバラバラにするのだけはやめて」と泣いて許しを乞うたので放免してやった。

忽ち学校で最も信頼される男になった花島光道だったが教師達からは煙たい存在に見られていた。鍼専門家を目指す彼にとって盲学校の理療科の教師が行う鍼の授業は不満以外の何物でもなかった。

放課後、生徒が発熱し鼻水が止まらない。咳も出る。体温計で計ると三十八度。風邪のようである。早速、教師を呼び治療してくれと頼んだ。

「風邪薬があるからそれでも飲んで寝ていろ。すぐに医者に診てもらうようにするから」

治療はせずに薬を与えた。

「先生が鍼で治してはくれないかね？」

「とんでもない。鍼なんかしたら死んでしまう。鍼で治せる位なら先生にはなっていないよ」

冗談とも本心ともとれる返事が返ってきた。

寄宿舎で風邪や腹痛の患者が出ても、治療のできる教師がおらず薬や医者に頼る有様なのだ。質問をしても満足のいく解答をしてくれない教師達との溝は深まるばかりで卒業式の日に花島光道の不満は爆発する。

成績優秀にて卒業生代表で答辞を述べることになった花島光道は盲学校の過去の歴史に例をみない答辞を述べる。彼は原稿も持たずに甲高い口調で攻撃的にしゃべり出した。ついでながら以後、全ての会の挨拶、講演に於ても彼は一切、原稿を用意しなかった。

「折角、鍼師になる希望をもって入学したのに、その授業内容には多くの疑問を持たざるを得ません。まず、鍼灸にとって最も大切な要穴《ようけつ》の定め方があやふやであり、臨床上、到底役に立つとは思えません。今日、卒業の日を迎えたのに全く力がついていないというのが正直な気持ちです。いくら勉強せよと言われてもこのような授業で実力がつく筈がありません。この責任はどこにあるのか。今更、このようなことを言っても無駄なことはわかっているが、この後に予定されている謝恩会は意義をなさないため、抗議の意味を以て中止を希望致します」

花島光道の答辞で会場は大騒ぎになった。結局、卒業生の多くが彼に賛同し収拾がつかなくなってしまったため謝恩会は流れてしまった。これを見ていた校長が彼の能力と胆力を高く評価して、盲学校に残って教師になり学校のために尽力してくれないかと説得を試みた。

「花島、お前、いくらか頭がいいようだから師範部に行って勉強して先生になる気はないか？　胆力もあるし、お前だったら、きっといい先生になれると思うがどうだ」

校長は熱心に説得を試みる。

「いや、校長先生、私は先生という仕事は自分の性に合わないんでね」

教師になれば一生の生活は保障されるというのに彼はにべもなく断った。

「性に合わないとはどういうことだ」

驚いて問いただす校長に彼は胸を張って答えた。

「例えば校長先生の前で屁をこきたくなっても、でかい屁をすることができない」

「何をこきやがる、この野郎。てめえみたいな者は到底先生になんかなれっこねえ。とっととうせろ！」

教師になっても鍼治療のできない教師では仕方がないと考え、あくまで鍼専門家を目指す花島は単身上京した。


上京はしたものの盲学校を卒業したばかりの花島光道《はなしまこうどう》においそれと患者はついてはくれない。何とか鍼の技術を身につけたいと思案した結果、著名な鍼灸家《しんきゅうか》を訪問し、教えを乞うことに決めた。こうと決めたら行動は早い。早速、鍼灸誌上で大家《たいか》の誉れ高い目白の鍼灸師江口豊隆《えぐちほうりゅう》を訪ねた。

有名な割には建物も貧弱で看板も小さく治療院の待合室に人の気配もない。

「ごめん下さい」

白杖で玄関の戸を探り当て、ガラガラと戸を押し開けて声をかけたら、何事かという面持ちで本人が出てきた。どうやら治療中ではなかったらしい。

「どうぞお入りなさい」

玄関口に頑丈な体つきの盲人が白杖をついて立っているのを怪訝な顔で眺め回してから中に入るように勧めてくれた。

「どこが悪いんですか？　足ですか、腰ですか」

勧められるままに中に入るとジロジロ見ながらしきりに尋ねる。

「いえ、治療しに来たのではありません。御高名な先生のお噂を耳にし治療法を拝見させていただきたいと思いまして」

正直にお願いすると今までの親切な態度がガラリと変わり再び花島光道の風体をジロジロと眺め回す。

「何、拝見だと？　あんたは目が見えないんだろう。それに大体患者がいなくては拝見させようにも出来ない相談だ。そんなに拝見したいのなら自分で患者を連れて来なさい。さあ帰った、帰った」

突然、けんもほろろに拒絶し、彼の体を玄関の外に押し出し戸をピシャリと閉めてしまった。

「はあー、驚いた。それにしても、この先生はどうやら誌上大家《しじょうたいか》であったか」

花島光道はガックリと肩を落とし、白杖をつきながら元来た道をトボトボと引き返した。誌上大家というのは、本を書いたりマスコミに登場したりして名前は売れているが実力の伴わない人のことである。

それから間もなく汽車に乗り、今度は東海道本線から山陽本線に乗り継ぎ、岡山駅に降り立っていた。目指すは鍼灸の名人と噂の高い鬼塚光明《おにづかこうめい》の鍼灸院である。岡山駅からほど近い繁華街の一角にその建物はあった。鬼塚鍼灸施術所《おにづかしんきゅうせじゅつしょ》と書かれた古い看板がその歴史を物語る。建物も大きくて相当古く、何代も続いた様子を窺い知ることができる。待合室には数人の順番待ちの患者がいて、だいぶ繁昌しているようだ。彼は期待で胸がワクワク高鳴るのを覚えた。

受付で無愛想な中年の女性に案内を乞うとパタパタとスリッパの音を立てて奥に引っ込んだかと思うと間もなく戻って来て、今、治療中で忙しいから暫く待てとのことである。これだけ繁昌していては仕方がなかろうと思い暫く待っていたがなかなか出て来ない。

結局、五時間程待たされて待合室の患者が途切れたところで、あたふたと出てくるや花島光道の風体を胡散臭そうに見て用件を尋ねた。

「高名な先生の御噂を聞き、何とか御指導を仰ぎたいと思い、はるばる東京からお伺い致しました」

今度は治療の拝見云々は止めにして頭を低くしてお願いした。すると鬼塚光明は威厳を正し、いかにも呆れたといわんばかりの表情で吐き棄てるように呟いた。

「人がまあ、一生懸命研究を重ねて身につけた技術を見も知りもせぬ他人にそう簡単に教えてくれるものかねぇ。今時の若い人には驚かされるよ。大体、こんなことは教えてくれと頼む方が間違っているし、本来教えて身につくものでもないよ。貴方も一流の鍼灸師をめざすなら私のように一生懸命努力して秘伝の技術を編み出すことだね」

一方的に喋るなり「忙しいから」と奥に引っ込んでしまった。

花島光道は、なけなしの金を使って折角、岡山くんだりまで来たのに玄関先で野良犬のように追い返され、くやしさで余っ程、この家に火をつけて首でもくくって死んでしまおうかと思った。しかし、過去三度の自殺の失敗から自殺を断念した経緯を思い出し、その思いを即座に打ち消した。そして、他人に教えないのは彼が本当は自分の技術に自信が無く不安を抱えているからではないかと考えた。

自分が求めているのは、そのような、人に知られたら困るような秘伝の技術ではない。学問として説明のつく技術に裏打ちされた鍼灸であることを思い起こし気を取り直して岡山の駅をあとにした。その後も有名な多くの鍼灸家を訪ね歩いたがほとんどは徒労に終わった。

なかなか花島光道の求める真の鍼灸術に出会うことはできなかったが、たとえ我流であっても真剣に試行錯誤を続ける彼の技術はそれなりの向上を見せ始めていた。しかし、患者は相変わらず少なく、その日暮らしの毎日であった。

患者は少なく生活は苦しくても、盲学校に入学した時、親戚中から「縁談にさしつかえるから我々の目の届く所で按摩だけはやめてくれ」と懇願され「よし、それならば鍼専門になって親戚を見返してやる」と決心した時から按摩の依頼だけは頑として受けなかった。従って、治療院は予算の都合で狭い借家を借りて開業したが看板だけは畳二畳程の板に〝はり専門花島治療院〟と大書したものを、どこからでも良く見えるように玄関先に取り付けた。

ある日のこと、見ただけでヤクザ者とわかる男が花島治療院を訪れた。

「肩がこったから按摩をしてくれ」

「ここは鍼専門だから按摩はしない」

はっきりと断る。

「客が按摩を頼んでいるのにしないとはどういう訳だ。テメェー、客を選ぶのか?」

恐ろしい形相で凄んでみせる。

凄んでみせても彼には何も見えないから別段怖がることもない。戦火をくぐり抜け、数々の修羅場を経験し、貧乏のどん底に生きる花島光道に怖いものなどある筈がなかった。

花島光道は足で待合室の板の間の床をドンと踏みならした。長目の鍼を両手にかざして甲高い怒鳴り声を発した。

「目あきのくせに看板の字が読めないのか。肩がこったなら鍼をしたらどうだ」

ヤクザ者は彼の剣幕に恐れをなしたのか意外にも素直に従った。

この時、花島光道は結婚したばかりで新妻の恭子《きょうこ》が服を脱いで上半身裸になった男の背中いっぱいに彫られた入れ墨を見てびっくり仰天し膝がガクガク震えたという。男の背中には二の腕に至るまで龍と桜の花びら、背中の真ん中には小さな観音様まで彫ってあり、両手小指の第一関節から先が欠損していた。

花島光道が淡々と治療を終えると、ヤクザ者は丁寧な物腰で言った。

「ありがとよ。あんさんはいい度胸をしているねぇ。目が見えてたらとびっきりの親分になっているよ」

花島光道と恭子の結婚は知人の紹介によるものであったが小柄で丸ポチャで面倒見の良い恭子に彼が一目ぼれした。恭子も花島光道の胆力と勤勉さに感心し「この人は目は見えなくても人並みはずれたスケールの大きさと困難を物ともしない強固な意志で必ず成功する」と確信して「この人の目になろう」と決心した。

恭子は助産婦の資格を持っており、医学の分野に於ても花島光道の良き協力者たり得た。しかし、幸せな新婚生活にも貧乏は重たくのしかかって来た。彼一人ならばどうということはなかったが、新妻恭子に貧乏を強いることは花島光道の男気が許さなかった。

「すまないが、笛と高下駄を準備しておいてくれ」

「あなた、あれ程、按摩はしないと誓っていらしたじゃありませんか。私でしたらどんな貧乏でも辛抱できます。それなのに」

「いや、ずっとではない。今だけのことだ。当分の間だけだから」

渋る恭子に笛と高下駄を準備させた。

毎日、夕方近くの決まった時間に洗いざらしの浴衣に高下駄を履き白杖をついて、ピーピー笛を吹きながら新宿の街を流して歩いた。しかし、どういう訳か全く声がかからない。

「あの、もし、按摩さん」

たまに声がかかっても花島光道が無言で振り向くと「いや、何でもないよ。ごめんなさい」と断られる始末である。

そのうち少しずつではあるが患者がついて何とか按摩で流さなくとも困らないようになったので、とうとう一人の按摩もせずに流しは中止した。

「自分の風体がそんなに悪かったのかな」

「いいえ、声が掛からなかったのは、あなたが鍼専門で生きていけるという証ですよ」

恭子が明るく笑って答えた。

按摩で流さなくても済むようになった理由は恭子が早朝、治療院の宣伝のチラシを配って回り、通行人に配布した結果であった。彼女が心をこめて作ったチラシの多くは、その場で捨てられたりして悲しい思いもしたが、チラシを見て治療に訪れる患者も少なくなかった。

「あなた、こんな雑誌がありましたよ」

恭子が外出先から見つけてきたのは表紙に〝東洋医学〟と書かれた雑誌である。この本との出会いがこれからの花島光道の人生を大きく飛躍させることになる。内容は奥部修道《おくべしゅうどう》による肺疾患の治療例が数例、彼の盲学校時代に一度も耳にしたことの無い経絡治療《けいらくちりょう》の四診法《ししんほう》による理路整然とした治療法が解説されていた。

花島光道は目からウロコが落ちる思いで繰り返し恭子に音読をしてもらい点字にも訳して読んだ。そして経絡治療が盲人には無理な望診《ぼうしん》以外は、視力が無くとも充分身につけることができ、しかも完璧と言えるほどに完成されている治療法であることが理解できた。まさに、これこそ自分の求め続けていた治療法であることを確信したのである。

しかし、過去に多くの名人と称される鍼灸家を訪ね歩いて誌上大家《しじょうたいか》の多いことに失望させられてきた花島光道は著者奥部修道もその一人かも知れないと思った。本当に本に書いてある通りの治療ができるのか知りたかった。そこで、〝東洋医学〟を携え、編集者の滝山信太郎《たきやましんたろう》を訪ねた。

滝山信太郎は花島光道と不思議なくらい性格的に似かよった所があった。両人共、見るからに剛直で感激家、鍼に対する熱い情熱の持ち主であった。初対面の盲目の男が鍼灸に対する迸《ほとばし》るような情熱を語り、鍼灸界の現状を愁《うれ》えるのを聞いた滝山は目の前にいる男が自分と全く同じ理想に燃える男であることを感じ取った。そして感動した。

「盲人にも君のような激しい情熱家がいるとは知らなかった。共に頑張ろう。他の仲間も紹介しよう」

花島光道は滝山から紹介してもらった鍼灸家を一人一人丹念に訪問して回った。経絡治療という未知の世界に足を踏み入れ、それら同志が急速にふえていくのが嬉しくてたまらなかった。

〝東洋医学〟の著者、奥部修道と尾上恵治《おのうえけいじ》は滝山から奥部の家で紹介された。どうやら滝山、尾上、奥部の三人がグループのリーダー的な存在らしい。花島光道は三人を前にして切なる願いを申し出た。

「どうか私を勉強会のメンバーに加えて下さい。一生懸命勉強します」

滝山と奥部は頷いて聞いていたが、尾上恵治が即座に拒絶した。

「盲人の君には教科書である素問《そもん》、霊枢《れいすう》、難経《なんぎょう》等の古典が読めないだろう。古典が読めなければ、我々の勉強会には到底ついていけない」

冷たく突き放した。

滝山、奥部も無言のままだ。

「自分で直接読むことは出来ないが家内に読んでもらって勉強します。点字も教えて、読めるようにします。どうか勉強会に加えて下さい」

花島光道の必死の嘆願に尾上も断る理由が無くなって腕組みをしてしまった。

「それでは別室で協議するから君はここで待っていてくれ給え」

三人は花島光道を残して別室に向かった。協議が済んで戻ってきた彼等の返事を花島光道は祈る思いで待ち続けた。尾上は冷たい表情を崩さず、奥部は穏やかな表情で、滝山が興奮気味に彼の前に座った。滝山が口を開いた。

「良く聞いて欲しい。君の勉強会への参加の意欲は充分にわかった。しかし、今すぐに会に加入して我々と共に勉強するのはやはり無理だ。君がそれ程までに我々と一緒に勉強していけるという自信があるなら自分で勉強して一年以内に我々の前で治験発表をして結果が良ければ加入を認めるという結論に達した」

最初の出会いの時から花島光道の一本気な性格に好感を持って何かと世話をやいてきた硬骨漢滝山の苦しい宣告であった。花島光道は正面を見据えたまま微動だにしない。しかしきっぱりと返事をした。

「わかりました。勉強して必ず入会させてもらえるように頑張ります」

彼は盲目を理由にすんなりと入会を認めてくれないことを腹立たしく感じた。しかし完全に入会を断られた訳ではなく、努力次第で入会できる訳だから何としても経絡治療を身につけたいという思いから、この条件を呑むことにしたのである。

連日連夜、花島光道は妻恭子の協力を得て仕事の合間を利用して猛勉強を重ねた。墨字を点字に移し変えるのはまさしく恭子の協力なしでは為し得ぬことであり晴眼者の何倍、何十倍もの時間と努力を要した。恭子はよくこの任に耐えた。

努力の甲斐あって古典も理解が進むようになり臨床にも役立ったと見えて患者もふえ、生活も少しずつ楽になって来た。往診も厭わなかったので少数ではあるが固定の患者がつくようになった。その固定の患者から往診の依頼が来た。近くに住む六十歳すぎの女性である。風邪をこじらせてしまい熱が四十度近くあるという。

極端な医者嫌いで以前にも風邪の治療をして治した経験から依頼してきたものと見える。その時は大した熱ではなかったので余裕をもって治療することができたが、今度は高熱だ。盲学校の授業では高熱患者は鍼灸では取り扱わない。いわゆる禁忌症とされていたが、古典を勉強するようになってから実際の患者にあたってみたら効果がある。そのことでいささかの自信があった。

この女性患者に懸命の治療を施した結果、三日程でようやく熱も下がり症状も快方に向かい、まもなく全快した。彼はこれを課題とされた治験例として発表することに決めた。

東京を中心とする治験発表会は二百名程の参加者が集まり花島光道はオブザーバーとして発表するこ

とになった。妻恭子と共に勉強して覚えた古典の専門用語を使い、そつなく治験例を発表し終えてホッと安心、胸をなでおろした所で質問が飛んできた。

「熱が四十度近くあったというが、どうして四十度と判ったのか？」

「体温計で計りました」

「漢方を勉強しているならば体温計を使わずに熱を知る方法がある筈だが、その方法は？」

普通の治験発表ならば、このような質問をする者はまずいない。

質問者は声の特徴から尾上恵治であることが、すぐにわかった。花島光道の入会を頑として拒んだのが尾上恵治だった。尾上はまるで花島光道の古典の知識をテストするかの如く、鷺が水中の小魚を狙う時のような眼差しで鋭い質問を矢継ぎ早に浴びせかけてきた。今までの治験発表会では目にしたこともない異例の事態を参加者が息を呑んで見守る内、哀れにも花島光道は答えに窮し、衣川の戦いで果てた弁慶のごとく演壇上で立ち往生してしまった。

「漢方医学上での熱を知る方法もわからぬようでは、漢方で治療したことにはならない。従ってこの治験発表は漢方の治験発表とは言えない」

尾上は容赦なく不合格の断を下した。

花島光道の晴れ舞台に協力者の妻恭子をはじめ仲間の盲人達を引き連れ、入会の扉を開けようとした瞬間、期待は無残に裏切られ、扉は無情にも音をたてて閉ざされてしまった。

並み居る聴衆はおろか、仲間の盲人達の前で大恥をかかされた事も剛直な花島光道にとっては我慢がならなかった。

「発表者は演壇から降りて下さい」

司会者の降壇を促す声にも耳を貸さず両手の拳を握りしめ、質問者尾上恵治の声のした方角をみつめたまま微動だにしないで立ち尽くしていた。止むなく司会者が花島光道の肩を叩いて強引に降壇を促した。

あまりの仕打ちに失望落胆した花島光道は自分を唯一理解して何かと慰めてくれる滝山信太郎《たきやましんたろう》に直訴した。

「滝山先生、あれではいくら何でもひどすぎますよ。尾上先生は私の古典の知識を試されたのでしょうが勉強を始めてまだ一年足らずではあの様な質問には答えられませんよ。それに治験発表の質問としては納得がいきません。私の加入を無理やり拒んでいらっしゃるとしか思えません」

必死に訴える花島光道に対して滝山は同情しきりだったが宥《なだ》めるように言った。

「確かに君のいうのはよくわかる。しかし、あれが尾上先生のやり方なのだ。君の治験発表に対する質問は他の発表者達への質問とは明らかに違っていたことは私も認める。しかし現在の我々の会に君がすんなり加入してやっていけるかどうかを見るにはあの様な質問も仕方がなかったんだよ」

「それにしてもあんまりですよ。古典への理解を広めるためにも仲間をつれて行ったのに。仲間達の前であんな大恥をかかされて……」

滝山は鍼灸家の資質向上をめざし、自分達の古典を広く国内に理解せしめるべく理想を持っていた。その理想の実現のためには何としても多数を占める盲人鍼灸家達への啓蒙の必要性があった。しかし、ずけずけと歯に衣きせぬ口調で物を言う滝山は盲人達の誤解を招き易く、どうにも彼等との交渉が不得手で困りきっていた。

一方、盲人鍼灸家にしてみれば今日に至るまで自分達が鍼灸を支えてきたという自負があり晴眼鍼灸師の誘いにおいそれと乗ってくる筈がなかった。そこに滝山等の趣旨に心から賛同し、自ら馳せ参じた花島光道は滝山にとって実に有難く頼もしい存在であった。ここで滝山は一つの思案を花島に提示した。

「治験発表会でもわかったように晴眼者の場合は黒板や図表を使っての勉強会になるから盲人の勉強会とは違うと思う。そこで考えたんだが、君が中心になって盲人仲間を集めて、我々と同じ趣旨の会を作ってみてはどうだろう。そうしたら曜日を決めて私と尾上先生、奥部先生の三人で講義に行ってやるよ」

滝山の提案は双方の利害が一致するものであり、何としても古典の知識を身につけ鍼専門家を目指す花島光道は早速、盲人仲間を集め勉強会を発足させた。約束通り滝山、尾上、奥部の三人が交替で講義に来てくれて、その噂を伝え聞いた盲人鍼灸家が各方面から参加し、その数二百名を超えた。

しかし、その頃になると太平洋戦争の影響で東京も空襲に見舞われた。疎開が始まり、折角始めた勉強会も解散の止むなきに至った。花島光道にとって、この時期の三人の師、滝山信太郎、尾上恵治、奥部修道との出会いは後の彼の鍼灸家としての人生にとって千載一遇の好機であり、彼等なくして経絡治療家花島光道は誕生しなかったと言えるであろう。

この三人の師は性格も著しく異なっていた。滝山信太郎は良き兄貴のような存在で人一倍癇癪持ちの筈なのに花島光道には特別の扱いを示した。他の者は容赦なく叱り飛ばし畏れられている滝山が、自分と良く似た剛直で勉強熱心な盲目の男に対しては、いつでも相談に乗ってやり心からの支えになってやった。

尾上恵治は花島光道にとって、とてつもなく厳しい存在であった。これは生まれついての尾上の性格なのであろうが、こと学問に対しては微かな妥協も許さず徹底的に追及する態度を変えなかった。しかし、誰にでも厳しいという訳でもなく、こと花島光道に対してはいじめと取られても仕方がない程の厳しい態度で、彼が盲人であることなど無視して晴眼者に相対する以上の厳しい接し方をした。あまりに厳しい尾上の叱責に打ちのめされる花島をその都度、滝山が兄貴の如く激励していたのである。

三人の師が中心になって主宰する経絡治療講習会に同輩の小関克之《おぜきかつゆき》と共に出席したときのこと。日本国内から多くの晴盲鍼灸家が参加していた。花島光道と小関克之は尾上恵治の指導の元に、他の参加者と共に加わっていた。

尾上が整脈したモデル患者の脈を診て、見事な整脈力に参加者達の間から思わず溜息が洩れる。

「何て素晴らしい脈だ。今までにこんな脈は診たことが無い」

口々にほめたたえる。花島光道も診させてもらおうと思って手探りでモデル患者に近づく。側で様子を見ていた尾上の目が鋭く光る。

「お前は東京にいるのだからいつでも診られるではないか。九州や北海道から来た人に診させなさい」

忽ち注意されてしまった。仕方がないので後ずさりして皆のうしろの方にじっと立っていた。

「貴方は目が不自由なのだから前に行って診させてもらいなさい」

ポツンと立っている盲目の男を気の毒に思った参加者の一人が言葉をかけてくれた。どうしようかと迷ったが診てみたいと思う気持ちには勝てず、それならばと前に出てモデル患者の脈を診ようとした。ところが又も尾上に目ざとく見つけられてしまった。先程と同じことを言われ、ツッと近づいて胸倉を摑まれいきなりドンと突き飛ばされた。花島光道は不意を突かれて危うくあおむけにひっくり返りそうになったが、後ろにいた参加者が支えてくれたお陰で危うく難を逃れた。

その場は唇を噛み、くやしさをこらえて耐えたが、彼の同輩の小関には自由に脉を診させるし、小関の質問には丁寧に答えてやっていた。反対に花島光道が質問しても、ろくな返事は返さないと言うふうに尾上の花島光道に対する扱いは異常であった。それでも、他の弟子達には決して教示しない高度な内容を特別に与えることをどういう訳か花島光道には惜しまなかった。

激高し易いが良き兄貴のように激励してくれる滝山信太郎、厳格で冷たく突き放すが徹底的に鍛えてくれる尾上恵治の間で奥部修道は常ににこやかで温厚な態度を保っていた。

戦争は敗色濃厚となりＢ29が東京上空に毎日のように飛来、無数の爆弾が投下されるようになった。東京空襲に危険を感じた花島光道は家族を引き連れ、生まれ故郷の長野に疎開して行った。

故郷に帰ったものの実家に落ち着く訳にはいかず借家を借りての疎開生活が始まった。幼い子供達を含め七人の家族の大黒柱となった花島光道はすぐに看板を出し開業した。少しでも多くの収入を稼ぐために往診も行った。手引は五歳の娘の仕事であった。雨の日などの往診はつらいものがあったが、往診をこなす父娘の姿に微塵の暗さも感じられなかった。二人して夕焼けこやけの童謡を唄いながら歩いた。しかし、往診で帰りが遅くなると父の手を引いて歩きながら途中で眠ってしまうこともあった。

「おやおや、杖が眠ってしまったよ」

仕方なく娘を背中におんぶし、白杖を頼りにようやく家にたどり着くことも少なくなかった。物資も乏しく貧しかったが、花島光道の、逆境も人生のプロセスとして全く動じることなく、むしろ楽しんでいるかのような不敵さに妻恭子をはじめ、幼い子供達までもが感化を受け、家の中は笑い声が絶えなかった。

子煩悩で愛妻家の彼は、仕事と勉強との合間を出来るだけ利用して家族との団欒に努めた。そこには家族の中で唯一、目が不自由であることなど考えられない一家の大黒柱としての何とも頼もしい父親の存在感があった。

「お父ちゃん、お父ちゃんは何も怖いものは無いの？　どんなことがあっても平気なの？」

疎開先の長野にも空襲警報が鳴り響き怯える子供達の問いかけに花島光道は子供達を全員自分の傍に抱き寄せ、妻恭子に笑いかけながら答えた。

「お父ちゃんに怖いものなどは無い。憂きことの尚この上に積もれかし、限りある身の力ためさん。どうだ、この腕の音を聞け。金音のするこの腕を見ろ」

左手で肩までたくし上げた太い二の腕をポンポンと叩いてみせた。

「さあ、今日は鶏小屋を作るぞ」

休みの朝、子供達を集めた。

「鶏小屋を作ってどうするの？」

三歳の娘が尋ねる。

「鶏を飼って卵を産ませて皆で食べるんだよ。さあ、手分けして作ろう」

娘の頭を撫で自らは材木を鉈で削りにかかる。子供達も教えられた通りに協力し合って鶏小屋作りをやるという具合だ。

節分の夜は花島光道が大きなダンボール箱に豆、キャラメル、みかんなど入れたものをくじ引き付きで「鬼は外！　福は内！」と撒く。子供達は大喜びで「キャッ！　キャッ！」とその賑やかなこと。妻恭子も子供達と一緒に拾いながら貧しくても明るい家庭の幸せを噛みしめていた。


終戦から数年後、疎開先から上京した花島光道は以前の盲人仲間を集め、再び勉強会を開始した。趣旨に賛同する者は誰かれ構わず迎え入れた。会は忽ち以前の隆盛を取り戻した。滝山信太郎、尾上恵治、奥部修道の三人も晴眼者のみの勉強会を再開しており、元通り盲人の勉強会の講義を引き受けてくれた。

会長を務める花島光道等の地道な努力が功を奏し会は飛躍的に発展充実し鍼専門家として成功する者が次々と出るようになった。そこで今までの名称〝盲人鍼研究会《もうじんはりけんきゅうかい》〟を総会で取り上げ、もっと体裁の良い名称に変えてはどうかという意見が会員の間で持ち上がった。

臨時総会はほとんどの会員が出席、議題は順調に可決されていった。議長より会の名称変更の提案理由が求められると、会長花島光道が説明を行った。

「本会も発足して二十有余年。そのためには戦争のため解散の憂き目に遭い、幾多の紆余曲折を経験して参りましたが顧問として本日ご出席いただいております尾上先生、奥部先生、滝山先生のご指導のお陰をもちまして、会員数も三百名を上回る程に成長致しました。これを機に本会の益々の発展を祈念して会員の皆様方から全国的に通用する立派な名称に変えて欲しいとの要望がありました。そこで皆様の意見を集約した結果、〝日本鍼灸医学会《にほんしんきゅういがくかい》〟を会の名称としてはどうかということで変更に賛成か反対かの意見と合わせてご検討戴きたいと思います」

五十歳を超えたばかりで血気に溢れ、卓越したリーダーシップでこの会を率いてきた花島光道は自信に満ちた態度で議長を促した。

〝日本鍼灸医学会〟という名称に出席している会員の誰もが満足の表情を浮かべた。変更するにあたっては全員が賛成したが、名称について議長が賛否の決を採ろうとした時、顧問の尾上恵治が「待った」と手を挙げた。

「医学会だって？　とんでもない名前を考えるもんだ。あんた方、目の見えない者に医学が解るか？それに学会とはおこがましい。はり灸の研究会だろう？　従って〝日本《にほん》はり灸研究会《きゅうけんきゅうかい》〟これが一番ふさわしい名前だよ」

開口一番、厳しい口調で突っぱねた。

会場はざわめき、議長はどうしたらいいのかわからずうろたえるばかりである。一方、会長花島光道も反対相手が顧問の尾上恵治ではどうすることも出来ず拳を握り締め、しかめっ面をして怒りを懸命に抑えていた。

その時、隣席の副会長小関克之が花島光道に耳打ちした。

「花島さん、皆の不満はわかるけど、一人位は尾上先生に賛同するようなことを言わなくてはね」

静かに立ち上がり尾上の〝日本はり灸研究会〟に賛成の弁を行った。その直後、賛否の決を採ったところわずかに一票差で〝日本はり灸研究会〟が勝利を収めた。

議長が不満顔の花島光道に促されて念のため三回数え直したが一票の差は動かず会の名称は〝日本はり灸研究会〟に決定した。

花島光道と同年齢の副会長小関克之は会員から厚い信頼を寄せられていた。花島光道も絶大なる支持を集めていたが両者の性格は水と油、花島が剛で小関が柔、花島が動で小関が静という具合でその違いは全てに際立っていた。

しかし、鍼灸にかける情熱は共に熱く寸分たりとも違わなかった。それゆえ花島の不足は小関が補うという具合で共に会員の圧倒的な信頼を集める二人が会長、副会長の任をまかされてきたのである。この時は状況を心配した小関の行動に軍配が上がった格好になったが、それから三年後には念願通りの名称の変更が行われ〝日本鍼灸医学会〟が誕生するのである。

尾上恵治と花島光道の確執はその後も幾度となく繰り返されることになるが、その度に温厚な小関克之が双方の間をとりなしてきた。

日本鍼灸医学会は年を追うごとに会員が増加し国内各地に支部が誕生するという盛況ぶりを呈した。創立時から会長として思う存分その手腕を発揮してきた花島光道はそのカリスマ性に於ても抜群の存在感を誇示していた。人一倍の負けん気と努力は盟友小関と共に学理、技術の面でも他を大きくリードした。特に花島が自らの疾病の治療にあたり研究開発した〝相剋調整理論《そうこくちょうせいりろん》〟はその治効の優秀性が認められ会の指導内容に取り入れられた程である。

長年の経験から経絡治療こそが鍼灸の本道であると確信し、その啓蒙普及の情熱に燃える花島は、気の遠くなるような努力の末、精魂こめて作成した経絡治療を学ぶ者のための専門書〝経絡治療要綱《けいらくちりょうようこう》〟の原稿を小関の前に置いた。

連日、山のような患者の治療に明け暮れ、会の業務をこなしながら貴重な睡眠時間を削って作成した自らの著書をまずは盟友の小関に読んでもらおうと思ったのだ。小関は手渡された点字による原稿を丁寧に、しかし素早く読んでいった。

長い時間が経過してから小関が口を開いた。いつも物静かで穏やかな表情をくずしたことの無い小関の頬が興奮で紅潮していた。力強く花島の手を握って言った。

「とうとう完成したんだね。実に見事だ。素晴らしい内容だね。これならきっと向学心に燃える盲人鍼灸家にも喜ばれると思う。花島さん、おめでとう！」

小関は花島の手を握りしめ我がことのように喜んだ。

それからしばらく経って花島は尾上恵治の自宅を訪問した。玄関の戸を開けると奥の方から聞き覚えのある話し声がする。どうやら滝山信太郎と奥部修道が来ている模様だ。丁度良かったと思い出てきた夫人に面会を乞うと三人の居る客間に通された。

三人共、彼が大事そうに抱えている風呂敷包みに注目したが、正面にいつもの威厳のある表情で座っていた尾上が更に威厳を保ちつつ探るような目付きで問いかけてきた。

「花島さん、大事そうな風呂敷包みを抱えてどうかしたかね？」

花島は風呂敷包みを開き、家族の力を借りて口述筆記から墨字に作成したぶ厚い原稿を尾上の前に置いた。

この頃になると日本鍼灸医学会が考案した手から手への技術指導が評判を呼び、盲人鍼灸家のみならず晴眼鍼灸家の中からも彼の技術指導を仰ぐ者が出てくるようになった。古典の啓蒙普及の情熱に燃える花島光道は晴盲の別なく門戸を開放した。そのため、墨字も必要としたのである。

表紙には〝経絡治療要綱〟の文字が書かれている。その原稿の量を見ただけで、しかも墨字にする過程を想像しただけで、気の遠くなるような時間と根気を要したことは誰の目にも容易に推測できた。

滝山も、普段は落ち着き払って穏やかな表情を崩したことのない奥部も今回ばかりは驚きの色を隠せない。尾上は素早く経絡治療要綱と書かれた表紙に目を止めると、威厳に満ちた表情を一段と厳しくし、表紙を手に取って眺めたあと言葉鋭く詰問してきた。

「経絡治療要綱？　これは一体何かね？」

「私共の会員と講習会に参加して勉強する者のために今まで先生方にご教授いただだいたことを基に作成しました。一度、目を通していただきたいと思い持参致しました」

平身低頭して頼み込んだ。

「うむ、これを点字で出せば盲人鍼灸家も、わかり易くて助かるんじゃないかな」

原稿をパラパラと繰っていた滝山と奥部が感心して呟いた。

しかし、次の瞬間、尾上が厳しく言い放った。

「というと、これを読んで出版を許可してくれということかね？　駄目だ、駄目だ。第一経絡治療要綱なんてそんなに簡単に使ってもらっては困る。勉強するに便利であればいいというものでもなかろう。鍼灸は奥が深いから困難を厭わずに修業せねばならない」

花島光道が盲人鍼灸家のために、いくら尾上等の教授を忠実に生かして書き上げた点を力説しても腕を組んだまま頑として聞き入れない。尾上が「駄目だ」と言ったら絶対に譲歩しないことは花島も今までの長いつきあいでよくわかっていた。花島も滅多なことでは引き下がることはなかったが尾上に対してはなすすべもなかった。眠る時間を惜しまず協力してくれた家族の顔が脳裏をよぎった。

無言で原稿を風呂敷に包み直し、くやし涙を呑んで部屋から退出するのを見送った滝山が玄関先まで来てから花島の耳許に小声で囁いた。

「心配するな。君が持ってくる程のものなら余程の自信作だろう。そのうち、私と奥部先生とで必ず君の意に添うようにするから、それまで待っていてくれ給え」

しょんぼりと力無く肩を落とす花島を力強く励ましてくれた。

常に花島光道の兄貴分としてかばい続けてきた滝山は、この自分に良く似た無骨で盲目の男のすっかりしょげ返った姿が哀れでもあり、何としても力になってやりたかったのである。花島は失望落胆していたが、滝山の言葉に勇気を得て尾上の家を辞した。しかし、いくら経っても出版の許しを得ることは出来なかった。ずっと後年になって尾上の没後、滝山と奥部の許しを得てようやく出版されることになる。

頑なに出版を拒み続けた尾上にしてみれば、自分達が長年に渡り日夜を問わず努力、研鑽し、確立した経絡治療の真髄を弟子の盲人鍼灸家が書物にして出版することに言いしれない抵抗感があったであろうと思われる。又、完璧主義であればある程、経絡治療の四診法《ししんほう》の中で重要な役割を占める望診《ぼうしん》の分野に対しては、いかんともし難い盲人鍼灸家が望診を取り上げることにどうしても納得することが出来なかったのかも知れない。

ともあれ、このような経緯で出版された経絡治療要綱は版を重ね、盲人のみならず広く晴眼者にも愛読され、不朽の名作として脚光を浴び続ける。その後、立て続けに専門書を出版、〝花島三部書〟として鍼灸大学の学生、卒業生達を含め経絡治療に活路を求める鍼灸家達のバイブル的存在となっていくのである。

今や、自分の技術に確固たる自信を持ち抜群の指導力で会長の座に君臨し続ける花島光道は〝良いものは良い〟〝悪いものは悪い〟と常に本音で何者をも恐れぬ発言をしていた。又、〝教えることこそ最高の教わること〟を信条に己が日夜、心血を注いで得た学問と技術を誰惜しみなく分け与えた。

幾多の鍼灸業界ではあまりにも強烈すぎる個性のため異端児扱いされる向きもあったが、〝医は愛なり・病苦除去・難病痼疾の不可能を可能にする治療は経絡治療をおいて他に無い〃の頑なな信念で一日の仕事を終えたあとも学理と技術の研鑽に没頭した。

真実のみをみつめ、その語り口調は直情的で明快単純、わかり易く並みはずれて力強いものがあった。時として誰も言えないような批判を名指しで言ったり、歯に衣着せぬ言葉は強力な味方を得る反面、多くの敵を作った。

会首脳部は会長花島光道を頂点に副会長小関克之、理事長岩満三里《いわみつさんり》がその任にあたっていたが、花島のワンマンと思える会運営に不満を持つ理事達の中から反対分子が現れた。反対分子はこの会をもっと発展させるために、鍼灸界の大物を会長に据えるべきだという名目を掲げ、鍼灸師なら知らぬ者はいないという大物鍼灸師を候補に挙げていた。迎え入れる準備を進め、本人の内諾まで取り付けた所で問題が起きた。大物鍼灸師の治療法が本会の治療法と異なっていたのである。

経絡治療の本会に対し、刺激理論に基づく治療法だったのである。

当然、この考えは受け入れられず、反対分子の思惑はあえなく失敗に終わるが、今度は会内部を切り崩し、花島を相談役に遠ざけ、自分達の意のままに会を運営するに都合の良さそうな大人しい性格の小関を会長に据えるという秘密の画策が行われていた。

クーデターの中心人物は理事長の岩満三里であり既に半数近い理事を仲間に取り込んでいるという。

このことは間もなく花島、小関の知るところとなった。

花島は小関の言葉一つでこのクーデターを未然に防げると確信した。

「小関さん、あなたの覚悟次第でこの会の命運が決まるのですよ」

小関に対し態度を明らかにするよう促した。しかし、温厚な人柄で出来るだけ穏便に事を収めたいとする小関は、日夜心を砕いて考えた末、自分の家に花島と岩満の両者を呼び話し合いによる和解を持ちかけた。

小関の仲介とあっては両者共、断る訳にいかず二人は渋々小関の家にやってきた。決められた時間にほぼ同時に到着すると、小関は二人を和やかに迎え入れ客間に案内した。一方、花島と岩満はお互いに口をへの字に結んだまま天井を睨んでいる。

「今回の件についてですが」

小関が静かな口調で切り出した。その途端、花島がグローブのような手でゲンコツを握り目の前のテーブルを思い切り叩いた。バーンという音がして湯飲み茶碗がひっくり返り、小関も岩満も何事が起こったかと仰天して身を伏せた。

「我慢も限界だ。二度もこそこそと計り事を行うとはどういう了見だ」

岩満三里の方を睨みつけ大声で詰め寄った。岩満も負けてはいない。

「計り事ではない。理事達の不満を代弁したまでのことだ」

「それでは、なぜ裏でこそこそと画策をして仲間を集めクーデターを起こそうと計画したのか？　会を自分達の都合の良いように操っていくためではないのか？」

「都合の良いように操っているのは貴方の方だろう。確かにここまで会を発展させた功績は認めるがワンマンは認める訳にはいかない」

「何をもってワンマンと言うのか。それならば、会の基本理念を無視して何故に刺激理論の人物を会長に据えようとしたのか？」

二人の意見がますます激しく対立するのを見かねた小関が口をはさんだ。

「今日、二人を招いたのは対立の溝を深めるためではありません。会の健全な発展のために誤解があればその誤解を解いてもらい、何とか妥協点を見出し、お互い水に流してもらおうと願って来ていただいたのですよ」

しかし、度重なる確執で和解が成立する筈もなく小関の願いも届かず三者会談は決裂した。

哀願する小関の制止を振り切り、岩満は席を立った。岩満が帰ったあと花島がポツリと呟いた。

「私はワンマンかな……」

自信家の花島がしょんぼり肩を落としている。

「ワンマンだよ。それも超ワンマンだね」

盟友小関の言葉に大ショックを受けたのか、花島はますますしょげ返ってしまった。

「しかし、リーダーたる者、良い意味のワンマンがなければ到底務まらないから貴方の場合は仕方がないんじゃないの」

貶《けな》されたのか褒められたのかわからなかったが少なくとも良い意味のワンマンと言われほっと一安心し、元々和解する気持ちの無かった花島は落とした肩を引き上げて何事もなかったかのように小関の家を後にした。

数日後、臨時総会が行われ、少数派の岩満三里は敗北し除名処分となった。この時、岩満側についていた平川隠白《ひらかわいんぱく》が会場を去るにあたって擁立しようとしていた小関に近づき握手を求めた。

「長い間、本当に御苦労様でした。一人でも多く病苦にあえぐ患者を救い、古典の真髄を求める気持ちは、これからも同志として変わりはありません。頑張って下さい」

小関は丁重に慰労の言葉をかけて握手を返した。平川は満足げな表情を浮かべ、次に隣の席の花島に握手を求めた。

「花島さん、平川さんが握手をと言っていらっしゃいますよ」

小関が難聴の花島を気遣い耳打ちした。花島は聞こえてはいたが、折角の小関の気遣いもどこ吹く風と意に介さず、横を向いて知らんぷりを決め込んでいる。

花島にすれば、自分を会長の椅子から引きずりおろそうとした男がこの後に及んで握手を求めて迷惑劇を取り繕い、紳士的に去って行くなどは到底考えられないことであった。除名処分を受けたのだから速やかに立ち去るのが当たり前と思い頑として握手を拒んでいた。

平川隠白は自分の思惑がはずれ先程の満足げな表情はどこへやら、プライドを傷つけられた腹いせに「ウォーッ！」と叫び声を上げテーブルの上にあった茶碗と灰皿を手探りで探り当て、花島めがけて投げつけた。至近距離で危なかったが全盲の平川の投球は花島の鼻っ柱をかすめはしたものの幸いにして大事には至らなかった。

平川は命中しなかったと知るや、今度は手にしていた樫の木の軍刀まがいの棕櫚ステッキを振り回し大暴れに暴れ出した。近くにいた者がようやくのことで取り押さえたが平川はなおも抵抗を続ける。

「何もかも自分の思い通りに出来ると思ったら大間違いだぞ。そのうち、きっと足元をすくわれるから気をつけろ！」

捨てゼリフを残し、部屋の扉を思い切り足で蹴飛ばして他の除名者と共に立ち去って行った。

花島光道の鍼灸治療に対する執念は凄まじいものがある。偶然見つけた自分の大腿部の腫れものがどうも普通の腫れものと違うようだ。もしかしたら皮膚癌ではないかとの疑いから国立病院で診てもらったところ、やはり心配した通り皮膚癌と判明。しかも扁平上皮細胞の癌に転移したものが多数みられ重症だとのこと。

ここは医師の言う通りにせねばと神妙に聞いていたら、

「プレオマイシンという最高の制癌剤があります。普通の人なら一週間に一回でいいが、あなたは重症だし身体も頑丈にみえるから一日おきに注射しましょう」

と言う。

「先生のおっしゃる通りおまかせしますので何卒よろしくお願いします」

素直に頭を下げ、早速入院の運びとなった。

ところが入院して二十日も経たない頃に高熱にうなされだした。目の下にはクマが出来てパンダのような形相になり爪や髪の毛まで抜け落ちる始末だ。そのうえ足は象のように腫れ上がってしまった。

制癌剤を使えば髪の毛が抜け落ちるということはわかっていたが、あまりにひどい副作用に見舞い客も驚いて声も出ない。見舞いに来てくれたかと思えば、顔を正視することができずにすぐに失敬する。このまま制癌剤を打たれ続けたらどうなることかと心配して白杖を取り出し象のように腫れ上がった足を引きずりながら婦長室に行き説明を求めた。

しばらくして主治医が現れて彼のパンダのようになった顔を見るなり平然と言った。

「あなたの身体はブレオマイシン不適応ですね」

「二十日近くも経ってから〝不適応ですね〟はないでしょう。先生を信頼したからおまかせしますとお願いしたんですよ」

猛然と抗議した。説明を求めても納得のいく返事がもらえないので、このままでは癌が治る前に命がなくなってしまうと思い喧嘩した挙句、病院のスリッパのまま帰宅してしまった。

しかし、退院して家に帰って来たものの、これからどうするか思案しながら腫れ上がった足を眺めて溜息をついていたら、会の役員をしている岡本中渚《おかもとちゅうしょ》が見舞いを兼ねて治療に来てくれた。

「ぜひ私に治療させて下さい」

自信ありげに言うので多少心配ではあったがわざわざ治療に来てくれた者を断る訳にもいかない。

「じゃあ、頼もうか」

ベッドに横になると岡本は単一主証で懸命に治療を始めた。しかし、治療はしたものの症状は全く好転の兆しがみえない。ついには座り込んで「フーッ」と溜息をついているのが聞こえる。

「重症だから簡単には症状は良くならないだろう。岡本さん、今日はどうもありがとう」

思うような成果がみられずすっかり気落ちしている岡本を慰めながら礼を述べた。

自分の支部に帰った岡本は直ちに状況を説明した。

「私が一生懸命治療したが全然効果がない。余程の重症だ。もしかしたら会長はもう駄目かも知れない。香典の額を決めておいた方が良いかも知れない」

途端に支部会員の間に動揺が拡がった。思わずハンカチで目頭を押さえる者もいる。

「香典を決めておくにしても幾らがいいかな」

「千円にしましょう」

「いや、会長は金には困っていないから五百円がいい」

香典の額について真剣に討議がなされた。このことがやがて花島の耳に届いた。

「たったの五百円の香典では到底、死ぬ訳にはいかない」

猛然と奮い立ち、仲間の応援も頼んで工夫をこらしながら懸命に治療に努めた。その時、自らの身体を通して考案したのが後々、会の重要な指導内容となる相剋《そうこく》調整《ちょうせい》理論《りろん》である。

自ら開発した相剋調整による刺鍼法で絶望的宣告を受けた皮膚癌はみるみる快方に向かい二か月に一回、病院で癌細胞の状況検診を受ける程になり間もなく完全に治癒した。

後日、国立病院に入院中の知人を見舞った妻恭子が廊下でバッタリと当時の花島光道の担当医に出会った。

「あの節はお世話になりました」

恭子が丁寧に頭を下げると担当医も覚えていたと見える。

「御主人の具合はいかがですか?」

探るような目付きで問いかけて来た。

「お陰様で元気です」

明るい声で答えると、担当医は〝そんな馬鹿な〟と言わんばかりに目を丸くして、

「えっ、そうですか」

と訝《いぶか》しげな顔でそそくさと立ち去った。

あのようなひどい状態だったから、担当医は恭子の口からてっきり「主人はもう亡くなりました」との返事が返ってくるものとばかり思っていたであろうに違いなかった。歩きながら担当医の驚いた顔を思い出すと可笑しくなり噴き出してしまった。事実、担当医から癌の宣告を受けた時、「もう手遅れかも知れないが一応打つだけの手は打ちましょう」との、ほとんど絶望的といえる慰めの言葉をもらっていたのである。

花島がプレオマイシンという制癌剤を断って退院した理由はまだ他にもあった。

「あの注射を打たれたあと何となく耳がボーッとして聞こえなくなってくるんですが」

疑問に思い主治医に尋ねてみた。若い看護婦を従えた主治医は銀縁の眼鏡を細い指先で徐《おもむろ》に直すと首を横に振った。

「そんな筈はありません。この制癌剤は素晴らしい効果が期待できるし、危険性もないからこそ使用しているのです」

若い看護婦も主治医の説明を頼もしげに聞き入っている。それでもやはり注射を受けるたびに耳に異状を感じ始めた花島は不安が募りとうとう主治医と喧嘩して退院したのであった。それから数年後になるがプレオマイシンはマイシンツンボという副作用をおこすということが発表された。

幾重にも追試を行い小関をはじめ会の首脳部からも優れた理論、技術であるとの認知を受けた相剋調整理論は関係各方面から注目を浴びたが、それ以上に取り沙汰されることは無く結局、会内部で伝承されるにすぎなかった。

花島は自分が開発した相剋調整理論を難病に苦しむ世の中の多くの患者達に用いることができればどれだけの苦しみを救うことになるかを必死に訴えかけた。しかし彼の臨床例が鍼灸では取り扱えない禁忌とされる癌治療であったことも災いして理解の妨げになったと思われる。

如何ともし難い世の中の厚い壁に阻まれ、広く認知され、応用されることはかなわなかったが会内部に於ては相剋調整理論が次々と応用されていった。そして優れた成績を上げ得ることが証明されると会の指導内容に組み込まれ、会員の間に急速に浸透していくのである。

花島光道は己の信念に対しては決して妥協することなく自分の前に障害物があればある程奮起した。何事もきちんとやり遂げる性格でそれは徹底していた。大きな波が彼を直撃し普通ならば波に呑み込まれていきそうになるのを常に真正面から受けとめ必死にこらえ切る。苦境に立たされた時にはいつも「さあ来い！」といわんばかりに〝風よ嵐よ吹かば吹け！　荒ばば荒べ！〟と口ぐせのように呟くのを周囲の者は幾度となく見てきた。

東京で初めて行われた国際鍼灸学会での出来事――。

花島光道は権威のある団体から経絡《けいらく》治療《ちりょう》の発表者に選出された。世界中の経絡治療家を前に鍼灸先進国日本代表の一人として治験発表を行うのである。日本代表であるから指導的立場での発表である。勿論、彼が張り切ったのは言うまでもない。

花島は時間をかけ知恵をふり絞ってまとめあげた発表原稿を実行委員会に提出した。自信作である。間もなく実行委員会から真っ赤になる程に訂正された原稿が戻ってきた。見ると経穴名のところに赤線が引かれ、全て訂正するように書いてある。

彼は戻ってきた原稿を持ってすぐに実行委員会にかけ合い、理由を尋ねた。実行委員の一人が説明する。

「漢字は外国人になじまない。外国人にわかるように経絡、経穴名を記号で説明して下さい」

一応尤もな要求である。普通なら栄誉ある発表者に選ばれたのだから「はい、わかりました」と素直に了承しそうなものだが〝鍼灸は日本の誇る伝統医学〟の念を頑なに貫く花島は即座に要求を突っ撥ねた。

「刺身をフォークで食べるようなことをしても刺身の本当の味はわからない。外国人が来たからといって日本料理にフォークとナイフを添えて出す店がどこにある。日本料理は箸で食べなければ日本料理の本当の良さはわからないじゃないか。日本人がドイツ医学を学ぶ時はドイツ語を勉強してからドイツに行ってドイツ医学を学んで来た。日本の伝統的な鍼灸医学を学びに来るんだったら日本語がわからなければいけない」

あくまで持論を主張し、堂々と臆することなく経絡、経穴名そのままに発表を行ったのである。

その後も経絡、経穴名の記号化には断固として反対の意見を述べ続けていたが、このことも含め、己の信念を決して曲げることはなかった。そのため至るところで衝突を繰り返し、時として辛酸を舐めさせられることがあっても決してひるまない。口ぐせである〝風よ嵐よ吹かば吹け！　荒ばば荒べ！〟と呟きながら前進していくのである。

その姿は安住の地は自分の城のみであり他は全て敵地として常に臨戦態勢を怠らない戦国武将のようにも思えてくる。

見るからに頑健な体格で声も甲高い上に大声でどなり散らすようにしゃべる癖のある花島光道は初めて接する者に言い知れぬ恐怖感を与えていた。その豪傑ぶりも人の噂に尾ヒレが付き何となく近付き難い先入観を与えていたので初めて会に用事があって来る人は「花島光道というのは非常におっかないから、まず小関先生を……」とお願いする。まるで猛獣扱いである。そうして先に副会長の小関克之を紹介してもらってから花島に面会するというふうであった。しかし一度、花島に面会してからは今までの先入観は跡形も無く消失した。

激しい言葉の裏に隠された温かい思いやり、気違いじみた真理への探究心、怖さを感じさせる言動が彼の迸るような情熱のせいであることをほどなく理解することになるのだ。それは飽くなき鍼灸術への情熱であり、脈診《みゃくしん》、証《あかし》、補瀉《ほしゃ》を真髄とする経絡治療の啓蒙普及によって〝医は仁術〟の信念でき得る限り多くの人々を病苦から救いたいとする大きな人間愛に根ざしていた。

乱暴に感じられる花島の言動には、実は決して的をはずさぬ精緻な頭脳が働いており、かなり手厳しいことを言っても相手の心情を考え、やさしく言い直してフォローするという一面も持ち合わせていた。常に花島光道の近くにいるセンターの職員や会員達は彼の性格を良く心得ていて、中でも年若い者達は面倒見の良い頑固親父のようにあるいはそれ以上に花島光道を慕っていた。

以前、梶拓郎と同じ鹿児島の鍼灸学校を卒業したばかりで、無謀にも一人で花島光道を頼って上京した若い女性がいた。慣れない東京で右も左もわからない彼女は夕方の新宿駅のホームに降り立つと、すぐに手帳を取り出して花島の日本はり医センターに電話を入れた。

「もしもし、中原ふき子と申しますが花島光道先生はいらっしゃいますか」

センターの者が受話器を取り用件を尋ねると、とにかく院長に取り次いでくれと言う。若い女性からの不審な電話にスタッフ一同が顔を見合わせて色めき立ち院長に取り次ぐ。仕事を終えたばかりの花島が電話に出ると「会長先生、中原ふき子です。今新宿に来ています」と言う。

彼女は以前、講習会に参加したことがありその時、花島光道から直接手ほどきをしてもらい本物の鍼灸の素晴らしさを知り、何としても経絡治療を身につけたい一心から今上京したと告げた。

スタッフ一同が期待したような思惑は大きく外れたが、何度か手ほどきを受けた受講生というだけの女性の突然のアプローチに流石の花島も面喰らった。

「うちは女性のスタッフは取らないと言った筈です。男性でも今は充分に足りているというのに何故出てきたのですか？」

受話器に向かって怒鳴り口調で説教を始めた。彼女にしてみれば東京に行きさえすれば何とかなるだろうと期待して出て来たのに頼みの綱の花島光道に激しい叱責を浴びせられ途端に目の前が真っ暗になり気も動転し取り乱して泣きじゃくりながら言い返した。

「わかりました。会長先生がそんなに薄情な方だとは思いませんでした。講習会に参加させてもらい経絡治療の素晴らしさがわかってぜひ会長先生のお弟子さんにしてもらいたくて鹿児島からはるばる上京したのに話も聞かずに追い返されるんなら結構です。こちらからお断りします」

新宿駅のホームで受話器を宛がったまままあたり構わず大きな声を張り上げ「ワァーワァー」と泣きじゃくったところ急に優しい声になった。

「わかりました。事情も聞かずに怒鳴りつけた私が悪かったです。今、新宿駅のどこですか？　迎えをやりますから動かないでそこで待っていて下さい」

安心して受話器を置き彼女が指示された通りに動かずに待っていると間もなくセンターの職員が現れて案内してくれた。センターの待合室に通されると、すぐに花島光道が出て来た。

「会長先生、先程は失礼なことを申し上げましてすみませんでした。私どうかしていたんです」

素直に謝ると花島は優しい態度でねぎらいの言葉をかけ一通り彼女の話を聞いてやった。

「良くわかりましたから、そこに座って待っていなさい」

言い残して事務室に姿を消した。一時間近く待たされてようやく戻ってきた花島の顔に安堵の色が浮かんでいる。

「安心なさい。うちの会の理事がちょうど職員を募集していてね。出来れば男性をということだったが、貴女なら大丈夫だからと宣伝したら引き受けると言ってくれた。素晴らしい技術の持ち主だからそこで勉強させてもらいなさい」

紹介先の理事の名前を告げ、今からそこに送ってくれると言う。

「会長先生、その先生なら講習会で存じ上げています。ありがとうございます。御恩は一生忘れません」

これからお世話になる理事の名前を聞かされた彼女は深々と頭を下げた。

中原ふき子というその女性は花島の世話した理事の鍼灸院で修業を積み、やがて独立開業し大いに繁昌していると聞く。その後、センターのスタッフが彼女に語ったところによると、あの時、事務室に消えた花島はこれはと思う理事に片っ端から電話をかけまくった。全て断られ諦め掛けた最後の電話で採用の話が決まったのだと言う。

花島光道の面倒見の良さを知る上でのこの種の話題には事欠かないが、彼が人一倍の淋しがり屋であることを知る者は少ないであろう。その事実は何といっても彼からかかって来る電話の回数の多さが証明する。いわゆる電話魔なのである。

側近の理事達は花島からの電話を〃恐怖の電話〃と呼び「会長からですよ」と受話器を渡されると恐怖におののく。「ちょっといいかね?」で始まり、短くて三十分、そうでない時は二時間位になることも珍しくない。

会の運営や、学術研修会のプログラム、個人の治験発表等のことで思いきり怒鳴られることもあるが世間話も大好きである。「それからね、それからね」と他愛もない話が延々と続く。勿論、相手が副会長小関克之とて例外ではない。

小関がいつもより仕事が遅く終わりようやく夕食をとっているといきなり電話が鳴る。

「やあ、もう晩ごはんは済みましたか」

電話の主は花島光道である。今、ちょうど家族団欒で晩ごはんの最中だが、大人しくて人の好い小関が思わず「はい」と答えると「ちょっといいかね?」と言うので「どうぞ」と応じる。しまったと思ってももう遅い。晩ごはんは当分お預けである。

「いやぁ、今日の仕事が終わってから皆でミーティングをしている時にあなたのへそばりの話をしたら皆が大笑いしてね。あの紳士の小関先生にそんなことがあったんですかってんで、そりゃあ面白がるのなんのって」

と言っては「ガハハハ」と電話口の向こうで大笑いしている。

「へそばり？　ですか」

「確か三十年位前になるかなあ。貴方と二人で尾上先生の所へ新年の挨拶に行った時のことですよ。貴方が考案したへそばりを持って尾上先生宅へ行き何とか良い名前をと頼んだことがあったでしょう」

「ああ、あの時のことですか。言われてみれば、そんなことがありましたね」

〝言われてみれば〟どころではない。むしろ小関の方が忘れられない思い出として残っている筈であった。

研究熱心な小関が患部に貼りつけることによって効果を生み出す鍼を考案、その鍼を触って確かめた花島がいかにも出べそに似た形状から〝へそばり〟と命名した。小関は自分が一生懸命考えて発明した鍼が〝へそばり〟では何とも聞こえが悪いのでこの際、何か良い名前をつけてもらおうと新年の挨拶を兼ねて尾上宅を訪ねたのである。

ところが尾上は小関が期待して差し出したへそばりを見た瞬間、まなじりを吊り上げて叱りとばした。

「馬鹿者！　そんな無駄事を考えるより脉でもしっかり診なさい」

弟子の中で唯一尾上に可愛がられていた小関だったが、いきなり怒声を浴びせかけられびっくり仰天した。

「誠に相すみません。これから余計なことは考えずに脉を診ます」

畳に額がつく程に平伏して許しを乞うた。側に並んで座っていた花島はその様子が可笑しくてたまらず、笑いころげてしまった。気難しがり屋の尾上もついつられて可笑しくなり正月から三人で大笑いをしたことがあった。

「いやぁ、あの時は本当に腰を抜かしそうになり冷や汗が出ましたよ。何しろいきなり雷が落ちたからね。それにしても花島さんも人が悪いよ。人が平身低頭して謝っているのにゲラゲラ笑っているんだから」

「何言っているの。私が可笑しくて笑ったから尾上先生もつられて笑ってしまい、あの場はメデタシ、メデタシだったんですよ」

「そういわれてみれば確かにそうかも知れない。その折は助けていただいてありがとうございました」

「いや、そうまともに言われたら困っちゃうよ」

三十年も昔の話を持ち出して二人して大笑いした。ちょっとがちょっとにならず晩ごはんはすっかり冷めきってしまった。

花島光道と小関克之は初めての会発足以来四十年以上のつき合いになる。陰陽《いんよう》にたとえて花島の陽、小関の陰と言われる程、二人の性格は正反対であったが、会長花島光道が基礎講義の学理部門を担当、副会長小関克之は脉診《みゃくしん》、証《あかし》、補瀉《ほしゃ》の技術部門を受け持ち、時間を惜しんで切磋琢磨の懸命の努力を続けて来た。これもお互いに経絡治療の優秀性を認識し、自らが生み育ててきた日本鍼灸医学会を守り抜かねばならないという強い使命感の一致があったればこそと思われる。

最初のうち花島の鍼は誠に下手で乱暴なため刺鍼練習の相手を務める者はドーゼ過剰に陥った。倦怠感や寒気がするかと思えば、急に熱っぽくなったりとさんざんな目に遭わされるので皆敬遠するようになり誰も相手をする者がいなくなった。二人ずつ組んで刺鍼練習をしている中に一人淋しく自分の足に鍼を刺す花島の姿があった。その時一人の男が声を掛けてきた。小関克之だった。

自分の体に自分で鍼を刺すのも大切な鍼の修練であるがお互いに刺鍼練習をすることで自分の欠点が判り技術の向上に不可欠である。花島は小関を相手に毎日、技術の修練を重ねた。

晴眼鍼灸師に対する負けず嫌いの気持ちは大人しい小関も花島と同じだった。二人の負けじ魂がやがて他の追従を許さぬ理論と技術を身につけていく。そのことによって日本鍼灸医学会に会長、副会長として君臨し晴眼鍼灸師も数多く加入、自然発生的に多くの支部が誕生する程に会を発展させていくのである。

小関克之は温厚篤実そのもので会の中では〝仏の小関〟と言われる程、穏やかな人柄であった。会議の席では正面中央に花島と小関が並んで腰掛けるが、さながら仁王と仏のようだと評され、それが花島の耳にも入り、花島は大いに落胆したという。仏の小関は〝我がための業も我の力に非ず、神の絶対の愛によるもの〟と信じ他人には優しく自分には厳しい生き方をしているように思えた。

他人に対しての心がけも〝自分の前の人は自分の鏡、その人に不満を感じることは自分の至らなさによるもの〟を信条としており、若手会員は小関の自分自身に課する厳しい反省を目のあたりにし教訓と励みにしていた。

「先生、私の病気は治るでしょうか？」

病にうちひしがれた初診の患者が不安な目で小関をみつめて恐る恐る尋ねる。

「引き受けました。治してあげましょう」

脈診を終え自信に満ちた表情で優しく答える。並みの鍼灸師なら思い上がりと取られそうな返事だが、鍛え上げられわずかの異常も決して見逃さない診脈力《しんみゃくりょく》とペンチのような押手《おしで》を用いて完璧な施術を行う小関の口から伝えられると、まるで神様が救いの手を差しのべてくれたかのように感じられた。藁をも掴む思いで小関の治療院を訪れた患者の表情にホッと安堵の色が浮かぶ。これも長い間の臨床実績と経絡治療で治せるんだという信念があればこそのことである。

長年の臨床で数え切れない程の患者を救い会員の育成と指導に尽力し、会の激務に奔走してきた小関は突然、体の変調を訴え、その日のうちに重体に陥った。脳内出血であった。

その夜、危篤の知らせを受けた花島が病院に駆けつけてみると、集中治療室に運ばれ、点滴と酸素吸入中で意識が無い状態だ。家族がベッドの脇をあけて花島を迎え入れる。導かれて入って来た花島が小関の手を握り沈痛の思いで呼びかける。

「小関さん、小関さん、しっかりしてくれ」

「あなた、花島先生が来て下さいましたよ」

夫人も祈るような気持ちで叫ぶが酸素吸入器のブクブク音だけが空しく聞こえ全く反応は無い。

医師や看護婦もしたたり落ちる点滴に目をやったり、ピクリとも動かない小関の様子を眺めているだけでどうすることも出来ない。病室にたとえようもない重苦しい空気が流れる。しばらくして皆が見守る中、緊急の事態に備えて鍉鍼《ていしん》を取り出した花島が脾腎相剋《ひじんそうこく》で治療を行ったところそれまで全くなかった意識が戻りかすかな声で返事をするようになった。この時、花島が用いた鍉鍼こそ小関が英知を集めて開発した鍉鍼であり、以後多くの経絡治療家に愛用されることになる。又、脾腎相剋の治療法も花島が開発した相剋《そうこく》調整《ちょうせい》理論《りろん》に基づく治療法として本会に於ける経絡治療の中枢的役割を占めることになる。

治療を終えた花島が小関の手を握ったところ今までピクリとも動かなかった小関の手が花島の手を握り返し小さく返事をした。目の前でくり広げられた奇跡とも思える出来事に医師も看護婦も目を丸くして驚いている。周囲の者も持ち直したかのように見えた容態にほっと安堵の色を浮かべた。しかし、それが花島が小関と交わした最後の握手であった。

出会って以来、四十年の長きに渡って花島の補佐役として志を同じくし喜びも悲しみも共に分かち合い鍼に徹しきった盟友〝仏の小関〟はその燻し銀のごとき生涯を閉じた。花島光道が生涯の師と仰いだ滝山信太郎、尾上恵治、奥部修道は既に亡く、小関克之も今、又、この世を去った。共に苦労して会を育ててきた小関とこの三十周年を祝うことができたらどんなにか楽しかったであろうに。鍼の真髄を極めんと小関と共に切磋琢磨してきた過去の想い出が花島の脳裏を走馬灯のように駆け巡った。

どれ程の時間が経ったであろうか。

「会長、ここにいらっしゃいましたか。探しましたよ」

理事長の古賀《こが》晴明《せいめい》が花島の居場所を見つけ出してあたふたと駆けつけてきた。

「大会会長が急にいなくなられたので、どこか体の具合でも悪いのではないかと心配しましたよ」

「一通りの方々にはお会いしたし、コスモス大学のフィリップ・スミス教授の記念講演のお礼も申し上げたのであとは大会副会長の貴方にまかせてこの離れの風景を楽しんでいたのですよ」

花島光道はまるで目が見えるかのように日本庭園の色づき始めた紅葉を眺めながら大きく息を吐いた。

「実は、そのスミス教授の件ですが今日の記念講演を終えられたらアメリカに帰る御予定だったのですが、明日と明後日の技術講座があるのを知り、ぜひ体験して帰りたい、出来れば花島会長の鍼治療を受けてみたいとおっしゃるのですが」

理事長の古賀はスミス教授の急な申し出を受け慌てて花島を捜しに来たのである。

花島はスミス教授が多忙な中を来日して記念講演をしてくれたあと、技術講座にも参加して自分の鍼治療を受けてみたいと言ったことに感動した。

「それは光栄なことですね。今からすぐに行って私から直接お返事しておきましょう」

「それではお引き受けなされるということで」

「勿論ですよ。えーと、参加者は全部で約六百名、それを三十の班に分けるということでしたね」

当日は三十台のベッドが用意され、会長以下本会選りすぐりの指導者が全受講生の指導にあたる。

世界的に有名な高エネルギーの物理学者アメリカ・コスモス大学のフィリップ・スミス教授の来日目的が花島光道の日本鍼灸医学会三十周年記念大会での記念講演であることがマスコミに知れるや大きな話題になった。会場にはスミス教授めあてのマスコミが多数駆けつけたが教授が更に翌日の技術講座にも出席することが知らされると、当日も朝早くからマスコミが取材に訪れた。

会長花島光道の強い自信と固い信念から生まれた〝民主、自主、公開〟の精神と〝教えることこそ最高の教わること〟の指導理念のもと技術講座が開始された。

三十台のベッドにそれぞれモデル患者と指導者が配置され、多くの受講生が取り囲む中、本会が最高水準と自負する鍼灸術が優秀な指導者達によって一斉に進められていく。広い会場に熱気が溢れ、緊張感が漲《みなぎ》り、受講生達が指導者の技術に注目する。

中央に置かれた花島光道のベッドの周囲は特に見学者が多く一際背の高い外国人の姿が見える。フィリップ・スミス教授の姿である。一介の鍼灸師でありながら環境汚染により今まで考えられなかった疾病がおこり、蔓延するのを憂うる花島光道は、物理学者の立場から地球の環境破壊に警鐘を鳴らすフィリップ・スミス教授に深く感銘を受け、記念講演をお願いしたのである。

教授は花島率いる日本の鍼集団からの依頼に関心を持ち講演に訪れたが、予想と異なる会場のただならぬ雰囲気に更なる興味をそそられた。科学者の真実を見極めんとする本能がメラメラと燃え上がったのである。

教授は通訳を側に置いて花島の言葉を寸分たりとも聞き洩らすまいと熱心にメモをとっている。その表情は真剣そのものである。花島が右に動けば教授も右に動き、左に動けば左と、あたかも影法師のごとく密着してペンを走らせている。その様子をマスコミのカメラがとらえる。

一人目のモデル患者を終えると本人の希望通りスミス教授がモデル患者としてベッドに上がった。日本人用の縦百八十センチのベッドは教授には小さすぎる。その小さすぎるベッドに仰向けの姿で横たわり神妙に花島の治療を待つ。好奇心溢れた表情で時折、通訳と目を合わせて何やら頷いている。

花島が教授の毛深い腹部をぶ厚い手のひらで撫で回す。腹診《ふくしん》である。初めての慣れない治療で教授は照れ臭そうだ。パッパッとカメラのフラッシュが焚かれる。次に教授の長い両腕を摑み脉《みゃく》を診たあと、耳前動脉《じぜんどうみゃく》の診断で左適応側との報告を受け、本治法から標治法に至るまで盲人とは思えぬスピードで手際良く鍼を捌いていく。所要時間は十分。驚くべきスピードである。

花島の温かい手の感触だけで、いつ鍼を刺したかもわからない熟練の技に通訳から終了を告げられた教授はベッドから起き上がり自分を取り巻いている多くの受講生を見回した。それから「ワンダフル！」と叫び、花島の両手を握った。通訳を呼び寄せ何やら英語で話している。周囲は息を呑んで教授の様子を見守っている。通訳が花島に質問した。

「スミス教授は治療前、自分はどこも悪いところが無く、鍼の感じを体験するために治療をしてもらったのであるが、花島会長の鍼が進んでいく程に体が軽くなっていくのを感じ取ることができた。治療を終えた今は壮快感でいっぱいだ。これは一体どういう訳だろうか」

今までの大学の高名な教授然とした態度は一変し、あたかも真実の前に脱帽するが如く真摯な科学者の姿がそこにあった。花島は通訳の質問に丁寧に答えた。

「どんなに自分は健康体である、病院での種々の検査の結果どこも悪いところは無いと思っていても検査結果に出ないものもあるのです。多少のバランスの乱れは日常生活によって生じるものなのです。

そのバランスの不均衡がやがては病気につながりかねない。脈診《みゃくしん》、証《しょう》、補瀉《ほしゃ》による経絡治療はこれらの不均衡を的確に捉え是正することができるのです。それ故、経絡治療は未病を治す、即ち病気を未然に防ぐ予防の一面も持ち合わせているのです。九鍼十二原篇《きゅうしんじゅうにげんへん》の〃風《かぜ》の雲《くも》を吹《ふ》くが如《ごと》し、明乎《みょうこ》として蒼天《そうてん》を見《み》るが如《ごと》し〃です」

「カゼノクモヲフクガゴトシ……それで私の体が軽くなったように感じられたのですね。このままだったらもしかして病気にかかったかも知れないのですね。花島会長、ありがとうございました」

花島光道の理念と理論技術の素晴らしさを自分の身をもって体験したフィリップ・スミス教授は心から感動した。

「お礼に何か私に出来ることはないですか」

花島はその申し出を有難く受けた。

「そうおっしゃってくださって光栄です。それでは私の著書〃経絡治療要綱〃を広く世界の鍼灸家に読んでもらおうと思い英訳をしております。その著書の推薦状を書いていただけないでしょうか」

「承知しました。花島会長の経絡治療は地球規模で進んでいる環境破壊による人体への悪影響を防止し、ひいては人命を救うことの出来る医療として注目されることになるでしょう。喜んでお引き受けさせていただきます」

真実を真実として素直に受け止め、日本の伝統医学に感嘆したアメリカ・コスモス大学の高名な物理学者フィリップ・スミス教授はその後も日本に来るたびに花島の日本はり医センターを訪れている。

花島光道が己の人生を賭けて取り組んで来た経絡治療は、そのスタート時点から波瀾の連続であった。失明後の人生を鍼灸に賭けたものの、学理と技術を身につける道は想像を絶する程険しいものがあった。幸運にも滝山信太郎、尾上恵治、奥部修道の三人の師の指導によりめざましい上達を遂げたが、その道程は非情の一語に尽きた。

時を同じくして盟友小関克之に出会い、お互いに切磋琢磨して他の追随を許さぬ程に精進し、難解な経絡治療をわかり易くするための著書及び集団指導体系を確立した。又、今までに学んだ古典の理論と技術を更に向上させ、片方刺しによる相剋調整《そうこくちょうせい》を開発、そのことにより治療効果は一段とアップされた。

経絡治療をよりわかり易くしたことと、その驚異的な治療効果を知り得て、今までの自分の鍼灸術に飽き足らず、治療の厚い壁に阻まれて自信を失ったり先行き不透明な医療行政に不安を感じるさ迷える多くの鍼灸師や学生が続々と日本鍼灸医学会の門を叩いた。今や花島光道の日本鍼灸医学会は鍼灸学校卒業生及び鍼灸師の経絡治療を求める者達の、再教育の場としての役割を担う程になった。

「脈診の無い鍼灸術はさながら羅針盤を失って荒海をさ迷う難破船に等しい」

花島光道はことあるごとにこの言葉を口にした。脈診で証決定《しょうけってい》を行わずしてどこに鍼をするというのか。そんな治療はやがて必ず行き詰まる。彼は自分を信じて日本鍼灸医学会の門を叩く者を晴盲の別なく温かく迎え入れた。北は北海道から南は沖縄、そして海外にまで多くの支部が誕生、その門下生は二千名を超えた。

治療を終えたセンターではミーティングのあと今日も院長花島光道の厳しい叱声が響き渡る。モデル患者役の主任比企優《ひきまさる》への刺鍼を終えた梶拓郎に花島の怒声が浴びせられる。

「脈《みゃく》に艶《つや》が出ていないばかりでなく、基本であるところの陰陽《いんよう》の調和が不充分だ。鍼を刺す微妙さはいつ抜くか留めるか、その機を知らなければ本当の治療にはならない。あくまでも気の動きだ！」

懸命に努力しているのにもかかわらず、あまりに厳しい指摘に梶が唇を噛んでじっと下を俯く。

「我を捨てて無心で事にあたれ！」

淡々と整脈《せいみゃく》を行い慣れた足取りで治療室を引き上げて行った。院長によって整えられたモデル患者比企《ひき》の脈をスタッフが争って検脈《けんみゃく》しあまりの見事さに溜息が洩れる。

「自分が求めているのはこの脈状《みゃくじょう》だ。一体、いつになったら自分にもこのような素晴らしい脈を出せる日が来るのか」

梶は皆が診終わるのを待って比企の脈を診させて貰い、そっと呟いた。

それにしても、他のスタッフにはそれ程ひどい雷が落ちないのに梶拓郎の時に限って毎回、皆の十個分位の雷が落ちる。スタッフの中で最も新米だし、その刺鍼技術が未熟ゆえこのように厳しい指摘が行われるのだろうと皆は思っているようだが、遠くでこの様子を見守っていた紫《ゆかり》だけは違った。以前、確か同じようなことがあったのを思い出していた。

数年前、研修期間を終えたあとも花島が強くセンターへの残留を望んだ男。その思いは叶わなかったが、その人物こそ梶を花島に推薦した桑畑周栄《くわはたしゅうえい》であった。センターの研修生として入って来た桑畑周栄の異常とも思える努力ぶりを見込んだ花島は彼を徹底的に鍛えた。その甲斐あってわずか数年のうちに理論技術共にメキメキと上達していった。研修期間終了後、センター残留を望む花島であったが彼の家の事情とやらで断念、桑畑は故郷鹿児島に帰り開業したのであった。

自分達は怒られなくて良かったと他のスタッフ一同が治療室を引き上げたあと、しょんぼりと肩を落として残っている梶拓郎《かじたくろう》に紫が近づいて来て声をかけた。

「今日も会長に怒鳴られてたね」

ウキウキとして楽しそうに笑っている。思いやりのない言葉、態度に梶がムッとして顔を上げる。

「紫さんは、僕が会長に叱られるのがそんなに面白いのですか。こんなに絶望感に打ちひしがれているのに、少し位は優しい言葉をかけてくれてもいいじゃないですか！」

むきになって抗議する。

「だって、どんなに厳しい声で怒鳴っても会長の顔は嬉しそうに見えるんですもの」

又しても楽しそうに笑う。梶がますます落ち込むのをしばらくの間、楽しんでから彼の耳元に小さな形の良い唇を寄せて囁いた。

「会長はね、特に見込みのある人には厳しくするのよ」

梶の耳たぶを軽くつねり、明るい笑い声を残しながら小走りで待合室に姿を消した。

かつて花島光道の師、尾上恵治は、これは物になると見込んだ者は徹底的に突き放し、いじめ抜いたと言う。それでも縋って来る者だけを教育した。とりわけ花島光道に対しては異常な取り扱いを示したと聞かされたことがあった。尾上のように突き放すことはしない代わりに時々落とされる雷の大きさは耳をつんざく程に凄まじい。

見込みのある者には特に厳しく接するというのは尾上の精神が花島にも影響しているのかも知れないと思うと、先程こっぴどく怒鳴られたことが無性に嬉しく感じられた。梶拓郎は自分の部屋に戻ったあとも今までと変わりなく懸命に基本刺鍼の修練に没頭した。

日本一の鍼灸学術団体を自負する日本鍼灸医学会は独特の集団指導体系を確立、内部には研究部、学術委員会を設置、定期的に学術講習会を開催し治験発表を行い、学理技術の研鑽に余念がない。梶拓郎も今では学術講習会で治験発表を行い指導部からそれなりの評価を受ける程になった。元来、こうと決めたら一途に突っ走る気性だから無我夢中で修練に励んできた。脇目もふらず勉強のみに夢中になっている梶に対して紫は少々不満ではあったが花島光道が厳しく鍛えれば鍛える程、むきになって勉強に励む姿を頼もしく思った。

広いセンターの敷地には梅の木が植えられていて梅の花が七分咲きでいい香りを漂わせている。花より団子の梶だが梅だけは別であった。特に古木のゴツゴツした木肌と寒風に負けじと咲くいじらしさが何とも魅力的だ。梅の花びらに自分の鼻先を近づけて目を細めクンクン匂いを嗅いでいると、いきなり後ろから「ワッ！」と肩を押された。

甘い梅の香りにうっとりと心を奪われていた最中で全くの無防備の体勢だったため、前方につんのめり危うく梅の枝で目を突き刺しそうになった。振り向くと後ろ髪を結んで黒いリボンのついた網目の袋状の物に入れた紫が悪戯っぽい目をして立っている。

「何だ、紫さんか。危ないじゃないですか。いきなり後ろから黙って押すなんて！」

抗議するが別に悪びれたふうもない。

「だって勉強しか趣味の無い人が梅の花びらに顔を近づけてクンクンなんて可笑しいわよ。梶さんてそんな風流な人だったかしら」

知らん顔をしてとぼけてみせる。

「あっ、よく言いますね。僕だって花を眺める時はありますよ。特に梅はね。この梅の何ていうか、花の中では梅が一番好きですね。どの花より風情があるでしょう」

無骨者の梶には、どうもこの手の話題は苦手のようで、しどろもどろである。

「ふーん、梅のどこが好きなの？」

余計に面白がって追及してくる。どんな返事が返ってくるのか興味深げな表情だ。

「それは、もう梅の実はすっぱくて好きじゃないけど好きなのは可憐な花と優しい香りですよ」

追及を躱《かわ》して紫を見ると今まで笑っていた彼女の目が急に真剣な目差しで自分をみつめているので慌てて目を逸らす。

「今年度の特別講習会での治験発表者に選ばれたそうね。おめでとう」

全く別な話題を持ちかけて来た。特別講習会は通常の講習会と異なり年に一回の全国規模の大会であり、例年参加者の数は更新の一途をたどっている。

「えっ？　情報が早いね。誰に聞いたの？　あっそうか、副院長か」

「うん、今度のは全国大会だから特に頑張るように言っとけって。それに会長も張り切ってるみたい」

「そうですか。勿論やりますよ。ところで紫《ゆかり》さん、以前から思ってたんだけど紫《むらさき》と書いてゆかりと読ませるなんて素敵ですね。どなたにつけてもらった名前ですか？」

紫《ゆかり》は突然、自分の名前を話題にされたことにびっくりして戸惑いを覚えたが梶が自分の名前に関心を持ってくれたのが嬉しかった。

「会長がつけてくれたのよ。源氏物語を書いた紫式部からとったんですって」

「ふーん、紫式部とは会長も顔に似ず意外とロマンチストなんですね。それにしても紫式部とはねぇ……」

十二単をまとったおしとやかな紫式部を連想して紫を見た途端、思わずぷっと噴き出す。

「あっ！　今、私を見て笑ったでしょう。もしかして紫式部と私を比べて噴き出したのね」

「とんでもない誤解ですよ。紫さんを見て笑ったのではありません。紫さんは充分におしとやかですから」

「梶さんはおしとやかな女性が好きなんだ」

「いや、別におしとやかな女性が好きってこともないですよ。それにしても会長と紫式部とは、何かピンと来ないなあ」

ようやく苦手な方向へ行きかけた話を元の方向へ向けることができた。

「会長はね、古風な物が好きみたい。今風の物は全て駄目で音楽もクラシックか浪花節、ピアノ、チェロ、三味線が好きで院長室にはショパンのピアノ曲が全部そろえてあるわよ」
梶は経絡治療に全人生を注ぎ込んできた花島光道の意外な趣味を知り得て驚きを新たにしたのであった。


特別講習会を目前に控え主任の比企優《ひきまさる》の部屋を訪れた梶拓郎は持参した治験発表のレポートを比企に読んでもらっていた。比企の部屋は寮の南東にあり中廊下を隔てた反対側に梶の部屋はあった。この寮に入所以来、梶は理論の勉強にしても刺鍼練習にしても毎日のように比企の部屋を訪れていた。

勉強熱心な比企は向学心旺盛な梶を快く迎え入れ、今では比企の部屋が仕事のあとの共同の研鑽の場となっていた。梶が初めて経絡治療に出会った時の最初の師、桑畑周栄から「鍼が粗い。気が洩れている」と指摘された点も比企の協力によりすっかり改善できた。難解な素問《そもん》、霊枢《れいすう》、難経《なんぎょう》の古典も梶の幼稚な質問をうるさがりもせず丁寧に答えてくれたお陰で理論については比企と対等に話せる程になった。比企も最近の梶拓郎の上達ぶりに目を見張る思いである。

〝ギックリ腰〟をテーマに取り上げたレポートに素早く目を通した比企は思わず「うーん」と声を上げた。

「どこかおかしいところがありましたか」

梶が不安げに比企の顔を覗き込む。

「いや、実に良くまとめてあるね。何よりも基本に忠実なのがいい。それに切診の段階で患者の苦痛を取り除くために先に標治法《ひょうちほう》を行って楽にしてやってから本治法《ほんちほう》に戻り、順序良く治療を進めている。時機を的確にとらえた臨機応変の対応がベテランの域だね。治療がわかり易いし脈も良く見えているように思う」

「じゃ、及第点ですか？」

梶が目を輝かせて尋ねる。

「うん、合格点だね」

もともとあまり人をくさすことのない比企だが治療に関しては主任としてのプライドもあり、これまでも指摘すべきはきちんと指摘する厳しさを備えている。その比企が合格点をつけてくれた。


特別講習会は新宿のホテル三焦《さんしょう》が会場に選ばれた。三日間の日程である。今までの参加者を大幅に上回る約一千名の会員の参加で幕を開けた。これ程の人数は会創立以来初めてのことであり会長の花島光道をはじめ、本会役員達も大いに満足していた。開催地が会長のお膝元ということもあって梶等センターの職員も総力を挙げて準備に奔走した。

最新設備の整ったホテル三焦の最上階は全て貸し切られ、経絡治療の技術向上に燃える会員達の熱気に包まれた。司会の力強い開講宣告に始まり、会長挨拶で花島光道がステージ中央に進み出た。割れんばかりの拍手に迎えられ、さながら救世主の登場を思わせるような熱狂ぶりである。

全盲の身ゆえの耐え難い差別に耐え、筆舌に尽し難い困難を乗り越えて自ら開発した相剋調整《そうこくちょうせい》が多くの会員の生活を支える糧として認められたればこその拍手であった。それは花島自身が最も良く承知していた。

いつまでも鳴り止まない拍手を聞きながら八十一歳になった今、花島光道は己が信じて一歩一歩刻んできた厳しい道程《みちのり》が正しかったことを改めて実感した。

壇上に立ち独特の甲高い怒鳴り口調でユーモアを交えて会場に爆笑の渦を巻き起こす姿はとても八十一歳の老人とは思えない程の驚くべきエネルギーを感じさせる。

梶拓郎は自分の師が揺るぎない信念で会員の技術の向上に貢献し絶対的な支持を得て誇らしげに壇上に立っている姿を見て、これまでの自分の選択に誤りがなかったことを確信した。これ程の大きな講習会の治験発表者五名のうちに自分が選ばれたことは会長花島光道の力添えがなくては到底あり得ないことであった。梶に寄せる期待の大きさが感じとれる。

治験発表が三人まで終了し、いよいよ自分の番になり名前が呼ばれた。

「ギックリ腰の経絡治療、発表者・新宿支部　梶拓郎」

度胸はあっても元来が上がり性の梶は緊張でガクガクする足を懸命に踏みしめながら演壇に登った。自分の発表に耳を傾ける参加者の多くが自分より遙かに長い経験と豊富な治験をこなし自分とは実力に於ても雲泥の差があることを思うと演壇から会場を見回した途端一・五はある視力が〇・一位の近視で乱視になってしまったような錯覚を覚えた。しかしすぐに主任の比企優が合格点をくれたことを思い起こし勇気を奮い起こして目の前に置いてあった水をコップになみなみと注ぎゴボゴボと音をたてながら一息に飲みほした。そして横目で会長席の花島光道を見ると「何ぐずぐずしてるんだ。早く発表しろ！」と言わんばかりの顔をして口をへの字に曲げていつもの癇癪を爆発させる前にそっくりの表情をしている。相当にいら立っている様子だ。これは大変だと思い大きく息を吸い込んだら随分と落ち着いてきた。こうなるとしめたものでレポートを広げて大声で読み上げた。

患者説明から主訴《しゅそ》、望聞問切《ぼうぶんもんせつ》の四診法《ししんほう》に従い順序よく説明する。途中、患者の苦痛を取り除くのが先と判断し標治法で行う。患者が楽になったところで本治法に戻り、腹診《ふくしん》、脈診《みゃくしん》を行い五行《ごぎょう》の弁別《べんべつ》を済ませる。その結果に肺虚肝実《はいきょかんじつ》との証《あかし》を立て適宜治療を行い、三回の治療で治癒に導いたことを述べる。述べ終わると同時に空っぽのコップに水を注ぎ再びゴボゴボと一息に飲みほして会場をぐるりと見回した。皆、感心して頷いている気配だ。花島光道を横目で窺うと何やら満足げな表情にみえる。機嫌のいい時にするように口髭を撫で回している。

「あーやれやれ、良かった」と一安心する間もなく司会者が講評を求めると講師の一人がサッと手を挙げた。桑畑周栄である。はるばる鹿児島から参加していたのだ。模様は違うが例の着物姿だ。しかし、以前のヨレヨレと違い、今度は真新しく新調した様子である。

「発表者は経絡治療を始めて何年になりますか？」

「新宿支部に入ってからだと三年になります」

「ふむ、それ程困難な治験例ではありませんが、本会の指導方針に則《のっと》った手順で患者を治癒に導いた手法は理論的にも応用が効いた見事な治験例だと思います。三回の治療で治癒に導けたのは診《しん》脈《みやく》力《りよく》に加え整《せい》脈《みやく》力《りよく》がしっかりしていることのあらわれだと思います。今後ますます研鑽されますように」

梶拓郎が専門学校時代に神技と畏れた桑畑周栄からの讃辞であった。花島光道も自分の愛弟子が愛弟子に送るエールに満足げである。

「それ程、困難な治験例ではありませんが……」

という言葉は気に入らなかったが、先程、水を飲みすぎて尿意を催してきたこともあり、梶はピョコンと頭を下げ足早に演壇を下りると一目散にトイレに向かって歩き出した。

最後の発表者は自律神経失調症をテーマに掲げた四十代半ばのベテランの男性会員である。落ち着いた足取りで演壇に上がるとスラスラとレポートを読み上げて行った。それは今までの四人の発表者が基本通りに発表したものとはいささか異なり簡略化の傾向が見られた。

現代医学では効果的な治療法はないとされる自律神経失調症は時間のかかる厄介な病気として自信を持って取り組める鍼灸家は少ない。しかし経絡治療では四診法によりその症状を把握することにより的確な治療を施せば治療家の技術の水準に応じた効果が期待できる。

このベテラン会員の場合はわずか七回の治療で治癒に導いたとのことで若い会員の間からは「うーん」という溜息と拍手が湧き起こった。発表者の最後を締めくくり若い会員を唸らせ「どうだ！」と言わんばかりに得意の表情で胸を張って講評を待つ間もなく講師陣の席から手が挙がった。桑畑周栄の隣に座っている盲人の中堅講師である。

「補法《ほほう》に準ずる手法《しゅほう》とか公孫《こうそん》——内関《ないかん》の奇経灸《きけいきゅう》を三対二で行ったようであるが、こういう言葉及び手法は本会の指導方式にはありません。何故、このような勝手なやり方をされたのか説明願いたいと思います」

いきなり厳しい追及を受け得意の表情が紅潮した。会場がざわめき出した。

「勝手なやり方ではありません。三対二の奇経灸にしても本会の指導方式に従っています」

懸命に釈明するが追及が続く。

「いや、本会の指導方式にそのようなやり方はない筈です。それでは本会の誰の指導だとおっしゃるのですか？」

盲人講師の詰問に離れた席に座っていた晴眼の講師が立ち上がり説明を始めた。

会場のざわめきはこの講師の説明に耳を傾けるべく静寂を取り戻した。

「ご指摘の通り補法に準ずる手法とか三対二の奇経灸は今までの本会の指導方式にはありません。しかし、私達講師の間ではそれらの実効性を追試確認しています。更には単一主証《たんいつしゅしょう》、一穴治療《いっけつちりょう》、一本押手《いっぽんおして》でも効果があることを確認済みです。さすれば、今までの本会の指導方式を見直して改善することにより、より簡単で幅広い治療が行えるようになることは明白であります。相剋調整《そうこくちょうせい》だけが経絡治療ではありません。現に只今、行われた治験発表の成果がそれを証明しております」

他の講師の中にも現在方式を見直す者が出て来ていることが判ると会場は再びざわめきの渦に包まれた。あちこちで怒号が飛び交う有様である。

それまでじっと腕を組み、黙って説明を聞いていた花島光道が立ち上がった。その顔は怒りと悲しみに震え、必死に冷静さを装っているかのように思える。今までの甲高い怒鳴り口調ではなく喉の奥から絞り出すような悲痛な声で呼びかけた。

「かつて尾上恵治先生は〝鍼《はり》があまりに効きすぎるからデタラメ鍼《ばり》がまかり通る〟と嘆いておられま

した。本会の指導方式である片方刺しによる相剋調整は素問、霊数、難経を根幹とし、長年の追試でその実効性を確認したものであり理論上、寸分の矛盾も無く確立された治療方式であります。特にこれからの時代に予見される極端な虚性時代の到来に対処できる治療法は片方刺しによる相剋調整をおいて他に無いのであります。経絡治療によらずとも初心者であっても患者を治癒に導くことはままあります。〝やった、効いた、治った〟というが如き三《さん》た治療のことです。しかしながら困難な疾病になればなる程、どうしても正しい脈診、証《あかし》、補瀉により対処しなければ治癒に導くことは不可能に近いと断言せざるを得ません。これまでも常に口をすっぱくして申し述べて参りましたが脈診の無い鍼灸術はさながら羅針盤を失って荒海をさ迷う難破船に等しいのであり、その真髄を会得することはできません。優秀なる実績を誇る日本鍼灸医学会が現在に至った経緯を再度熟考し鍼専門家に成り得た自分を素直に回顧していただきたい。本会も絶えず研鑽を積み技術の改革発展をめざしておりその検証の場は設けてある訳だからそこの所をよく考えていただきたい。本会場が集団指導の場であることをよく認識され統一見解であるところの素難医学伝承《そなんいがくでんしょう》を使命とし正しい経絡治療を行う団体であることを会員の皆様一人一人が肝に銘じて努力精進されんことを切望致します」

会長花島光道の悲痛な叫びは深く会場に響き渡った。騒々しかった会場はシーンと静まり返ったが今までの指導方式に異を唱え、同調する会員は予想外に多く、その後の実技指導でも、あちこちで見解の相違による混乱が見られた。

かつて、理事長岩満三里《いわみつさんり》のクーデター未遂事件以来、一糸乱れぬ結束のもと一枚岩の固い信念で発展を続けてきた日本鍼灸医学会はここにきてその堅固な組織に綻びが見え始めた。

特別講習会の騒動の余震はその後もおさまらなかった。会長花島光道の必死の説得にもかかわらず各地支部の講習会に指導のため派遣された講師の中から本会指導方式と異なる指導を行う者が絶えなかった。そのため会本部を置くセンターの電話は鳴りっ放しでセンターでの仕事に支障をきたすようになった。

「〇〇支部の支部長ですが会長をお願いします」と言う電話に対し「ご用件は?」と問うと「一本押手《いっぽんおしで》の採用が決まったんですか?」とか「派遣されてやって来た講師の先生の指導が単一主証《たんいつしゅしょう》によるものだったんですが、いつから変更になったんですか?」等という問い合わせが後を絶たない。これでは会の土台を壊しかねないと危惧した花島は緊急役員会を招集した。

会長花島光道《はなしまこうどう》、理事長古賀晴明《こがせいめい》以下役員全員がセンターの会議室に顔をそろえた。理事長古賀晴明の過去数年間に及ぶ各地支部への講師派遣で本会の指導方式と異なる見解を容認し、陰で会長不信任とも受け取れる発言をしていたことはやがて花島の知るところとなっていた。

長年に亘り花島を補佐してきた古賀理事長の功績は誰しもが認めるところであったが、最早、会を混乱に陥れ収拾のつかない所まで来てしまった以上、花島はこの役員会の場で責任の所在を明確にし古賀に辞任を求める決意を固めていた。その花島の決意をうすうす感じているのか古賀はすぐ隣の席に花島が座っているにもかかわらず顔を合わせることなく距離を保っていた。責任を追及された古賀は弁解を重ねた。

「それ程、一本押手や一経一穴治療が優れていると考えるならば本会のモットーである民主、自主、公開の原則に則《のっと》って事前に学術委員会等への問題提起という手段が考えられたと思うがどうか？」

「いかに問題提起しても相剋調整の基本方式は変わらないと考えこのような方法を取らざるを得なかった」

本会方式を遵奉する理事に言葉鋭く詰め寄られても弁解を重ねるだけであった。

しかし、会長不信任とも受け取れる問題発言については弁解の仕様が無く、ここに至って花島はついに辞任を要求した。古賀は自分の腹心の理事からの弁護を期待して辞任を頑強に拒否した。少数の理事が弁護を行ったがかかる状況下ではどうにもならず、あくまで辞任を拒む古賀に対し過半数の支持を集める会長の職権によりとうとう解任されることになった。

会長花島光道から解任を言い渡され事実上の除名処分を受けた古賀晴明はその場から一人寂しく姿を消した。古賀を追放したあと、花島は何とも後味の悪い思いを噛みしめていた。過去に当時の理事長岩満三里のクーデター事件の時、岩満の傘下にいた造反分子、平川隠白《ひらかわいんぱく》の「何もかも自分の思い通りに出来ると思ったら大間違いだぞ。そのうち、きっと足元をすくわれるから気をつけろ！」の捨てゼリフを残して追放されていった様子を思い起こしていた。

八十一歳の今日に至るまで彼の行く手には常に嵐が吹き荒《すさ》んでいるように思える。

「風よ嵐よ吹かば吹け！　荒ばば荒べ！」

全ての役員が帰って一人だけ残された会議室で外の暗闇に向かい己の老骨に鞭打つように小さく呟いた。

日本鍼灸医学会のお家騒動は理事長古賀晴明の解任に留まらなかった。次の役員会が開かれると従来の指導方針に叛旗を翻した数名の理事が相次いで辞表を提出し即座に退席していったのである。その中には花島光道の愛弟子も含まれており、更には地方支部にも波紋が広がり多くの脱会者が出る結果となった。脱会した一派は直ちに新しい会を立ち上げ名称を東邦鍼灸医学会《とうほうしんきゅういがくかい》とし活動を開始した。

「何故、謙虚に〝我、未だ術を得ざるなり〟の心で研鑽を積もうとしないのか。相剋調整方式に頼らずとも治る患者もあるであろうが、全ての治癒困難な患者に対処出来る治療法として片方刺しによる相剋調整方式を開発採用し業績を伸ばしてきた。そのことは退会していった彼等とて知っていた筈ではなかったか」

総務部長坂井章門《さかいしょうもん》から理事達の退会届を手渡された花島光道は、その退会届の束を思いきりテーブルに叩きつけた。

かつてない激震に見舞われ多くの会員を失った花島光道は渾身の力を振り絞って会の立て直しに奔走した。八十一歳とは思えぬ超人的スケジュールで欠けた理事の部署を兼務で補い新人を登用し、指導部の引き締めを行った。各支部に対しては今回の騒動を詳細に報じ、会の方針が今後も揺るがない旨、安心するよう文書で知らせた。各支部からも会長宛に沢山の激励の電話や手紙が寄せられ、本会指導部と各支部の信頼関係が確認された。二度も辛酸を舐めさせられた経験に懲りて理事長職は廃止としたため、会長が理事長の職務まで兼任する形になった。

花島光道の日常は多忙を極めた。センターでは孫娘の紫《ゆかり》がスケジュールの調整をする。最近、やたらと地方出張が増えた。早朝に出発して深夜に帰宅することも少なくない。

「最近、会長はちょっと疲れ気味じゃないの。もう歳なんだからほどほどにしなさいよと言ったら叱られるかな」

休診日のセンターの庭先で梶拓郎が花島光道の健康を心配して紫に話しかける。

「そうなのよね。会長は今度のことが余程ショックで沢山の退会者が出たのは自分の責任だと思って頑張っているみたいなのよ」

「しかし、このままじゃ、いくら不死身の会長だって大変だと思うよ。もう少し休みも取らないと」

「私もその通りだと思うんだけど、あの性分でしょう。孫娘として忠告したことはあるんだけど何と言ったと思う？」

「私の辞書に疲れたという文字は無い」

「そうなのよ。そんなこと言ってたら死んじゃうわよと言ったら何と言ったと思う？」

「あの世は皆さん極楽ばかり行きたがって混み合うだろうから私は人の行きたがらん地獄に行くつもりだ。ワッハッハ」

「いやね、梶さんったら何から何まで会長そっくりじゃないの」

花島光道そっくりの物真似に紫が呆れ果てた様子で笑いころげる。

「でも、梶さんってそんなに会長のことを心配してみかけによらず優しいのね。少しは私のことも心配してよ」

紫が小さな口を尖らせる。

「いえいえ、紫さんは見ただけで健康そのものだし、紫さんに出会った病気の方が怖くなって逃げ出しますよ」

梶がおどけた表情で悪戯っぽく紫の顔を覗き込んで逃げ出す。紫はほっぺたをふくらませて「コラッ！」と言って追いかけて来た。

毎朝、診療開始の前からセンターの待合室には大勢の患者が押しかけ、開始の合図で診療室のドアが開き準備された八台のベッドに一斉に患者が横たわる。副院長花島剛《はなしまつよし》をはじめスタッフによる治療が始まり、院長花島光道《はなしまこうどう》が驚くべきスピードで患者の脈診《みゃくしん》を行い本治法《ほんちほう》を施していく。昼食時間以外の休憩もままならない程の忙しさだ。しかも立ちづくめである。

花島光道はいかなる時でも決して治療を断らない。スタッフが休憩時間に自分の治療を依頼することがあっても「よしよし」と嫌な顔一つせず治療に応じる。あまりの過密スケジュールに周囲の者が彼の健康を心配しても「治療家が治療を断ったら終わりだ」と笑って意に介さない。

一日中立ちっ放しで若い自分達でさえ足がガクガクして痛くなるのに彼は平然としている。仕事中も実技講習の時も立ちっ放しで決して椅子に座ろうとしない。痔が悪いのではないかと疑ってもみたがどうやらその気配はない。このことは梶が花島光道に出会った時からいささかも変わらない。

花島光道がいくら不死身だと言ったところで彼とて人間である。しかも八十を超えた老人ではないか。なのにあのタフさは尋常ではない。梶はこの秘訣を知りたいと思った。副院長なら何か知っているのではないかと思って尋ねてみた。

「ああ、そのことだったら昼食休みに院長室に行けば判るよ」

笑って教えてはくれないが副院長はどうやらタフさの秘訣を知っているようだ。

その日の昼食が済んで紫《ゆかり》に「会長は何処？」と尋ねると「多分院長室だと思うけど、どうしたの？　少しは私のことも心配する気になった？」と期待と茶目っ気の入り混じった表情で聞き返すのを「いや、何でもないよ。ありがとう」と答えて目をそらす。

「院長室か、ま、たまには院長室に会長を訪ねてみるのも悪くないだろう」

独り言を言いながら院長室のドアをノックする。「梶です」と言うと中から「どうぞ」という声が聞こえたのでガチャリとドアを開けるとソファーの上に足を投げ出して座っている。よく見ると手に小さな金属を持ち足背部に押しあてている最中である。小さな金属、それは鍉鍼《ていしん》だった。鍉鍼というのは五センチ位の細長い金属棒でちょうどマッチ棒のような形状をしており先端が尖っている。押しあてるだけで刺さない。本治法《ほんじほう》に用いるものでありどこででも手軽に使用できるため携帯に便利である。

「おー拓郎か。どうした、何か用か？　君がわざわざ私の部屋に来るのは珍しいな。ちょうど良かった。君に頼みたいことがあったところだ。まあ、ここに来て掛けなさい」

鍉鍼をあてたまま手招きをする。

「会長は何をしていらっしゃったんですか？」

「見ればわかるだろう。治療してるんだよ。君も知っての通り、これだけ忙しいと綿密に手入れをしないとね。身がもたんよ」

「会長はいつもこうやって自分で治療してらっしゃるんですか。確か不死身の筈では？　〝私の辞書に疲れたという文字は無い〟とおっしゃっていましたが……」

「その通りだよ。常にこうして手入れさえしておけばね。そうすれば疲れは溜まらない。溜まる前に取り除く。何でも溜まれば病気になる。溜まれば澱む。流れなければいけない。金だって溜まりすぎると心が澱んで心の病気になるといけないから私は溜まらんように赤字覚悟の専門書を君達勉強する者のためにせっせと書いている。ハッハッハ」

「会長、その鍉鍼は小関先生という方の開発されたものらしいですね」

「小関さんが亡くなって十年になるが死してなおこの鍉鍼は輝きを失わない。彼の鍼術に対する執念は鬼気迫るものがあったよ。大人しい人柄だっただけに私程は目立たなかったかも知れないが、集団指導方式を考案したのも小関さんだし功績は計り知れないものがあるよ。彼の開発した鍉鍼をこうして使わせてもらっているが、この鍉鍼を使ってもっともっと多くの患者さんを病の淵から救い給えと激励されている気がしてならないよ」

いつもは剛気で滅多に心の内は見せないが、盟友小関の話になるとしみじみとした口調になる。

梶は花島光道のタフさの源が鍉鍼による自己治療であることを知った。鍉鍼で整脈《せいみゃく》したあと円鍼《えんしん》を用いて仕上げを行う。この円鍼は純銀製で業者に特別注文で作らせたのだという勝れ物だ。梶が自分で持っているのは直径二センチのステンレス製だが、純銀製のそれはほぼ二倍の大きさである。いかにも勝れ物らしく先端の丸い玉の部分が一際キラキラと輝いている。

センターでの治療中はこれまでもずっと目にして幾度となく花島の命ずるままに手渡しをして来たが、やがて自分も実力をつけたらこれと同じものを持ちたいと思ってきた。

「会長、今までこんな立派な円鍼は見たことがありませんが他の物に比べて効力も優れているんでしょうね」

「勿論だよ。何しろ特注品だからね」

口髭を撫で回していささか得意げである。

「ほう、しかし会長、どうして銀なんですかね。いっそのこと金にしたらどうなんですか」

「ふむ、金ねえ、金の玉にしろというのかね。何でもかんでも金の方が優れているという訳でもないだろう。気の通りは銀の方がいいということで銀で作らせたんだよ。そんなにこの銀の円鍼が気に入ったんなら私が引退したら君にやるとしようか」

「えっ！　本当ですか」

「やるよ、尤も私が引退する時は私がこの世からオサラバする時だがね」

「そんな、会長は百六十八歳まで生きるつもりでしょ？　そうなったら私の方が先にオサラバしているじゃありませんか。ひどいですよ」

「何だ、君は私に早く引退しろと言うのかね？　とんでもない奴だ。さぁて、これで良しと」

自分の治療を終えた花島はにっこり笑って梶に向き直った。

「頼みと言うのはね、関東一円の出張の事だ。君に同行してもらいたいと思ってね。君の運転で出来るだけ効率良く業務をこなさなければスケジュールが間に合わないんだよ」

「会長、運転は喜んで引き受けさせていただきますが、そんなに過密スケジュールで会長の身体の方は大丈夫なんですか？」

「今も見ての通りだよ。ちゃんと手入れさえしておけば大丈夫だから心配するな。年は取ってもまだ君達には負けないよ。ワッハッハ」

豪快に笑いとばした。

今回の事件が未だ味わったことのない衝撃であったことは花島自身にとって例えようのない悲しみ苦しみであった。そのことを決して人前には出さず、持ち前の強靭な精神力で冷静に対処し、会を立て直すために馬車馬のように奔走してきた。この時から花島光道と梶拓郎の二人三脚の出張が開始された。

会長花島光道自身が今まで以上に各支部の講習会に出席、陣頭指揮で指導にあたった。出来るだけ早い時期に失った会員数の回復をめざしたかった。真夏の猛暑時も真冬の厳寒時も高齢の花島にはこたえたであろうが決して弱音を吐かない。己に立ち向かってくる全てを物ともせずむしろ楽しんでいるかのようにさえ思える。若い梶の方がへばりそうになるのを逆に激励し、ユーモアを飛ばす程の気遣いを見せる。

常に花島光道に密着して行動している梶拓郎は今までの人生でこのような人物の類型を見たことがなかった。いや、いるとすれば唯一人自分が尊敬する郷里鹿児島の英雄西郷隆盛に風貌といい感じといいどことなく似ているように思える。今更言うまでもないが並みの人物でないことだけは確かである。

流石に車の中では寝入ってしまうことが多いが、そうでない時は梶のことを心配してかいろいろと気遣いを見せる。そういう時はごく普通にどこにでもいる子煩悩の親父と一緒である。勉強の様子を尋ね、いろいろとアドバイスすることもあれば現在の医療全般について話すこともある。無論、結婚について尋ねることもある。

「修業中ではあるが結婚についてはどうかね？」

「どうかね、とおっしゃいますと」

「つまり、その……好きな相手はいないのかねと言うことだよ」

「好きな相手ですか……まだ私は修業中の身ですから……」

「修業中の身であることはわかっているが修業中であっても無くても今すぐという訳ではなく、とにかく一人位いてもおかしくないと思うが……」

「何といっても修業中の身ですからね。腹の減った猿には食い物以外は目に入りませんよ」

「いくら腹の減った猿でも好きな猿はいるもんだぞ」

「いえいえ、腹の減った猿には食い物以外は目に入らないですよ。ほら会長、あそこで焼き鳥を売っていますよ。腹が減ったからひとつ食べて帰りましょう。ああ、いい匂いがする」

「うん、いい匂いだね。焼き鳥はいいがビールは駄目だよ。まだ死にたくはないからね」

「ビールはこちらからご免こうむりますよ。あんな苦いものを飲むなんて、全く飲む人の気が知れない。それより早く代金を下さいよ」

「そんなにせかさなくてもわかっていますよ。まったくこの男は食い気しかないのかねえ」

花島から金をもらい焼き鳥を買って来て車の中で食べはじめる。梶は余程空腹だったと見えてまたたく間に自分の分を食べ終わってしまった。

「ところで拓郎、本当に好きな相手はいないのかね？」

「又、その話ですか。会長もしつこいですね」

「いや、君の将来を心配してのことだよ。患者の間で世話をやいてくれる人もいると思うが出来れば同業者がいいよ」

「同業者ですか？」

「会の役員を見てごらん。同業者が多いし、それだとお互いに理解し合える。何といっても助け合えるのがいいねえ」

「会長の奥さんは同業者ではなかった筈では」

「いや、家内の場合は助産婦ですよ。あれは助産婦だから良かった。目の不自由な私の代わりに鍼灸の専門書を読んでくれたし、医療の面で随分と知識を吸収できたからね」

「気だても良かったんでしょう？」

「勿論だよ。気だてが良くなけりゃどうにもならない。それと鍼灸師の女房はテキパキと事務もこなせるようでなければならない」

「事務もですか。そうですね。治療で忙しかったら仕事が終わってからの事務も大変ですものね」

「だから同業者か同業者の関係で受付と事務がこなせたら何も心配することはないと思うが」

「それはそうですね。あー、焼き鳥がうまかった。会長、どうもご馳走様でした」

まあ、こんな具合である。

大量脱会騒動から二年が過ぎた。新規開業しても従来の鍼灸術ではなかなかうまく軌道に乗れなくて打開策を模索する者、在学中に情報を得て卒業と同時に入会する者で会員数は忽ちのうちに以前を上回った。老骨に鞭打っての花島の講演と技術指導はまさに鍼灸に生涯を賭けた男の情熱が迸り鬼気迫るものが感じられた。会の立て直しに成功した花島は勇退を決意、次の総会で承認を得、名誉会長に退いた。名誉会長には退いたが講演、技術指導にかける情熱は何ら変わらない。

板橋支部の講習会が済んで支部長の宮永交信《みやながこうしん》が二人を夕食に招待すると言う。梶も花島光道と共に過去に一度招待されたことがあった。小茂根の商店街の中心部に宮永の治療院はあった。数台の駐車スペースを確保した三階建ての建物は宮永の治療院の繁栄ぶりを物語る。

「まあ、会長先生、お久しぶり。今日はお疲れ様でございました。梶さんも、ささ、どうぞ」

応接間に通されお茶を勧められた。

「奥さん、私はもう会長じゃありません。それにまだまだ疲れてなどいませんよ。私の辞書には……」

「疲れたという文字は無いでございましょう」

「これは一本取られましたな。流石、板橋支部長宮永交信の奥様は違いますな。それにしてもこんなに立派な治療院で毎日仕事をされるお気持ちはいかがですかな？」

「私共夫婦が鍼専門でここまで来れたのも会長先生の有難いご指導のお陰と毎日感謝しながら暮らしております。主人も少しでも会長先生の鍼に近づければと願っておりますのよ」

明るく快活な妻の傍で全盲の宮永交信が満足げな表情で「うん、うん」と頷いている。

「いえいえ宮永さんの鍼に対する執念と奥様の内助の賜ですよ。経絡治療の真髄であるところの脈診《みゃくしん》、証《あかし》、補瀉《ほしゃ》を身につければ必ずや鍼専門で成功するという証《あかし》ですな」

花島にとっても自分の弟子が次々と成功していくことは最高に喜ばしい。そのことが年若くして失明し、幾多の挫折に打ちひしがれながらも、それらを乗り越え、経絡治療に出会い、己の生きる道はこれしか無いと命がけで取り組んできた五十有余年の人生が正しかったということの証明になるのだ。

花島は運ばれてきた御飯を茶碗二杯、味噌汁三杯をたいらげた。更に豆腐一丁にドバドバと醤油をかけてうまそうに食べた。これは彼の食事の定番で招待する場合の常識となっている（以前は御飯三杯、味噌汁五杯だったが最近は健康を考慮し少し控えるようになった）。

好物の鯛の刺身をつつきながら話し出した。

「これからは若い宮永さん達が日本鍼灸医学会を引っ張っていってくれなくてはね。日本の鍼灸業界では刺激鍼《しげきばり》が中心で我々経絡治療家はどちらかというと煙たがられる。反主流派的存在だからね。そりゃ一本の鍼だけで難病に対処していく訳だから、いろいろな意味で多くの敵が立ち塞がって行く手を邪魔することもあるよ。しかし、それに怯《ひる》むことなく道を究めていくことだね。現に開業はしたものの刺激鍼一辺倒で治療に行き詰まり、右往左往した挙句、この会に活路を求めて勉強し直したいといって入会してくる。そういう人達にはこれからも門戸を開いて経絡治療の素晴らしさを教えてやればいいと思いますよ。正しい鍼灸術は必ず生き残り繁栄すると確信するからね。更に海外に目を向けることだ。特にアメリカとヨーロッパ、オーストラリア。中でもアメリカ、イギリス、フランス、ドイツに日本の本来の鍼灸術である脈診、証、補瀉を広める。彼等の合理的で柔軟な頭脳は必ずや経絡治療の真髄を理解し、この全てに閉塞的でがんじがらめの日本より先に経絡治療に目覚めるかも知れない。各支部長には従来通り国内をお願いし、若い梶君達のように自由に動ける者に海外の役目を頼みたいと思っているところだよ」

花島光道の話を聞きながら黙々と御馳走を食べていた梶拓郎はびっくり仰天して思わず手に持っていた箸を落とした。

「えっ、私が海外にですか？」

梶は思ってもみなかった話の展開に目を白黒させた。咄嗟に故郷の母と猫の小鉄の姿が脳裡に浮かんだ。昔から訳も無く海外に憧れ、海外雄飛を夢見ていたとは言え、それは現状への不満が原因ゆえのことだったため、具体的に海外の話を持ち出され些か慌てたのである。

「実を言うと現在ニューヨーク支部開設の話が来ていてね。世話人はアメリカ・コスモス大学のフィリップ・スミス教授が引き受けたいということで、本会から数名優秀な若手を送り込まなければならない。行ってくれるか？」

「それは願ってもないことですが、私の他はどなたがいらっしゃるのですか」

「この件は正式に会長から決定があるまで口外してもらっては困るが内定済みだから話そう。君もよく知っている男だよ。君を私に引き合わせてくれた桑畑周栄《くわはたしゅうえい》だよ。彼をチーフに五人のメンバーだ。あと同じ鹿児島支部から二人、福岡支部から一人の全員が九州の出身者で思う存分、力を発揮してもらいたいと思っているところだ」

「ほう、梶君、頑張って下さいよ」

会を愛してやまない板橋支部長の宮永交信《みやながこうしん》が少々うらやましげに梶拓郎にエールを送った。

「会長、海外に次々に支部が誕生すればいよいよ会長の夢が実現する訳ですね」

「宮永さん、もう私は会長ではないよ。会長は坂井章門《さかいしょうもん》だ。私は後進を育てるために勇退したのだ。彼ならばこの私のあとを受けて立派に会を引っぱって行ってくれる。君達支部長がしっかり支えて欲しい」

一瞬、沈黙が訪れたが花島が言葉を続けた。

「私の夢といっても私だけの夢ではないよ。会員全員の夢であり、地球上の全人類の夢と言えるかも知れない。この会を創立した頃、私と今は亡き小関さんは盲人ということで鍼灸術を身につける上でそれこそ口には言い表せない程の屈辱を味わわされたよ。名人と噂される目あきの鍼灸家がことごとくその技術の伝授を拒むんだね。人が一生懸命努力して身につけたものを簡単には教えられないという訳だ。私と小関さんは、それならば自分達が努力して身につけた暁には、どしどし皆に教授してやろうと心に誓ってね。そして鍼灸の技術、学問は公開して社会的財産として社会に貢献せねばならないという結論に至ったのだよ」

「それで会長は会員に惜しげもなく自らの技術を教授してこられたのですね」

「会長じゃないったら」

「いいじゃないですか。名誉会長なんだから会長には違いないでしょう？　それとも何ですか。名誉会長は会長にあらずという言葉が花島光道の辞書に書いてあるのですかねぇ。ねえ梶君、そうですよね」

乾杯用のわずか一杯のビールで宮永はいささか酔いが回ってきたらしく顔をほてらせ目を潤ませている。

「最初はその一念だけが強かったが、経絡治療の学理を勉強し技術を磨き治療にあたるたびに経絡治療の凄さを知らされた。つまり、より精度の高い技術を身につけることで、より難度の高い疾病に対応できるということでね。刺激鍼が巷に溢れているため世間には鍼治療はペインクリニックだと思われている現状を残念に思うけれども、むしろ現代医学では治癒困難とされる多くの疾患にこそ経絡治療は威力を発揮するからね。その成果が理解してもらえれば鍼灸の患者も増えるし多くの薬漬けに苦しむ患者が解放される。毎日のように発生している取り返しのつかない医療ミスだって軽減できることにつながる筈だ。こんなに素晴らしい伝統医学が刺激鍼の陰に隠れているのは絶対におかしい。何とか日の目をあてたいといろんな方向から努力したんだが、既に身動き出来ない程に固まってしまっている日本の医療体制下では至難の業でね」

「そこで会長は、それならば海外に支部を設け、アメリカやヨーロッパに認めてもらって日本に逆上陸というか……」

「今更、逆上陸もないだろうが、いかに素晴らしいものであっても積極的に宣伝しなければ人の目にはふれず仕舞だ。人の目にふれ、それが真に価値のあるものだとわかってもらえれば黙っていても、その技術を学びその技術によって病気を治したいという人が世界中から出てくるだろう。そう考えると安価で優れた効力のある経絡治療を国の医療として採用するところが出てくるのも夢ではないかも知れないよ。経絡治療という日本の伝統医学を世界中の人々に知ってもらい活用してもらうためには海外に支部を作るのが最良の方法だ」

花島光道は大きく息を吐いて手探りで捜しあてた宮永のコップのビールを一気に口に流し込んだ。

「あっ！　会長はアルコール駄目じゃなかったんだっけ？」

梶が思わず叫んだときは後の祭りだった。

水と間違えてあっと言う間に口に流し込まれたビールは勢い良く噴き出され、目の前で熱心に花島の言葉に耳を傾けていた宮永交信の顔にバーッと振りかかった。不意を突かれた宮永はびっくり仰天して「ギャーッ！」と叫び仰向けにひっくり返った。何が起こったのかわからなかったに違いない。事の重大さに気がついた花島は謝るかと思いきや「私がビールを飲まないと知っているのに側に置くのが悪い」と怒り、人の好い宮永は素直に「すみません」と謝り、梶はおしぼりを手に取って一生懸命、宮永の顔を拭いてやった。

「それにしても会長は戦争で失明されたのに軍人恩給も受けられず苦労されたんですってね」

梶に綺麗に顔を拭いてもらい終えた宮永が話題を変えると、花島は遠い過去の想い出が甦り急に厳しい表情になったが、すぐに穏やかな表情に戻った。

「迫撃砲弾の破片が目に突き刺さり徐々に悪化したため失明は戦争が原因ではなく病気によるものと診断されたのだよ。しかし、そのお陰でね、何くそと頑張った結果、今があるのだと思いますよ。軍人恩給ももらえず、全盲ゆえもらえる筈の福祉年金も苦労して頑張った末の所得オーバーでもらえずのダブルパンチだったがね。全くこの世は怠け者には福祉年金というご褒美が与えられ頑張り屋で正直者には税金という罰金が課せられ、もう一つおまけにいただける筈の福祉年金がカットされるんだから、あんまり苦労して頑張ってもしょうがないかな。ワッハッハ」

得意の毒舌で皮肉り豪快に笑いとばした。

深い年輪が刻み込まれた額に普通の人の何倍もの苦労と努力のあとが偲ばれる。その表情からは彼自らが「花島よ、お前はまあよくもここまで頑張って来れたなあ」と自分自身を讃えているような満足感が感じられた。

今年の夏の特別講習会は例年にない猛暑だった。名誉会長に退いたとは言え、全国会員の圧倒的な尊敬を集める花島光道は休む間もなくぎっしりと組まれた業務を精力的にこなして行った。秋から冬にかけてのセミナーにも欠かさず出席し新入会員の指導にあたった。激務が続いた。いつもの超人ぶりの過密スケジュールでセミナーの最終日を終えた夜に突然の事故は起こった。

自宅に帰り、入浴を済ませ二階に上がり終えた所で階段を踏み外し最上階から転落したのである。脳内出血と脳挫傷、大至急、救急車で国立病院に運び込まれた。重体である。梶等センターの職員が連絡係をつとめ、会長坂井章門《さかいしょうもん》をはじめ役員が続々と見舞いに駆けつけて来た。

病院の待合室のあちこちで「容態は？」「意識が無い」等の話し声が飛び交う。出血部位が危険部位に重なり手術も不可能との知らせに待合室に重苦しい空気が流れる。時間だけが過ぎて行く。見舞客は集中治療室に入ることができずに付近の廊下と廊下を隔てた部屋に数人ずつ固まって様子を窺っていた。そのうち急に集中治療室の様子が慌ただしくなって来た。

応援の医師が呼ばれ、看護婦がガチャガチャと音をたてながら器具を手に走り回る。部屋に入るように親族が呼ばれた。しばらくして梶等及び見舞客も入室を許可された。花島光道の顔は白い布で被われていた。想像を絶する程の激しい雨、風、嵐に長年にわたり耐え続けた巨木が音を立てて崩れ落ちた。波瀾万丈八十四歳の生涯であった。

会長坂井章門名で全国支部長及び関係者に至急葬儀の日程が発信された。自宅に程近い新宿の葬儀社陰陽五行閣《いんようごぎょうかく》で日本鍼灸医学会葬として執り行われた葬儀には全国から駆けつけた会員の他、海外からの参列者も含め、生前お世話になった患者等で広い葬儀社の敷地は埋め尽くされ会葬者は路上に溢れた。

数え切れない程の生花、花輪が並べられた。その中にかつて脱会して去って行った東邦鍼灸学会《とうほうしんきゅうがっかい》の生花が受付をしていた梶の目にとまった。目の前に三人の喪服の男が立ち香典を差し出した。梶はなつかしさの余り思わず声を掛けようとしたが、すぐ隣で応対していた桑畑周栄が梶を制した。三人の男達は顔をこわばらせ無言で一礼し東邦鍼灸医学会と記帳し、そそくさと人込みに姿を消した。

司会者が開会の言葉を述べ葬儀は厳かにスタートした。と突然割れんばかりの大声が鳴り響いた。

「下手な鍼師《はりし》は経穴点《けいけってん》に囚われて経絡《けいらく》の虚実《きょじつ》とか、その経穴を支配する気《き》の動きは考えない。鍼を刺す微妙さはいつ抜くか留《とど》めるか、そのチャンスを知らなければ本当の治療にはならない……素問霊数難経《そもんれいすうなんぎょう》を読みなさい。治せば流行る。議論にあらず実行だ」

聞き覚えのある甲高い声に全員が花島光道が生き返ったのではと度胆を抜かれたが講演会でのテープが流されたのだとわかりホッと胸をなでおろした。

梶拓郎は、会長は死んでもなお会員を叱咤激励してくれるのかと思い、祭壇中央で菊の花に囲まれ皆を見守るように置かれている遺影にそっと手を合わせた。

「挫折して鍼の道を選んだものの到底食べていける技術もなかった自分をここまで育ててくれたのは顔も知らない親父以上ではないか。会長がいなければ今の自分はあり得なかった筈だ。よし、会長の夢は自分の夢だ。会長の望む通り直々に教授してもらった正しい経絡治療を世界の果てまで広げてみせる。故郷の母も猫の小鉄もきっとエールを送ってくれるに違いない」

そう思って遺影を見詰めると「医は愛なりだよ」と常に皆に言い聞かせていた花島光道の言葉が聞こえるような気がした。

読経、弔辞、焼香が終わり出棺の合図が知らされると会葬者全員が遺霊を見送るべく陰陽五行閣《いんようごぎょうかく》の外に出て待機した。花島光道が好きだったショパンの「別れの曲」が流された。

悲しみに打ちひしがれた花島家の遺族の中に紫《ゆかり》の姿があった。いつも明るく可憐な立ち居振舞いでセンターのマスコット的存在の紫の黒い喪服姿はまるで別人のように梶の目に映った。今まで可愛い妹のように接してきた紫に大人の女性を感じた。彼女が準備されていたマイクロバスに乗り込み、窓際に座り外に目を移した時、じっと自分を見詰めたまま直立不動で立っている梶の視線をとらえた。

玄関先に植えられた桜並木の桜吹雪が舞う中を遺霊を乗せた車がお別れの合図を響かせ静かに動き出した。いよいよ最後の別れにあちこちで啜り泣きが聞こえ、皆一斉に両手を合わせて故人の冥福を祈った。

「ニューヨークでは思う存分頑張ってくれ給え」

花島光道亡きあと日本はり医センターの院長を継いだ花島剛《はなしまつよし》が梶の手を両手で握り激励した。突然センターをまかされることになった花島剛は会の機関誌発行等の任務に加え院長の責で一時は体力も限界かと心配されたが父親譲りの精神力で頑張り通した。

「院長先生にはいろいろとアドバイスをいただきありがとうございました。御恩は忘れません。センターの益々の発展をお祈り致します」

新院長に深々と頭を下げた。

「おいおい、今生の別れみたいなことを言うなよ。ニューヨークの仕事が済んだら早く帰って来てくれよ。皆、待っているからな」

花島剛がいつものように明るく笑って梶の肩を叩いた。

数日後、梶拓郎《かじたくろう》は荷物をまとめセンターを辞した。郷里に帰り、急ぎ上京し成田に向かった。空港に着くと待合所で一足先に到着していたニューヨーク行きのメンバーと合流した。

「やあ、久しぶり。何年ぶりかな？」

鍼灸学校時代の同級生野口浩之《のぐちひろゆき》が声を掛けて来た。あの頃より貫禄が出てきた感じだ。

「どこまでも腐れ縁だね」

内村秀雄《うちむらひでお》がニコニコ笑って肩を叩いた。こちらの方は更に細身になって急に白髪が多くなりますます学究肌に磨きがかかっている。

「梶君、元気だった？」

聞き覚えのある明るい声に振り向くと一段と色っぽくなった黒木麗子《くろきれいこ》が桑畑周栄《くわはたしゅうえい》と腕を組んで並んでいる。

「あっ、黒木さんも、これは驚いたなあ」

メンバーは桑畑周栄から事前に知らされていたとは言え、久しぶりの対面に目を丸くしていると「もう黒木じゃないのよ。桑畑麗子《くわはたれいこ》です。私達結婚しました。よろしく」

甘えるように傍らに立つ桑畑周栄に寄りかかってみせる。

「よしなさい。こんな所で」

流石の勉強魔の桑畑周栄も新婚生活での過労がこたえているのか目の下に黒い隈取りをこしらえていささか寝不足気味だ。さかんに欠伸をしている。

「桑畑先生、未熟な鍼で気が洩れたんじゃないですか?」

梶に冷やかされて返事に詰まっている。

今回のニューヨーク派遣メンバーの人選を本部から一任された桑畑周栄はアメリカ最大の都市ニューヨーク支部開設の成功の可否がその後の会の発展の鍵を握るとみて新進気鋭の気心の合った者同士を選んだのであった。その結果、自分と同じ鹿児島支部から研究熱心な内村秀雄、元外資系出身で英会話が堪能で自分の妻でもある桑畑麗子、薬剤師の資格を持ち医療関係に幅広い知識を有する福岡支部の野口浩之、そして体力自慢で一途な梶拓郎が選ばれたのであった。野口は自分の弟が薬剤師になったのを機に店を弟に託しての参加となったが、これらの人選に黒木改め桑畑麗子が影響を及ぼしたのは言うまでもない。

「それでは全員揃ったところで搭乗手続きをしてきますね。それと私の荷物も一緒に預けておいてね」

桑畑麗子がそう言うとカウンターに向かって歩き出した。

「それにしてもこうして四人が又一緒にやれるなんて夢みたいだね。信じられないよ」

梶が両手を開いてお馴染みのジェスチャーをする。

「野口君が福岡支部で頑張っているらしいということは風の便りに聞いてはいたけど、よもや卒業時にあれ程、経絡治療に不信の念を抱いていた君が我々と同じ方向を目指していたとは驚きだね」

内村がそう言うと野口はテレ笑いをしながら釈明した。

「実際に開業してみて初めてわかったよ。実は電気治療器もかなり準備したんだが脈診治療《みゃくしんちりょう》との両刀使いはむずかしいね。どちらかの方向に片寄ると思う。病院や整骨院ならそれなりの使い方があるんだろうが。その点、経絡治療《けいらくちりょう》なら脈診が教えてくれるから脈診に従いさえすればいい訳だからね。しかし未だに経絡治療に対する不安が完全に解消されたという訳ではないよ。こうなったら経絡治療と一蓮托生、とことん勉強して鍼専門で治せる技術を磨く方がいいという結論に達したのだよ。経絡治療の行く末を見届けたいという気もあるしね」

野口の表情に以前のような曇りは感じられない。開き直って晴れ晴れとしている。

桑畑周栄は三人が久しぶりに会って話をするのを黙って聞いていたが話が一段落するのを見計らって

皆を促した。

「搭乗手続きも済んだようだし積もる話は機内でするとしてそろそろ出発するか」

手荷物を取り席を立ち上がる。

「はい、お待ちどう様。なくさないようにして下さい」

桑畑麗子がそれぞれに切符を手渡し梶の方を向いて意味ありげに笑った。

「梶君にご面会よ」

綺麗な細い指でほっぺたを突《つ》いて後ろを振り向かせた。何事かと驚いて振り向いた先にいつの間に来たのか紫《ゆかり》が立っていた。清楚な身なりに肩から小さなハンドバッグを下げている。

「じゃあ、もう少し時間があるけど私達は先に行きましょう。梶君、遅れないでね」

四人は席を立って出発口に姿を消した。

「紫さん、どうしてここに。それにしても、よく今日発つということがわかりましたね」

梶がいささか興奮気味に尋ねる。

「事務局に出発日と時間が書いてあったからわかったのよ。それで忘れないうちに届けに来たのよ。梶さんが向こうに着いてから送っても良かったんだけど……はい、これ」

紫の言葉の裏には梶に会いたくてわざわざ届けに来たんだと言う意味が、そういう方向には多少鈍感な彼にもはっきりとわかった。

「それは、会長の……」

「そうよ、自分がいらなくなったら梶さんにやると前から言っていた銀の円鍼《えんしん》よ。これ欲しがっていたでしょう？」

「これを僕に？　本当にもらっていいんですか。有難う、紫さん」

キラキラ光る銀の円鍼を受け取り、ズボンのポケットに入れると感激のあまり思わず紫の小さな白い手を握りしめた。

「向こうに着いたら身体に気をつけて頑張ってね」

相当強い力で握りしめられて思わず顔をしかめたが、緊張した面持ちで梶を見つめた。

「それではもう行かなくては。着いたら電話しますよ」

梶は紫に別れを告げると急いで皆のあとを追った。すぐに追い付けるかと思ったがアーチ型のセキュリティシステムに入った途端、キンコンキンコン鳴り出した。女性の係官が寄って来てすぐにボディチェックが始まり金属探知器が梶の下半身で異状を捉えた。

周囲の視線を浴びながら梶がズボンのポケットから銀の円鍼を取り出してみせる。

「これは何ですか？」

「鍼灸治療で使う銀の円鍼です。危険な物ではありません」

わかり易く説明するが女性係官は不審な目差しで梶と円鍼を交互に眺め回し、レシーバーで近くにいた上官らしき男性係官に「金の玉のついた不審な金属発見」と告げた。

「何？　金の玉のついた不審な物？」

男性係官は血色ばみ鼻息も猛々しくやって来た。

「金ではありません。これは銀です。鍼治療に用いる円鍼といって危険な物ではありませんよ」

再度説明する。男性係官は円鍼を手に取りしげしげと見ていたが、いきなり梶に向かい、わかったという風に手を打った。

「これは鍼の道具でしょう？　確か新宿の鍼治療院でこれと同じ物を見たことがある」

どうやら以前、花島光道の治療を受けたことのある患者らしい。

「そのとおりです。新宿の日本はり医センター花島光道先生ご愛用の円鍼です」

「そうそう、花島先生だ。それにしてもどうしてあなたが花島先生の物を持っているのかね」

疑いの目差しで梶を見る。厳《いか》つい顔の係官の三白眼《さんぱくがん》が鋭く光る。

「私は花島先生の弟子で、先生は先日お亡くなりになり、私がこれをいただいたのです」

時間を気にしてイライラしながらも正直に答えた。それを聞いた男性係官の厳つい顔がみるみるうちに悲しげに曇ってきた。

「あ、あの花島先生がお亡くなりになりましたか。先生には私共家族全員がお世話になっていたのに……。わかりました。そうとは知らず長くお引き止めしてすみませんでした」

三白眼を涙でうるませ深々と頭を下げた。

急ぎ機内に入ると窓側に梶の席が取ってあった。

「今、十四時か。ケネディ空港に到着するのは現地時間で明日の十三時三十分だったかな」

野口が時計を見ながら隣の席に腰を下ろした梶に話しかけた。気持ちは既にニューヨークに飛んでいるようだ。梶が先程の一件を皆に報告する。

「これはもう奇遇としか言いようがないね。それにしてもこの円鍼を拓郎が譲り受けるとは、余程会長は拓郎を気に入っていたんだな」

桑畑周栄が少々うらやましそうに笑って梶の頭を手にした円鍼で軽く小突いた。

「会長じゃなくて本当は紫さんが梶君にあげたかったんじゃないのかしら」

桑畑麗子が梶をひやかすと、皆、きっとそうに違いないと意見を合わせた。梶は皆にひやかされながら円鍼の温もりを感じていた。

花島光道が大切に使っていた銀の円鍼が今自分のものになった。偉大な師のもとで修業を積んだ過去数年の想い出が走馬灯のように梶の脳裡を過《よぎ》った。あれ程、厳しく充実した歳月は過去に経験したことがなかった。

「あの世は皆、極楽ばかり行きたがって混み合うだろうから私は人の行きたがらん地獄に行くつもりだよ。ワッハッハ」と豪快に笑い飛ばしていた花島光道の不敵な面魂が想い出された。そして会長のことだから本当に地獄に行って今頃は閻魔大王を相手に甲高い声を張り上げてテーブルを拳で叩き、得意の毒舌でたじたじとさせているかも知れないと考えると、その光景がまざまざと目の前に浮かぶような気がしてつい噴き出してしまいそうになるのを必死にこらえた。

この円鍼に恥じることのない自分にならねばと思うと身が引き締まるのを感じた。梶は銀色に輝く円鍼を力いっぱい握りしめた。そして自分のためにわざわざ空港まで届けに来てくれた紫をいとしく思った。全身に今まで経験したことのないような闘志が漲《みなぎ》るのを覚えた。

機内放送で発進のアナウンスが告げられ、スチュワーデスが安全ベルトの見回りを始めた。エンジンが回転数を上げた。飛行機が動き出した。動き出して向きを変えた時、送迎デッキに佇み手を振る紫の姿が目に映った。轟音と共に滑走路を飛び立った瞬間、紫の姿が視界から消えた。

あとがき

東洋医学、しかも経絡治療という一般には馴染みの薄い事柄を取り上げることへの不安は正直いってあった。読者の間からはこんなに良いことずくめの医療が実在するのかという驚きと共に即刻これに縋りつきたいという期待、そんなに簡単に信用してもいいものかという懐疑に惑わされるかも知れない。経絡治療の第一人者、花島光道といえども最後は西洋医学に頼らざるを得なかったではないかという疑問が生まれる。しかし、それはいささか的外れである。経絡治療がいかに優秀な治療法であろうと、その得意とする分野、限界はある。又、そこには技術を駆使する術者の技量により差が生ずるのは言うまでもない。

西洋医学主導で動いている現医療体制に異を唱えるものではないが不必要とも思うことのある検査、投薬の多さに少なからず不満を覚えるのは筆者のみであろうか。

現在の医療体制に不合理な点があろうと、大幅な改革を加えればその職業及び経済面での影響下にある、多くの国民の生活に犠牲を及ぼすことになる。しかし、痛み系だけでなく多くの疾患に対応できる優れた技術が法の下で制約を受け使用されないのはいかにも惜しい気がする。梶拓郎等のひたむきな努力がやがて実を結ぶことを期待して止まない。

【参考文献】

「わかりやすい経絡治療」東洋はり医学会事務局
「抜山蓋世」東洋はり医学会機関誌部
「小里勝之先生追悼集」東洋はり医学会教育部
「経絡鍼療」昭和六十四年新春特別号　東洋はり医学会教育部
「経絡鍼療」平成元年五月号　東洋はり医学会教育部
「経絡鍼療」平成元年九・十月号　東洋はり医学会教育部
「経絡鍼療」平成三年九・十月号　東洋はり医学会機関誌部
「経絡鍼療」平成五年新春特別号　東洋はり医学会機関誌部

【著者略歴】

稲江　充（いなえ　みつる）

１９４８年　鹿児島県に生まれる

法政大学法学部卒業

鹿児島鍼灸専門学校卒業後宮崎県都城市にて鍼灸院を開業。鍼灸師

小説 銀の円鍼
全盲の鍼灸師と、その魂を継ぐ男の物語

2025年3月31日発行

著　者　稲　江　充
発行者　向田翔一

発行所　株式会社22世紀アート
〒103-0007
東京都中央区日本橋浜町3-23-1-5F
電話　03-5941-9774
Email: info@22art.net　ホームページ：www.22art.net

発売元　株式会社日興企画
〒104-0032
東京都中央区八丁堀4-11-10 第2SSビル 6F
電話　03-6262-8127
Email: support@nikko-kikaku.com
ホームページ：https://nikko-kikaku.com/

印刷
製本　株式会社PUBFUN

ISBN：978-4-88877-327-0